甲斐《かい》 御幸《みゆき》
塚森《つかもり》 美沙《みさ》

「スライムの魔石、綺麗です」
「っしゃッ！　いっくぜー!!」

「ふふっ良い子ね。ポーションを落とし、しなさい？」
「ちょっ…待って待って！
命大事に、だからね⁉」

ほうじょう かな た
北条 奏多

ほうじょう あきら
北条 晶

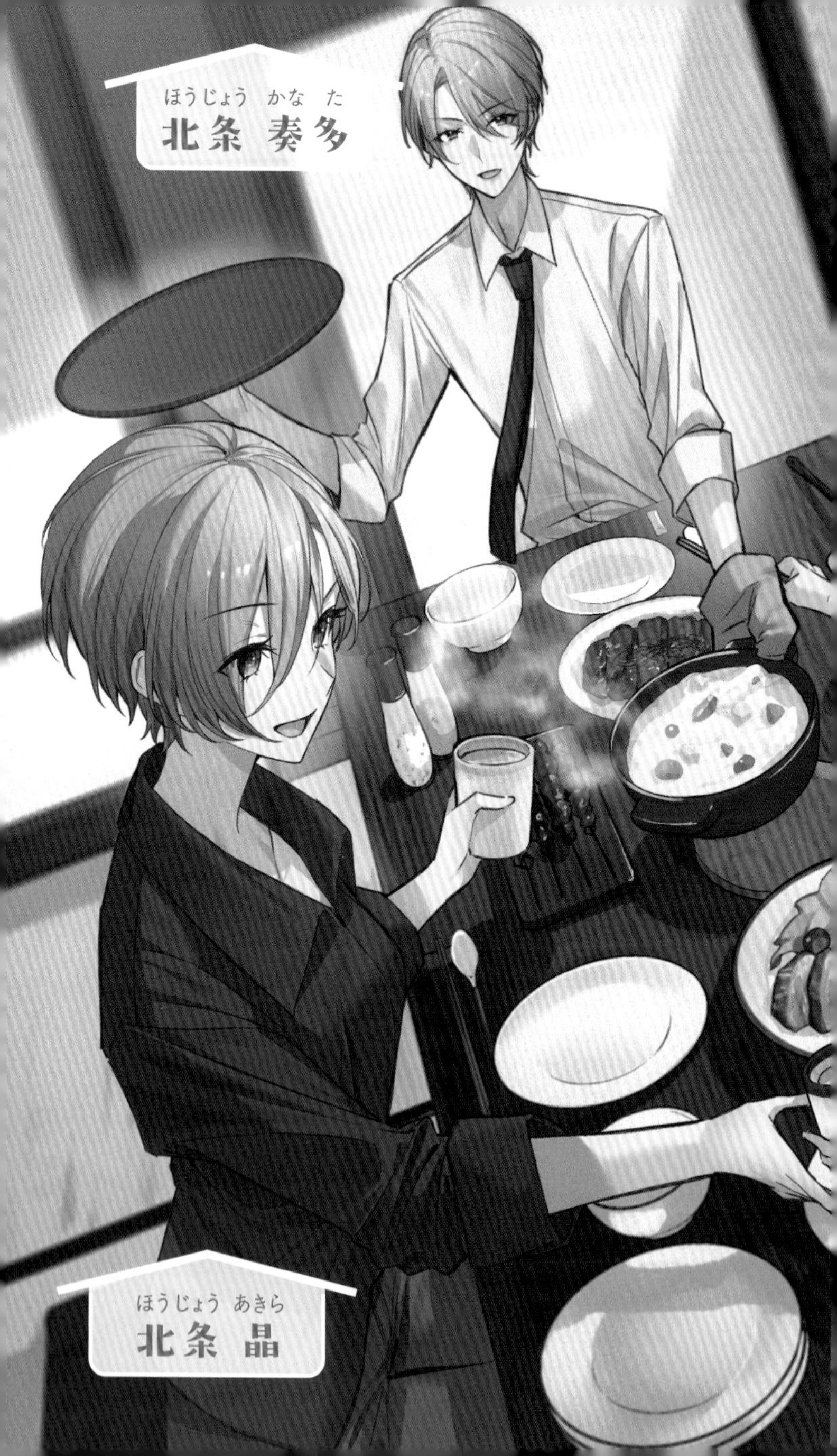

ダンジョン付き古民家シェアハウス

猫野美羽

illust. しの

CONTENTS

第一章　◆　『宵月』にて

「ニートになりました……」

カウンターに突っ伏して、悲痛な声でそう宣言する。

週に一度のささやかな楽しみ、お気に入りのバー『宵月《よいづき》』でのせっかくのひとときだったが、もう一人で胸に抱えておくには限界だったのだ。

塚森美沙《つかもりみさ》はこの三月に大学を卒業したばかりの、二十二歳。落ち込んでいる時には、平均身長マイナス五センチほどの小柄な体がさらに縮こまっている気がする。いつもは元気に揺れている、トレードマークのポニーテールも弱り切った雨の日の子犬のように萎《しお》れていた。

マイペースが信条、あまり負の感情が長続きしない性格の美沙がここまで落ち込むのは珍しい。

カウンター席の隣に座り、ビールを飲んでいた幼馴染《おさななじ》みが眉を寄せる。

「は？　いや、だって、ミサ。お前、四月から入社が決まっていただろ？」

生まれてから小学校を卒業するまで腐れ縁だった甲斐《かい》が不思議そうに尋ねてくるのを、美沙は虚《うつ》ろな瞳で見返した。自然と声音も低くなる。

「その会社がね、潰れたの」

「あー……なるほど。まあ、このご時世じゃ、珍しくないか」

どうにか宥《なだ》めようと言葉を探していた甲斐も、力なく肩を落とす。

幼馴染みの、甲斐御幸《みゆき》。女の子のような可愛《かわい》い響きの名前の持ち主だが、れっきとした男性だ。彼も美沙と同じく、小柄な青年だった。断固として口を割ろうとはしないが、おそらく身長は彼女よりも十センチほど高い、百六十五センチだと思われる。

よく性別を間違えられる名前がコンプレックスで、かたくなに苗字《みょうじ》呼びを強いてくる以外は、さっぱりとした性格の持ち主だ。下に弟が三人いる母子家庭の大黒柱だからか、頼りがいがあって、気持ちの良《い》い青年だと思う。

「仕方がないのかもしれないけれど、納得はできないよね」

「だよなぁ」

とある新型インフルエンザウイルスの蔓延《まんえん》で世界的パンデミック状態に陥ってから、三年。人類はそれなりに順応して生き抜いてきた。有効なワクチンも開発され、パンデミックはどうにか収まったが、生き残れなかった中小企業は多数ある。

大学をこの三月に卒業した彼女の内定先の会社もその不幸な企業のひとつとなった。

「四月から無職生活開始。三月末まで働く予定だったバイト先のカフェも今週で閉店するって」

せめてバイトで食《く》い繋《つな》いでいければ、その間に求職活動に励むことができたのだが。

「貯金が全くないわけじゃないけど、正直言うと来月からの家賃を支払うのも厳しい……」

「ミサさん、ちなみに賃料は？」

甲斐と逆隣の席に座る、飲み仲間の北条晶《ほうじょうあきら》が端正な眉をそっと顰《ひそ》めながら訊《たず》ねてくる。

「駅から徒歩十五分、オートロック付きマンション1Kに住んでいて、家賃は六万五千円かな」

「それなりにしますね……」

バイト先が安泰ならば、どうにか払えた金額だが、無職の身には厳しい賃料だ。

気の毒そうに向けられた視線を美沙はありがたく拝む。美人は癒やしだ。クールだけど優しい晶は、ふたつ年下の二十歳の女性。すらりとした長身の、スレンダーな麗人だ。

あまり性別を感じさせない、どこかストイックな雰囲気をまとっている。柔らかな猫毛は栗色《くりいろ》で、顎下でカットされたショートヘアがよく似合っている。理想の王子さま姿だと、バー常連の女性客からも人気のある彼女は、涼しげな外見通りに落ち着いた性格の持ち主だ。

「家賃もだけど、電気水道光熱費に通信費、食費その他がプラスされると、貯金なんてすぐ底をついちゃう……」

その優しさに甘えて、美沙はつい愚痴を吐いてしまう。

オリジナルカクテルのグラスを傾けながら、晶も切なそうに瞳を伏せて頷《うなず》いてくれた。

「分かります。私のバイト先のイタリアンレストランも今月いっぱいで閉店するので。専門学校の方は一年以上前からオンライン講義オンリーでしたが、とうとう寮も閉鎖が決まりました」

「えっ、それは私よりもヤバいんじゃ？」

「そうですね。だから、荷物を抱えてカナ兄のところへ押しかけようかな、と」

「ちょっと、アキラちゃん？　私は聞いてないわよ？　勝手に決めないでちょうだい」

バー『宵月』の名物バーテンダー、北条奏多《かなた》がカウンターの向こう側から、妹を呆《あき》れたように見やる。

「ダメかな？」

「ダメに決まっているでしょう！　いくら兄妹《きょうだい》だって言っても、腹違いなのよ。男の一人暮らしの部屋に押しかけるなんて、とんでもないわよ？」

綺麗《きれい》にネイルされた指先がひらりと閃《ひらめ》く。

百八十センチ越えの美丈夫の彼は、その端正な顔にしっかりとメイクを施していた。派手すぎない、ナチュラルなそれは彼にとても似合っている。服装はバーテンダーらしく、清潔な白のシャツに黒のネクタイ、タイトなベスト、細身のソムリエエプロンがばっちり決まっている。

外見だけなら完璧な美貌のバーテンダー。だけど、話すのはなぜか女言葉な彼は、店では皆に「カナさん」と呼ばれて慕われている。彼のセクシュアリティについて特に尋ねたことはないが、意外というか、このキャラクターが好評で、男女問わずファンになった客も多い。

(気持ちは分かるなー。妹のアキラさんと並ぶと、とんでもない破壊力の美形兄妹だもの)

美沙はビールをジンジャーエールで割ったビアカクテル、シャンディガフを舐《な》めながら、横目で兄妹のやりとりを盗み見る。

兄の家に転がり込むことを諦めていない晶が、真剣な表情で説得を続けていた。

「カナ兄の部屋、広いし」

「いくら広くても１ＬＤＫなの！　一部屋しかないのよ、ダメでしょ？」

「別に私はリビングの片隅でも……」

「あ、き、ら、ちゃ、ん？」

にっこりと迫力のある微笑を兄から向けられ、晶は渋々と口を閉じた。

「それに、うちも先行き未定なのよねぇ」

「うちって、まさか『宵月』が？」

意外な発言を耳にして、堪《たま》らず口を挟んでしまった。

店長代理も兼ねているバーテンダーの奏多は、優雅な所作で肩を竦《すく》めてみせる。

「そ。うちも営業自粛を余儀なくされていたサービス業。パンデミックは収まったけど、客足はなかなか戻らなくて。どうもオーナーが今月いっぱいで閉店を考えているようなのよ」

「えー！　『宵月』潰れるんですか？　こんなに良い店なのに！」

黙々とビールを飲んでいた甲斐が嘆くのを、奏多は苦笑交じりに受け流した。

「仕方ないじゃない。あのクソウイルスのせいで客足も鈍ったし、ここしばらくはずっと赤字営業で頑張ってきたのよ？」

ぐるりと周囲を見渡しても、客は自分たちだけだ。パンデミック中は閉店休業状態で、ピークが過ぎても、お喋《しゃべ》りをする際はマスク必須。頻繁な換気やアルコール除菌などのウイルス対策にと頑張ってきたらしいが、感染者が一日に千人を越えた段階で客足は三割を切ったという。

国からの終息宣言後も、来客数はついぞ戻って来なかったのだと奏多はため息を吐《つ》いた。

「多少の蓄えはあるけれど、すぐに次の仕事が見つかるとも限らないし。私もどこか家賃の安い拠点を見つけないといけないかも」

「それは良い考えだと思う。いっそ兄妹二人で、片田舎の一軒家を借りるというのは？」

ここぞとばかりに、晶が良い笑顔で兄に提案している。「ハイハイ無理ー」と奏多が軽くいなす姿をぼんやりと眺めていた美沙だが、ふいに懐かしい古民家の光景が脳裏を過《よぎ》った。

「…っ、そうだ！　それですよ、それ！　片田舎の一軒家でスローライフ！」

「「は？」」

唐突な提案に三人がきょとんと美沙を振り返る。

「だから、田舎でスローライフ。自給自足生活、送りません？　ちょうど良い物件があるの！」

鼻息荒く訴えると、さすが幼馴染み、何かに気付いたのか、甲斐が胡乱《うろん》げに眉を寄せた。

「……お前、あれか？　まさかとは思うが、田舎のばあちゃん家《ち》――」

「そう、相続した祖父母の家が私にはあったのよ……！　都心から車で一時間以上の場所になるけど、静かで広くてのんびり過ごせるお家《うち》ですっ」

顔を輝かせながら、美沙は麗しの美形兄妹に詰め寄った。

「築百二十年の古民家、今なら家賃一ヶ月二万。そうですね、割り引いて一万五千円で！　電気水道光熱費込み。ネット環境も整えますし、おまけで畑の野菜食べ放題でどうでしょう」

「えっ、え…？　どうって」

怒濤《どとう》の展開についていけないのか、戸惑う晶にここぞとばかりに美沙はたたみ掛けていく。

「古民家だけど、ちゃんと住みやすいように水回りは手を入れて、リフォーム済みです。母屋には

居間代わりの大広間ひとつ、客室ふたつ、屋根裏部屋もあり。あと増築した新屋は二階建て、こちらは何と洋室二部屋！　簡易キッチンにお風呂とトイレもついているから、男女きっちり別棟で過ごせます。これなら安心ですよね、カナさん？」

「安心って」

「だから、古民家シェアハウスです！　うちで！　ぜひ！」

興奮する美沙を呆然《ぼうぜん》と見やっていた奏多が、やがて小さく吹き出した。

「ふっ…、んっふ、そうね。なかなか良い条件だとは思うわよ？　ただ、さすがに内見なしで決めるのは、ちょっとね」

「……カナ兄？」

「アキラちゃんにも悪くない条件よ。その場合、私が保護者として一緒に暮らすことにはなるだろうけれど。まずは――」

「内見ですね、了解です。明日にでも案内します！」

美形兄妹二人とのシェアハウス生活を思い浮かべてにこやかに頷く美沙の横で、それまで黙って聞いていた甲斐がすっと片手を上げた。

「それ、そのシェアハウス？　まだ部屋が余っているなら、俺も参加したい」

「え、なんで？　カイ、こっちで仕事を掛け持ちしていなかったっけ？」

甲斐はバイトを三つ掛け持ちしていると聞いたことがある。メインは賄い目当ての居酒屋で、週六で入っており、昼間はこちらも賄いありの定食屋の皿洗いに配膳スタッフだったか。

残りの一日は肉体労働バイト。警備員や工事現場のアルバイトをしていた。稼いだ金はギリギリの生活費を除いて、全て実家への仕送りに回していると美沙は本人から聞いていた。

「その仕事先がお前と同じように潰れたり、自粛したりでクビになったんだよ」

「なんで言ってくれないの！」

「いや、言えるかよ。お前の方が落ち込んでいたし」

長男気質の甲斐なりの矜持《きょうじ》なのかもしれないが、美沙は少しだけ水臭いと思ってしまう。

「週一で入っていた工事現場の方はどうにか首の皮一枚で繋《つな》がっているけどな。しばらくは前みたいに稼げそうにないから、生活費抑えられるのは正直ありがたい」

「そういうことなら、カイも内見、一緒にどう？　歓迎するよ」

気が合う飲み仲間とは言え、深く事情は知らない他人とのシェア生活。明るく能天気な幼馴染みがいれば、多少の不安もどうにかなりそうだと思えた。

「オトコ二人にオンナ二人、ちょうど良いかもしれないわね？」

綺麗な琥珀色《こはくいろ》の瞳を細めて、奏多が明るく言い放つ。その妹の晶もこくりと頷いて、微笑《ほほえ》んだ。

「そうですね、楽しみです。明日は兄ともどもよろしくお願いします、ミサさん」

差し出された晶の手を握り返し、美沙もようやく心からの笑みを浮かべることができた。

のどかな田舎の古民家。大好きだった亡き祖父母の家が、まさかあんなことになっていたとは、この時の美沙には思いも寄らないことだった。

第二章◆古民家

車は最年長、二十六歳の奏多《かなた》が出してくれることになった。

どうせなら内見ついでに一泊していけば良いと美沙《みさ》が誘うと、他の三人も快諾してくれた。

簡単な着替えを詰めた荷物を抱えて、待ち合わせ場所に早足で向かう。広めの駐車場がある、駅近くのコンビニチェーン店。ここで食料を調達して、そのまま高速を使って目的地を目指す予定だ。

「ごめんね、お待たせ！」

ギリギリの時間に到着したため、三人はすでに店内で物色中だった。

「遅いぞ、ミサ」

「大丈夫ですよ、ミサさん。まだ約束の時間前です」

「そうね、私たちもさっき来たばかりよ。コンビニで商品も眺めていたし、気にしないで」

「北条《ほうじょう》兄妹、やさしい……」

「そういうの良いから。ほら、さっさと昼飯選んでこいよ」

「カイはちょっと冷たい！　……うん、でもちょっとは優しい、かな？」

小首を傾《かし》げる美沙の背を、甲斐《かい》が肘で軽く押す。

「いいから」

「はーい。昼ご飯もだけど、朝も抜いているから、おにぎりとコーヒーを買おうかな。あと、車内でのおやつと夜食と」

財布の中身は頼りないが、そのくらいの出費にはまだ耐えられる。コンビニの買い物カゴにポイポイとお菓子やカップ麺を放り込む美沙の姿を、三人が呆れたように見詰めてきた。

「えっと、その、冷蔵庫に何もないし……。お湯は沸かせるから、カップ麺が最強なんだよ？」

慌てて美沙が説明するも、スナック菓子やクッキーにチョコなどの他にも、こっそり紛れ込ませた缶チューハイにいたっては言い訳できそうにない。

「まあ、インスタント食品は消費期限も長いし、便利ではあるわよね」

ため息を吐きながら、奏多も自分のカゴに袋ラーメン五袋入りのパックを放り込んだ。

「ただ、栄養面は考えるわよ？　お野菜食べ放題、だったわよね。せめて野菜をたっぷり入れたラーメンにしましょう」

「お、じゃあ俺はチャーシューかハムを買って行こう」

「なら、私は卵を。翌日の朝食にも使えそうですし」

それぞれ、好みの酒とツマミを携えてレジに向かった。おやつは五百円まで、と引率者代わりの奏多が甲斐に注意している。まるで遠足だ。そう考えると、美沙の心は不思議と浮き立った。

「ふふっ」

「……楽しそうだな、ミサ」

「うん、楽しい。最近ずっと将来が不安で落ち込んでいたけど、久々に良い気分かも」

へらりと笑うと、呆れたような甲斐が何か悪態を吐こうとして、そのまま口をつぐんだ。

「？　カイ？」

「いや、いいや、そうだな。俺もらしくないけど、最近へこんでいたから、結構楽しいかもな」

「だよね。きっと一緒に暮らしたら、もっと楽しくなるよ？」

「当面の問題は片付いちゃいないけどな」

「言わないで……」

幼馴染み同士の軽口を、北条兄妹が微笑ましそうに眺めてくる。

何となく気恥ずかしくなって、食品を詰めたカゴを抱えて、レジに向かった。

◇◆◇

集合時間が早かったので、全員が朝食を抜いていたようだ。車内はそれこそ遠足か修学旅行かのように、朝食を取りつつのお喋りで盛り上がっている。

カーラジオをBGMにそれぞれが購入したサンドイッチやおにぎりを食べた。運転手の奏多には、助手席に座った妹の晶《あきら》がコンビニの唐揚げやカロリーバーを時折口元に運んでいた。

有料の高速道路を約一時間、それから下道を走って、おおよそ二時間弱ほどで目的地に到着予定だ。コンビニで買い込んだお菓子を摘《つま》み、奏多が持参した温かいハーブティーを味わいながら他愛のないお喋りを楽しんでいれば、あっという間だった。

高速から下りて、ナビと美沙のつたない案内で下道を進むうちに、どんどん景色から建物が消え、緑が増えていく。本来ならば寂しい光景のはずだが、都会育ちの北条兄妹はむしろワクワクしてきたようで、林道を楽しそうに眺めている。

「想像以上に遠いな。一時間ちょっとって言ってなかったか？」

真顔の甲斐に指摘され、美沙はてへっと小首を傾げて誤魔化そうとする。

「一時間以上二時間未満？　スピードが乗っていたら、だいたい一時間半で着くよ」

「もういい……。ここからだと通勤がちっとネックかな。近場で働き場所があったらいいんだが」

「あー、農繁期のお手伝いとか、ご近所の何でも屋さんみたいな仕事ならそれなりにあるかも。後者はお小遣い程度の賃金だろうけど」

「それ、どんな仕事だよ」

「電球の交換とか庭の草むしりとか犬の散歩、買い物代理に肩たたき？」

「孫かよ」

「孫だねぇ」

あはは、と美沙は肩を竦めて笑う。両親が事故で亡くなって、父方の祖父母宅に美沙が引き取られたのは、ちょうど中学の入学と同時期だった。限界集落手前の田舎には同年代の子供は少なく、美沙はそれこそ孫扱いで、ご近所さんに可愛がられたものだった。

「犬の散歩は楽しかったな。朝晩二回、一日百円。でも、一ヶ月だと三千円になったもの。バイトもできない中学生にはありがたかったなー」

こつこつと貯《た》めたお金を上京資金に充てた。大学の学費と引っ越し代、一人暮らしの初期費用は両親の保険金で支払ったが、生活費はなるべく自力で稼ごうとバイトを頑張った。

祖父母は山を売って孫に仕送りするつもりだったようだが、そこは頑《かたく》なに断って。二人が大事にしていた裏山は実り豊かで、子供の頃からの格好の遊び場。絶対に手放したくはなかった。

「いずれ定年後には田舎に引っ込んでスローライフを満喫する予定だったけど。まさかこんなに早く夢がかなうとは思わなかったな」

わざとらしく嘯《うそぶ》いてみせるが、美沙にはそれほど悲壮感はない。

それは同乗する他の三人も同じようで。それぞれが期待に満ちた眼差《まなざ》しで、眼前に広がる景色を見据えている。なんて頼もしい人たちだろう、と嬉《うれ》しくなる。

何度目かの角を曲がり、山ひとつ越えた先に、新しい拠点となる古民家が見えてきた。

築百二十年、堂々とした構えの木造家屋。正面からは見えにくいが、裏側に建て増した新屋が隠れている。母屋を両脇から囲むのは、納屋と白壁の土蔵だ。

少し離れた場所の木製の古びた小屋は、今は主《あるじ》のいない鶏小屋。垣根代わりの桜の大木や果樹のアーチをくぐり抜け、休耕中の田んぼと荒れた畑を越えた先の広場に車を止めた。

「到着！　おいでませ、我が家へ」

真っ先に車から降りた美沙は、振り返って笑顔で両手を広げてみせた。

「良い雰囲気だな」

お世辞を言わない甲斐の素直な感想に、美沙の笑みが深まる。

「うん、たぶん都会の人が思い描く、田舎のおばあちゃん家のイメージ通りでしょ？」

よく言われる感想だ。山があって田畑に囲まれていて、何とものんびりとした空気が漂っている。ノスタルジックで、悪くない景色だと思うのだが、さて皆は気に入ってくれるだろうか。

「お隣のお家とは結構、距離がありますね」

ぐるりと周囲を見渡して、晶が感嘆のため息を吐く。同じように辺りに目をやりながら、美沙は大きく頷いてみせた。先ほど車で通った方向を指さしながら説明する。

「いちばん近いお隣さんが三百メートル手前にあった家だね。うちが山道を抜けた先の田舎道の突き当たり。だから、静かで落ち着いた環境をご提供できます！」

「静かな環境、最高ですね！」

どうやら晶は気に入ってくれたようだ。

「畑が思ったよりも広いわね」

奏多は興味深そうに家の前の畑を覗《のぞ》き込んでいる。こまめに手を入れられていないので、庭や畑は荒れている。それでも、ほぼ放置された状態の畑には旬の野菜が実っていた。

裏手にあるビニールハウス内にも収穫物があるはずだ。こちらは近所の人が、たまに手入れをしてくれている。お礼は畑の野菜、好きなだけお持ち帰りでどうぞ形式だ。

「一ヶ月に一、二度、部屋の空気の入れ替えや畑の水やりに通っていたから、中はそれほど荒れていないはずですけど……」

トランクケースを手に美沙は古民家の玄関に立つ。

母屋の鍵を開けて、建て付けの悪いドアを力一杯横にスライドした。

「すごい音だな。大丈夫か？」

不安げに表情を曇らせる甲斐に、靴箱の上に置いていたロウソクをそっと手渡した。

「これを塗っておけば、またスムーズに動くようになるから大丈夫」

何とも言えない表情の甲斐は放置して、北条兄妹を笑顔で室内に招き入れる。

「玄関も広いわね。土間続き？」

「そうです。半分物置に使っていましたけど」

玄関と土間はコンクリート床で繋がっている。入ってすぐ居間にしている大広間があり、高さのある縁側に似た上り口に腰を下ろして靴を脱ぐのだ。

「あれは、薪《まき》ストーブですか？」

土間の奥に鎮座したストーブに、先に気付いたのは晶だ。嬉しそうに顔を輝かせている。

「そ、薪ストーブだね。薪を作るのは面倒だけど、冬はかなり冷えるから重宝しています！」

「いいわね。ここでお料理もできるんじゃない？」

「できますよー。鍋に入れて放っておくだけで、いつでもあったかくて美味《おい》しいおでんやシチューが簡単に作れますし、焼き芋も最高に美味しく焼き上がります！」

ここぞとばかりに売り込んでみる。

「熱燗《あつかん》なんかも？」

うっそり笑う奏多に、力強く頷いてみせる。

「余裕です。鍋物も楽しめるし、網を置いたらバーベキューだってできちゃいます」

さすがに肉を焼くと、家中に煙と脂の匂いが染み込みそうだが、そこは黙ってプレゼンする。

「燃料費は？」

「ここをどこだとお思いで？　我がシェアハウスの敷地は土蔵に納屋に田畑だけじゃなくって、裏山も込みですよ。無料で取り放題です、薪！」

あらぁ、と感心したように頷く奏多。ロウソクを引き戸のレールやらに塗り込み終わった甲斐も楽しそうに聞いてくる。

「薪割り、面白そうだな。やってみたい」

「じゃあ薪割り担当はカイで！」

すかさず押し付ける。楽しいのは最初だけで、薪割りは雪かきと同じく、結構な重労働なのだ。

「それに山は季節の収穫物も楽しめるよ？　山菜、タケノコ、きのこも取り放題。運と勘が良ければ自然薯《じねんじょ》にマツタケも」

「なに、マツタケ！」

食ったことねぇ、と呟《つぶや》く甲斐の目は期待に輝いている。

「もちろん取ってきた人の戦利品だから、食べてもいいし、売るのもいいよ」

「いいのか！」

「正規ルートは無理だと思うけど、今ならフリマアプリとかで売れるんじゃない？」

小遣い稼ぎには良いかもしれない、と美沙も思う。キノコの見分けには自信がないが、タケノコやマツタケなら、見間違うこともないだろう。

「でも、マツタケを見つけるのは難しいよ？　山に詳しかったおじいちゃんならともかく、初心者は厳しいと思う。確実に稼ぐなら、今の季節はタケノコかな」

「タケノコが稼げるんですか？」

晶が不思議そうに首を傾げている。

「あら、国産のタケノコは買うとなると、結構なお値段がするのよ？」

料理が趣味だと以前教えてくれた奏多が口を挟む。

「そう。掘るのは大変だけど、利益率は割といいと思います。お隣の山の所有者さんは、朝イチで収穫したのを『朝採れ』と銘打ってネット販売で稼いでいたみたいだし」

体力が有り余っている男子高校生の兄弟が親を巻き込んでオンラインの通販サイトを作り、かなり儲《もう》けたと噂話《うわさばなし》で聞いたことがある。

「春だけの期間限定お小遣い稼ぎですけどね。時間と体力は消費するけど、元手はゼロだから、カイもやる気があるなら止めないよ？」

「やる。山菜採りも楽しそうだ」

「キノコは素人にはオススメしないけど。山菜やタケノコ、果物なら良いんじゃないかな」

「果物も採れるんですか？」

晶が嬉しそうに聞いてくる。クールな麗人がフルーツ好きなのかと思うと、微笑ましい。

「うん、アケビに柿、みかんやビワがとれるよ。あとは栗かな。自然になっているものだから、見た目や味は市販品に比べて落ちるけど、完熟したのをもいで食べたら、結構癖になると思う」

甘く濃厚な味をうっとりと思い出す。こくり、と三人の喉が鳴る。うん、いい反応。

「とりあえず家の中を案内するから、どうぞ。荷物は居間に置いて探検ですよ！」

それぞれのリュックやボストンバッグを居間の隅に置き、買い込んだ食料品はキッチンのテーブルに並べて家の中を四人で歩いていく。

大広間は二十畳。親戚が集まって宴会をするのにも充分な広さだ。中央に大きめの掘り炬燵《ごたつ》。居間代わりに使っていたので、昭和レトロなテレビもここに置いている。

「あいにく壊れちゃって、見られないんですけどね、このテレビ」

「なら、うちのテレビを置いたらいいわ。捨てようか迷っていたけど、ちょうど良かった」

「助かりますっ！　カナさん！」

貰《もら》えるものは何でも貰うつもりの美沙は、笑顔で礼を言う。

みしみしと音を立てる床を踏みしめながら、目についた窓を開けていった。淀《よど》んだ空気が流れていくのが分かる。目に見える汚れはないが、少しだけ埃《ほこり》っぽい。後で掃除をしなければ。

「居間の隣に十二畳の和室がふたつ。昔は襖《ふすま》で仕切っていただけの部屋をリフォームで壁を付けて個室にしたんだけど、ここを男子チームの部屋にどうかな、と」

廊下へ続く障子を開けると同じ作りの和室が仲良く並んでいる。奥に押し入れがあり、収納スペースはそれなりに広いため、ゆったりと過ごせるはず。

畳が色褪《いろあ》せているのは申し訳ないが、資金が貯まれば、張り替えるつもりだ。

祖父母の荷物は大部分を処分している。捨てられない物はまとめて蔵か納屋に片付けているから、
和室二部屋は空き部屋だ。親戚が泊まりに来た時のために、未使用の客用布団が押し入れに眠っているだけだから、見た目はすっきりとしている。

「勝手にリフォームしても良しって条件だったわよね？」

「はい、壁に大穴を開けるとかじゃないかぎり、好きにしちゃってください」

「ＤＩＹが楽しめそうね。うちはインテリアが洋風だから、床をフローリングにしたいわ」

「俺はこのまま畳でもいいかな。床に寝転がるの、気持ち良さそう」

こだわりのなさそうな甲斐が手前、奏多が奥の部屋がいいと宣言する。

「じゃあ、次は水回り。キッチンから見ましょうか」

キッチンは大広間を抜けた先にある。昭和の農家台所モデルなので、かなり広めだ。シンクも大きいし、テーブルも特大サイズ。ガスコンロは三口で、裏口から出てすぐに野菜用の洗い場もある。

「冷蔵庫、大きいわね」

「農家の冷蔵庫、こんなもんですよ？」

なにせ収穫した米や野菜をたっぷり入れるのだ。

「ん、これも冷蔵庫？」

壁際に床置きの四角い大きめの箱がふたつある。

「うん、冷蔵庫と冷凍庫。野菜入れが足りなくて買い足したって言っていたなあ、おばあちゃん」

「どんだけ野菜があるんだよ……」

げんなりとした様子の甲斐を眺めて、肉だけじゃなく野菜もたくさん食べさせよう、と使命感を覚えた。新鮮な野菜は美味しいのだと知らしめなければ。

「こっちはパントリーですか？」

キッチン横の小部屋を晶が覗いている。

「そんな大層な呼び方はしていなかったけど。パントリー、食品置き場だよ」

祖父母が健在の折には棚には買い置きの調味料や缶詰や乾物などが、ところ狭しと並んでいた。今は全て処分したので、あいにく賞味期限の長い調味料くらいしか置いていない。

「立派な食器棚ね」

「大工さんに、家に合わせて作ってもらった棚です。多少の地震ではビクともしないそうですよ」

「いいわね、安心だわ」

ただし、こちらも骨董《こっとう》品なので、定期的にロウソクのメンテナンスが必要です。

「で、廊下の先に仏間、その先がトイレと洗面所、お風呂があります」

水回りは十年ほど前にリフォームしたので、そこまでは古くないはず。

「綺麗なトイレはありがたいです」

晶がほっと安堵《あんど》の息を吐いている。奏多も笑顔だ。

(分かる。水洗トイレで、さらに温水洗浄便座完備で安心したよね。リフォーム前は汲《く》み取《と》り式で大変だったからなぁ……)

洗面所はユニットタイプの一体型だ。お洒落《しゃれ》さはないが、掃除がしやすく、収納力もあるので便利に使っている。こちらも数年前に新しくしたばかりだった。

「お風呂は残念ながらガス湯沸かし器式なので、パネルにタッチするだけで沸ける快適さとは無縁です……」

「まあ、そのくらいは気にしないわ」

「おう！　うちのアパートなんて風呂無しだから、むしろレベルアップだ」

「むしろカイはどんな場所に住んでいるのよ……」

洗面所と脱衣所の小部屋の隅に洗濯機を設置している。こちらもドラム式ではない、昔ながらの縦置きタイプの洗濯機だ。一体型の有能さはないが、洗浄力は旧式の洗濯機の方があると思う。

「乾燥機はありません、すみません」

「外に干しゃいいし」

「そうね、よく乾きそう」

意外と皆、平気そうでほっとする。

「で、次は中二階、屋根裏部屋です」

「やった、屋根裏部屋！　待っていました！」

「楽しみですね、カイさん」

「貴方《あなた》たち、お子さまねぇ。まあ、私も少し気になってはいたけれど」

屋根裏部屋の、どことなくミステリアスな響きは大人になっても魅力的なのだ。

廊下の奥、段差が急な階段をおっかなびっくり上っていくと、二十畳ほどの広さの部屋に出迎えられる。階段を上ってすぐ右側、四畳半ほどの小部屋は祖母が使っていたミシン部屋だ。

「かわいい……」

被服系の専門学校生の晶は、その小部屋に夢中な様子。畳が敷かれたミシン部屋には足踏み式のレトロなミシンと作業テーブル、裁縫道具が仕舞われた木製の棚が置かれている。

仕切りなしの左側はかなり広い。床は木製、フローリング。屋根裏部屋は祖父母の時代に床板などをかなり補強したと聞いていたが、さもありなん。

「これは圧巻だな」

感心を通り越して、呆れた風に甲斐が呟く。

「そりゃ補強しないと床抜けるよ、おじいちゃん……」

美沙はため息まじりに、壁に設置している立派な本棚を軽く叩《たた》いた。

「この屋根裏部屋、お祖父《じい》さまお祖母《ばあ》さまたちの遊び場だったのね」

くすりと軽やかに笑うのは、年の功か、奏多だ。遊び場。まさに、それだ。隠れ家でもいい。

どちらかと言えば、秘密基地だろうか。

読書家だった祖父は屋根裏部屋のほとんどを占拠して、自分だけの書斎を作っていた。

両脇、向かい合わせになるように壁いっぱいの大きさの本棚を置き、コレクションを並べている。

南側の窓際に書き物机と椅子がポツンと置いてあった。シンプルなデスクライトが目を惹《ひ》く。部屋の真ん中になぜか毛足の長いラグが敷かれていた。疲れたら、ここで横になっていたのだろう。

「まあ、屋根裏にソファは持ち込めないものね」

「純文学の全集に、海外文学の本もあるわね。昔の映画のパンフレットもある。図鑑の類いに、あら、国内外のミステリーコーナー？　これは私も読んでみたいかも」

「どうぞ、興味があるのは持って行っても良いですよ。大部分はそのうち処分する予定だし」

「捨てるのか。もったいないねぇ」

「捨てないよ？　古書店に持ち込んで引き取ってもらえないかなって考えていて」

「んー、でも大した値で売れないんだろ、古本って」

「儲け目的じゃなくて、ちゃんと読んで大切にしてくれる人に渡って欲しいのよ」

「ああ、なるほど」

祖父ほどの読書家でもないし、このまま放置していても朽ち果てるだけだ。

ならば、まだ少しでも状態がマシな時点で引き取ってもらいたい。

「もしかして、お宝が混じっているかもよ？」

「なら、なおさらだよ。私じゃ、きちんと管理できないし、引き取ってもらわないと」

難解な昔の本を読み解く自信はない。祖父の本は一部を除いて片付けて、空いた本棚には自分たちの本を並べておきたかった。

「ね、引き続き、ここを秘密基地にしたくない？　自分たちの宝物を飾って、居心地の良い場所にするの」

「いいな、それ。俺、ハンモック置きたい」

キャンプが趣味な甲斐がさっそく釣れた。意外と奏多も乗り気なようで、目を輝かせている。

「素敵じゃない。じゃあ、私はオーディオセットを置かせてもらおうかしら」

「アキラさんはミシン部屋を作業部屋にしてもいいし」

「助かります。内職が捗《はかど》りそう」

どうやら彼女もバイトができない間、特技を活《い》かして自宅で内職をしていたらしい。

「服のお直しですか？」

「いえ、オーダーメイドでコスプレ衣装の作製です」

「な、なるほど？」

予想外の返答に目を瞬《しばたた》かせる。

「こんな感じですね」

スマホ画像を見せてくれた。アルバムをスクロールすると、結構な数を作っていたようだ。

「すごい。本格的だ」

既製品で見かけたことのあるペラペラの安っぽく見える衣装とは全く違う出来栄えに、感心する。

「なんて言うか、リアルな感じがするね。偽物っぽくない、重厚な」

この衣装を日常的にきちんと着こなして生活しているという、そんな説得力を感じる服だった。

「これ、材料費かなりするんじゃない？」

同じことを奏多も考えたらしい。妹を案じる兄の眼差しは心配そうだ。

「納得いく生地を選ぶと、やっぱり高くなる。そこはきちんとプレゼンしてちゃんと材料費はもらっているから安心して」

　ふわりと笑って言い切る妹に、兄の奏多は複雑そうな表情を向けている。

「それに、勉強になって面白いから」

「ほとんどがファンタジーな衣装だもんね。これ、型紙から自分で起こしているんでしょ？」

「世界観を知るために、作品はぜんぶチェックして綿密な打ち合わせをオンライン上でして、一着一着を作り上げています」

「うわぁ……」

　バイト代、いくらだ。ほとんどボランティア価格なのでは、と不安になる。こっそり聞いた作業料は一点一万円ほど。材料費は実費らしいが、かかった日数を計算したら気が遠くなりそうだ。

「勉強になっているから、気にしていません。実際、このバイトのおかげで腕も上がりましたし」

「爽やかな笑顔がまぶしい……」

　でも、せめて技術料はもう少し貰おう？

　やりがい搾取とは違うかもしれないが、技術料はきちんと手にして欲しいと思う。

　そのうち、どうにかしようと奏多と視線を交わし、そっと頷き合った。


　玄関は南口。母屋の北側の端に隣接して建て増ししたのが新屋だ。築三十年弱だが、新屋です。両親の結婚と同時に建てたとか。もっとも息子夫婦は仕事の都合でずっと都内暮らしだったが。

　お盆や年末年始の帰省時、来客時にしか使っていなかったので比較的綺麗な状態だ。両親が事故で亡くなり、中学生の美沙を祖父母が引き取ってくれてからは、ここが彼女の家だった。

「こっちは女子部屋になるから、男子は一階だけチラ見せね」

「はぁい、分かったわ」

「了解。そっちは用事がない限りは行かねーよ」

短めの渡り廊下の先、一階は簡易キッチンと小さめのお風呂と洗面所がある。帰省のたびに、こまめに掃除していたので、汚れは目立たない。

「トイレは二階ですか？」

「うん。上はどっちも洋間で、広さは十二畳。クローゼット付きで二部屋あるよ」

男子二人には適当に母屋近辺を見てもらうことにして、女子二人で二階に上がった。

「階段上がってすぐの、ここがトイレ。で、申し訳ないけど、奥の部屋は私が使っていて」

「あ、じゃあ手前の部屋を見せてもらいます」

空いている部屋のドアを開け、窓を全開にする。中はシンプルだ。フローリングの床、明るい色のカーテン。ベッドやテーブルは置いていない。もともとは両親部屋の予定だったが、結局一度も住むことはないままだったので、主のいないがらんどうの部屋だ。

「ここは来客用の部屋にしていたから、クローゼットに布団をしまっているだけなのよ」

壁際のクローゼットを開ける。収納スペースは大きめ。ハンガー付きのクローゼット部分と、大きめの荷物も保管ができる押し入れ部分と両方が備わっている。田舎の家なので、室内の間取りは広めだ。ベッドや作業台などを一通り並べても、かなりの余裕がある広さになっている。

「窓からの景色もいいですね」

裏山からは、ちょうど今が盛りの山桜が拝めた。

「諦めていた花見も、ここでならできそう」

悪戯《いたずら》っぽく笑いながら、晶が言う。

（みんな優しいな）

くすぐったい気持ちで、美沙も笑顔を浮かべる。古くて、傷んでいて、かなり不便な古民家なのだ。こんな家の良いところばかりを皆が見つけてくれようとしているのが、自然と伝わってきた。

「そうだね。落ち着いたら、お弁当とお酒持参でお花見しよう」

楽しい予定を心待ちに、部屋を後にした。

◇◆◇

「家の中はこんなものかな。次は外の建物の案内ね」

「二人ともどこに行ったんでしょう？」

男子組二人の気配を追って外に出てみる。何もない田舎なので、すぐに見つけることができた。

前庭の畑を眺めていた奏多と裏山の周辺を探索中の甲斐を拾い、そのまま案内を続けることにする。

まずは、家の前に広がる畑からだ。

「おじいちゃん、最近は自分たちが食べる分だけのお米を細々と作っていて。ちゃんと手入れをしていたのは、この畑とビニールハウスだけなんだよね」

稲作用の田んぼは農協を通して人に貸している。田んぼも世話をしないと荒れてしまうのだ。貸し賃は収穫物の何割かを提供していたはず。田舎の大雑把加減で毎年新米を大量にお裾分けに貰うだけで、特に気にしたことがなかった。後で調べておこうと美沙は心の中に留《とど》めておく。

「畑、思ったよりも広かったわ」

外を眺めていた奏多が感心したように言う。

地形に合わせて作った畑はくねくねした小道を幾つも挟んでおり、迷路のようで面白い。

「これでも幾つかの田畑は処分したんですよ。今は散らばっているから正確に測っていなくて。たしか、合わせて一反くらいだったかな」

「一反。……ええと、あいにく農業には詳しくなくて、三百坪だったかしら」

「ですです。よく知っているじゃないですか、カナさん」

「おう、さっぱり分からん！　どんくらいだ？」

「すいません、その単位は私も把握できません……」

首を捻《ひね》る甲斐と晶。まあ、農家関係や不動産に興味がなければ、あまり触れない話題か。

分かりやすい説明だと、何がいいだろうか。

「まず、一坪がだいたい畳二枚分、二畳だと考えてくれたら良いよ。一反は三百坪だから──」

「畳六百枚分？」

「マジか……」

「あ、家の前のこれだけじゃなくて、他の場所、使っていない土地も合わせてだからね？　たぶん労力的におじいちゃんも半分くらいしか土地を使っていなかったんじゃないかな」

年老いてからは、道の駅や農協におろす分を少しとお裾分け用、あとは自分たちが食べるくらいの量しか作っていなかったはずだ。

「本格的に農業したいなら、畑をぜんぶ稼働するのもアリだけど」

「素人には家庭菜園が精々じゃないかしら？」

「だと思います。私もそれほど詳しくはないし」

「でも、農機具はほぼ揃《そろ》っているみたいだな」

先に納屋を覗いてみたのだろう。農機具類や大工道具などを雑多に並べて置いてある倉庫は、甲斐の少年心を大いに刺激したようだ。

「ちょっと動かしてみたいかも」

「はいはい、落ち着いたらねー？」

工事現場で働いていた甲斐なら、トラクターの扱いもすぐに慣れるだろう。薪割り担当に続き、農業部長を任せよう、とこっそり心の中で任命する。

「ミサさん、ミサさん。今は何の野菜が食べられます？」

「えーと、たしか玉ねぎとキャベツ、カブも植えていたかな。あと、ブロッコリーと菜の花もあったと思う」

「いいですね、楽しみです」

「ビニールハウスでも野菜を作っているのよね？」

「あっちはたしか、アスパラが中心で。あとは育てやすいミニトマトとかキュウリ、ナスあたりを。本当はいちごを育てたかったんですけど、難しくて」

「いちご！」

ぱっと顔を輝かせる晶。笑顔がとんでもなく、まぶしい。そんなに期待に満ちた眼差しで見詰められたら、無条件降伏するしかない。美沙は笑顔で晶の白魚のような手をそっと握った。

「作っちゃいましょうか、いちご」

「作っちゃいましょう！　楽しみです」

「女子ねぇ」

キャッキャとはしゃぐ姿を奏多に微笑ましそうに見守られてしまって、ちょっと恥ずかしい。

採れ立てのいちごは瑞々《みずみず》しくて美味しいので、ぜひとも北条兄妹に味わってもらいたい。

「野菜の収穫は後にすることにして。納屋はもう見たんですよね？　鶏小屋は、今は使っていないし。最後に土蔵を案内しますね」

山寄り、いちばん奥に建てられた白壁の蔵を美沙は指さした。

「おお、お宝が眠ってそう！」

「残念ながら、ここにお宝はありません。うちは先祖代々、由緒正しき農家なの」

蔵にはしっかり鍵を付けている。特に宝物などは置いていないが、万が一にでも子供が迷い込むと危険なので、防犯というよりは事故防止を兼ねてだが。

ポケットから取り出した鍵を使い、引き戸を開ける。古びた、埃っぽい臭いが鼻をついた。

「おお……！」

さっそく探検に乗り出す甲斐。中二階建てで、それなりの広さはあるが、物置と化した場所なので視界はあまり良くない。

置いている物は多岐にわたった。

ほとんどが使われていない家具や小物類。箱入りの茶碗《ちゃわん》、古びた家電類もある。重なった段ボール箱にはアルバムや教科書の但し書きがあった。かなり古い年代物で祖父の名前の箱もある。

桐《きり》の衣装箪笥《だんす》にはたしか祖母が大事にしていた着物が収まっているはず。

まあ、ほとんどがガラクタだ。使われなかった引き出物が入った箱の山に、古道具の類いもある。父の子供時代のおもちゃが入った段ボール箱も幾つか積まれていた。

「うわ、鎧《よろい》がある！」

「あー……。ひいおじいちゃんが居間に飾っていたやつね」

実用性はなく、飾り用の鎧と兜《かぶと》のセットだ。周辺の地主だった、ご先祖が跡取りのお祝い用に贈ったものだと聞いたことがある。豪華だが、大きいし重いしで、飾られることは少なかった。

「こういうの、骨董屋が良い値段で買い取りしてくれるんじゃね？」

「だと良いんだけど。むしろ引き取り拒否されそうな古めかしさだよね。引っ越してきたら、本格的に片付けないとなー」

さすがに物を詰め込みすぎだ。物を大事に使っていた世代の祖父母は、思い入れのある家具や家電をなかなか捨てられない性格をしていた。

なまじっか、広めの土蔵や納屋があったばかりにどんどん溜《た》まっていったのだろう。

家の中は二人が亡くなった後にかなりの物を捨てたが、土蔵と納屋は手付かずだった。

「着物とかお茶碗が良い値段で引き取ってもらえたら、焼肉パーティをしたいなー」

「賛成」

「意義なし」

「なら、蔵の片付けは手伝ってね？」

「はぁい」

「仕方ないから、手伝おう」

「お肉のためなら頑張れます……！」

三人から言質は取れたので満足だ。さすがに、この量を一人で片付けるのは憂鬱すぎる。

「奥に行くほど古い年代っぽいな」

「順番に不用品を積み重ねてきたみたいね」

ちょっと恥ずかしい。ご先祖さまよ。

でも、もしかしたら素晴らしいお宝が発掘されるかもと一抹の期待を抱きながら、四人で奥に進んだ。ようやく突き当たりの白壁が見えたあたりで、美沙は足を止めた。

まじまじと、それを眺めやる。

「なに、これ」

「ドア？」

そこにぽつりと置かれてあったのは、木製の扉だった。

純和風の土蔵には不似合いな、アンティーク調のお洒落な洋風のドアだ。

飴色《あめいろ》の扉は樫《かし》の木だろうか。ドアノブは真鍮《しんちゅう》製のようにも見える。小窓は不透明なガラス製で、薔薇《ばら》と蔦《つた》がデザインされた格子が入っている。

鍵穴にはレトロなデザインの鍵がぶら下がったままだった。

「裏口用のドア？　こんなのあったかな……」

幼い頃、近所の友達とかくれんぼをした時に入った際には見かけなかったはずだ。

なんとなく違和感のあるドアに、臆せず近寄ったのは甲斐だ。

ひょいっと裏側を覗き込み、首を捻る。

「これ、このドアだけが独立して置かれているぞ。あのアニメの、どこにでも行けるドアみたいに」

「えー……？」

(なんでそんなものが、うちの蔵に？)

戸惑いながらも歩み寄り、美沙は同じように裏側を覗き込んで確かめてみた。

「ほんとだ。ドアだけが立っているね。厚みがあるから自立しているのかな」

なんとも不思議な光景にしばし見入ってしまう。

「アニメみたいに、どこか別の場所と繋がっていたりして？」

からりと笑いながら、甲斐が無造作にドアノブに手をかけた。

「そんなわけ――…」

あるわけないでしょバカね、といつものように笑い飛ばそうとして。

「えっ……?」

「なんで」

「うそ」

四人とも、その場で立ち尽くしたまま絶句することになった。

開かれたドアの向こう。

古びた土蔵の白壁が見えるはずのそこには、なぜか岩壁に囲まれた仄暗《ほのぐら》い道が続いていたのだ。

第三章◆ダンジョン？

「洞窟、だよね……？」

目の前の光景に呆然としながら、呟いた。

開かれた扉の先に続くのは、三方を岩肌に囲まれた道だった。幅は二メートルほどか。うっすらと光る岩壁のおかげで、灯《あか》りもないのに遠くまで見通せた。

ごつごつとした岩壁の様子は、どう見ても洞窟で。美沙《みさ》は大いに戸惑った。

「いやいや、土蔵の中に洞窟？　まさか、そんな」

「実はこのドア、裏山に続いているとか？」

扉から離れてそっと確認してみるも、やはり裏側は何もない空間だ。

「やっぱり、どこにでも行けるドアだな、これ！」

「まさかー……って言い切れない自分が嫌だ……」

四人とも、ちゃんとこのドアの向こうの世界が見えているようだから、幻の類いではないだろう。

やけにリアルだから、夢でもないはず。

「よし、行ってみるか！」

「ちょっ、カイ！」

止める暇もなかった。考えるよりも先に動くがモットーの甲斐《かい》らしく、好奇心に満ちた眼差しはまっすぐドアの向こうを見据えて。何の気負いもなく足を踏み出した幼馴染みを引き留めようと、美沙はつい手を伸ばしてしまったのだ。

「ふえっ？」

「ミサちゃん！」

「危ない！」

いかんせん、体勢が悪い。おぼつかない足元はドアの下枠に引っ掛かり、前を歩いていた甲斐もろともドアの向こうに転がり落ちてしまう。さらに悪いことに、慌てた奏多《かなた》が支えようと手を伸ばし、一呼吸遅れて駆けつけてくれた晶《あきら》とこちらも接触事故。

見事に四人全員が縺《もつ》れ合《あ》いながらドアの向こう側に転がり落ちてしまったのだった。

「いったー……」

「重ぇよ！」

「ああ、もう。私としたことが」

「カイさん、ごめんなさい」

まずは最後尾の晶が立ち上がり、続いて奏多が手を引いて美沙を起こしてくれた。言葉遣いはフェミニンだが、奏多は態度や仕草から、心持ちまで紳士《ジェントリ》なのだ。

「カナさん、ありがと……」

「どういたしまして。怪我《けが》はない？」

「幸い、ちょうど良いクッションがあったから」

「いやそこは俺の心配しよ？　クッションじゃねえし」

文句を言いながらも立ち上がった、クッション代わりの甲斐は服についた埃を払っている。

美沙はきっと幼馴染みを睨《にら》み付《つ》けた。

「バッカじゃないの、カイ！　なんであんたはそう考えなしなの。ちょっとは様子見なり、頭を使いなさいよ、危ないでしょうが」

「や、だから俺一人で行くつもりだったんだって！　誰か見てこなきゃ、不安だろ？」

「だからって」

「ストップ、ミサちゃん。お説教はとりあえず後で」

「ですね。結局、みんな入ってしまった後ですし」

それもそうだ。一息ついて、そろりと周囲を窺《うかが》ってみる。うん、洞窟だ。そっと触ってみた壁も本物の岩肌。土の匂いと、湿った独特の空気はなんともリアルだ。

「本当に洞窟だったね」

「というか、これアレみたいだな」

「アレ？」

「おう、ダンジョン！」

ゲーム好きな甲斐にしばしば付き合わされていた美沙は懐かしい単語に息を呑《の》む。

ダンジョン。たしかに造形だけ見れば、よく似ているかもしれない。が、あれはフィクションだ。ありえない。ため息と共に甲斐を窘《たしな》めようとした、その時。

美沙の頭の中で、ピロンと軽快な電子音が響いた。


『ツカモリダンジョン、挑戦パーティを確認。ダンジョン初回特典スキルを付与』


男とも女とも知れぬ機械的な音声が美沙の脳内でそう告げてきた。

「え、本当にダンジョン？」

「マジか」

「嘘《うそ》でしょう？」

「あ、何か体が熱い、かも」

妙なアナウンスの後、ふいに体が痺《しび》れるように熱くなった。ほんの一瞬。

だけど、その束《つか》の間《ま》のうちに色々な情報が脳に直接刻み込まれたのだと思う。

「ふ…っ」

両腕を抱きしめるようにして、その感覚に耐えた。ゆるりと目蓋を押し上げて、美沙は呆然と己のてのひらを見つめる。細胞のひとつひとつが塗り替えられたような、そんな違和感。

「……本物のダンジョンだったか。えっと、たしか、『ステータス』だっけ？」

立ち直りの早い甲斐がさっそく『刻まれた知識』にある言葉を唱えている。ダンジョンで、ステータス。本当にゲームのようだ。途方に暮れる美沙をよそに、甲斐は楽しそうだ。

「お、俺の初回特典スキル【身体強化】と【火属性魔法】だってさ。かっこいいな」

自身のステータスを確認した甲斐が、能力を確かめようと飛び跳ねている。ぼんやりとそれを眺めていたが、他の二人がおそるおそるステータスを確認するのを目にして、仕方なく呟いた。

「……ステータス」

ブン、と低い音がして、美沙の目の前に薄青いモニタのような物が現れた。触ろうとしてみても、透明なモニタには触れられないらしい。

〈ミサ・ツカモリ〉
レベル　1
体力　F
魔力　C
攻撃力　F
防御力　F
俊敏性　E
初回特典スキル　【アイテムボックス】【水属性魔法】
取得スキル　なし

「ゲームのステータス画面っぽい？」

先ほどのアナウンスにあった、初回特典スキルには【アイテムボックス】と【水属性魔法】とある。

「アイテムボックスって、よくラノベで見かける収納系の魔法だっけ」

ステータス画面を睨んでいると、何となく使い方が分かってきた。

地面に落ちていた石を拾い、収納と唱えてみる。スッとてのひらから石の感触が消えた。代わりにステータス画面の下方、【アイテムボックス】というフォルダに「小石×1」という記載が増える。

「画面でいちいち確認するのは面倒かな」

目を瞑《つぶ》って【アイテムボックス】と念じてみると、脳裏にフォルダが浮かんだ。これは便利。

「収納物を出すには、念じればいいのかな？」

てのひらに戻れ、と念じると石の感触が再び現れる。これはちょっと面白いかもしれない。

刻まれた知識が幾度も繰り返しスキルを使うことによりスキルレベルが上がり、能力が進化するのだと教えてくれる。

「触った石を収納して、一メートル前の空間に落とすこともできるのかな。……あ、できた」

意識しながらスキルを使うと、てのひらではなく、離れた場所に物を出せることも分かった。

レベルにより出せる距離に限りがあるようで、レベル1の今はまだ、1メートル先への取り出しが限度のようだった。

物に触れなければ収納できないが、それでもこのスキルは便利だと思う。体感だが、レベル1の今現在でも蔵の中身を丸ごと余裕で収納できそうだった。――つまり、これは。

「引っ越し代がかからない！」

「そこかよ。いや、便利だけどさ」

ひととおり先にスキルを試したらしい甲斐から、速攻で突っ込まれる。

「だって一人暮らしとは言え、引っ越し料金はかなり痛いよ？　十万単位で貯金がとぶんだから！　それが、この【アイテムボックス】のスキルを使えば無料。最高じゃない？」

「たしかに、すげー助かるな。俺の引っ越しの時もぜひ頼む。……で、もうひとつのスキルは？」

どうやら皆ふたつずつスキルや魔法がもらえたらしい。ダンジョンの管理人とやらは、随分と太っ腹だ。

「もうひとつは、水の魔法だね」

てのひらを宙に差し出して、頭の中で蛇口を捻るイメージを思い浮かべる。魔法の使い方もちゃんと教えてくれるとは、なんと親切仕様なのだろう。

やがて、パシャリと音を立てて、何もない空間から水が溢《あふ》れてくる。

「わ、わ」

慌てて蛇口をしめ、水を球状にまとめるイメージを思い浮かべる。宙に浮いた、まんまるい水の塊を美沙は遠くに放り投げた。シャボン玉が弾《はじ》けるように、水が地面を濡《ぬ》らす。

「こっちは、水道代が節約できる？」

いや、この家は山から引いた井戸水利用だから、水道代はかからなかった。ちょっと残念だ。

「せっかくファンタジーなスキルなのに、ミサの感想ズレすぎ。まあ、らしーけど」

「失礼な」

「で、そっちは？」

甲斐が視線を流した先では、北条《ほうじょう》兄妹が腕組みをして、何やら考え込んでいる。

「ああ、私は【鑑定】ってスキルね。それと【風属性魔法】だったわ」

先に口を開いたのは奏多だ。長い人差し指の先に、小さな竜巻が舞っている。

さっそく使いこなしているあたり、器用な彼らしい。

【鑑定】スキルの方は今のところレベルが低いから、少ししか分からないわね。この洞窟の壁を試しに鑑定してみたけど、『ツカモリダンジョン入り口』以外は何も」

「私は【錬金】スキルでした。もうひとつの魔法は【光属性魔法】。ええと、小さな灯りを点《とも》すことができます。あとレベルが上がると、たぶん回復魔法が使えるのかな」

「え、すごいじゃない、アキラさん！　回復魔法とか日常でも、すっごく助かる魔法！」

「日常でも使う気満々か、お前」

「むしろ日常以外で使う気？」

「え、ダンジョン攻略しねーの？」

「え？」

「え？」

無言で甲斐と見つめ合ってしまう。奏多がため息まじりに割って入ってくれた。

「はいはい。とりあえず今日のところは、ここから撤収しましょう」

「えー！　せっかくのダンジョンで、しかもスキルが貰えたんだから攻略したい！」

「攻略するにしても、こんな無防備な格好で挑むわけ？　カイくん、命知らずすぎるわよ」

「……それは、たしかに？」

「とりあえず疲れたから家で休みたいかな、私は」

「同じく」

美沙の弱々しい訴えに、晶も同意してくれた。

うー、と唸《うな》っていた甲斐も蛮勇を認めたらしく、しぶしぶ頷いた。

「じゃあ、帰りましょう」

「あ、待って。何か変な気配がする」

「ん？」

何かに気付いたように、はっと甲斐が顔を上げた先に、皆で視線を向けた。

(地面の上、何かが揺れている、ような？)

「水たまり？」

「違う、スライムよ」

鑑定した奏多が断言する。

「え、え、モンスター？　どうしよう、逃げる？」

「落ち着いて、ミサさん」

「そうそう。スライムなんて雑魚敵だろ？」

てのひら大の石を拾った甲斐が勢いをつけてスライムに投げつけた。

【身体強化】のスキルを使ったのか。それはものすごい勢いで飛び、スライムにぶち当たった。パシャリ、と水風船が割れたような音がして、スライムが弾け飛ぶ。

地面が淡く光って、その光が消えた後にぽつんと何かが残されていた。

「なんだろ、あれ」

「ドロップアイテムだ！」

嬉々《きき》として駆けていった甲斐が拾って帰ってきたのは、人差し指サイズのガラスの小瓶だ。

形はアンプルのようで、上部の細い部分を折って使う物に見えた。

「ポーション、と鑑定には出ているわね」

「これがポーション……」

「怪我とか病気が治る万能薬、だっけ？」

「いえ、これは軽い外傷と軽めの内臓疾患が治るだけの初級ポーションね。中級ポーションなら、色んな病気に効果があるのかもしれないけど」

「すごい物がでたね……」

「いちばん最初の雑魚スライムがポーションを落とすなら、攻略していけば、もっと良いお宝がざくざく手に入りそうだな」

「…………」

能天気に笑う甲斐を、三人は無言で見詰める。

とりあえず、ドアの向こう、元の世界へと撤収することにした。

◇◆◇

お湯を沸かし、人数分のお茶を丁寧に淹《い》れる。

揃いの茶碗を居間のテーブルに並べた。元農家の田舎の家にはなぜか茶器や皿の数だけは大量にあるのだ。あいにく洒落た茶菓子はなかったので、コンビニで仕入れたポテトチップスをパーティ開けして皆で食べることにした。

「あー……茶が美味《うま》い……」

「ほんと、美味しいわ。良い茶葉ね」

「頂き物なので。お口に合ったなら良かったです」

温かいお茶を一口飲んで、ようやく人心地がついた。

無言でお茶をすすり、それぞれが思いを馳《は》せているのは、先ほどの土蔵の中の不思議空間。ドアの向こうに広がるダンジョンだ。念のため、ドアにも土蔵にもしっかりと鍵をかけてきた。

「あれ、いつからあったんだろうな」

「少なくとも、私がここに住んでいた学生時代にはなかったことは確かだけど」

「さすがに、おじいさんおばあさんがダンジョンを攻略していたとは思えないものねぇ」

「見て分かるとおり、いらない荷物を順に押し込むだけで、奥まで覗いたりしなかっただろうし。たぶん私たちが初めて見つけたんだと思う」

「アナウンスも初回特典って言っていましたもんね」

もし、もっと早くこのダンジョンの存在に気付いていていたら。攻略して病気も治るポーションを手に入れることができたのだろうか、と美沙はぼんやりと考えた。

祖父母の顔が浮かぶ。仲の良い老夫婦だった。癌《がん》に侵された祖母が亡くなり、四十九日が過ぎた頃、後を追うように祖父も亡くなった。心不全だった。

祖母が癌にならなければ、二人とも今でも元気に生きていたかもしれない。

「ミサ。なにを考えているのか、なんとなく分かるけど、お前のせいじゃねーからな？」

ぶっきらぼうな口調で甲斐が言う。

考えなしの猪突猛進《ちょとつもうしん》、脳筋タイプだけど、こう言う時は妙に聡《さと》いし、優しい。

「……だね。済んだこと悔やんでも仕方ない。今はこれからどうするかを考えなきゃ」

「おう」

もう一口お茶を飲んで、心を落ち着けて。そろりと北条兄妹を見やった。

「ん？　どうしたの、ミサちゃん？」

柔らかな微笑を向けてくれる奏多。気遣わしそうにまっすぐ見つめてくるのは、その妹の晶。

なんて優しくて、まぶしい人たちなのだろう。あらためて感心した。だけど、今は。

「……その、どうします？　やっぱりイヤですよね、こんなわけの分からない家なんて」

「ふふっ、まさかダンジョン付きのシェアハウスとは思わなかったわね」

くすくすと軽やかに笑う奏多。隣に座った晶は存外に真面目な表情で、美沙に向き直った。

「私はここが気に入ったので住みたいです」

「アキラさん、いいの？」

「ダンジョンには驚いたけど、物件自体は気に入ったし、条件もかなり良いから迷いはないです。それに物作りをしたい身には、この【錬金】スキルはとてもありがたい能力ですし」

そういえば、彼女のスキルは詳しく聞いていなかった。【光属性魔法】にすっかり興味が移っていたことを反省し、あらためて確認する。

「【錬金】スキルって、どんなことができるの？」

「うーん、そうですね……。その髪ピンを貰っても？」

「あ、はいどうぞ」

後れ毛を留めていたピンを外し、晶に手渡す。両手でピンを握り込んだ晶が目を瞑り、何かを念じている。一分ほど経《た》った頃、笑顔で手を差し出してきた。

「どうぞ。差し上げます」

「え？　これ、さっきのピン？」

「はい。【錬金】スキルで弄《いじ》りました」

てのひらに転がるのは、小さくて愛らしいハート形の金属片だった。

彼女のスキルは、念じただけで金属などの素材を状態変化させて、再成形ができるらしい。

「金属が手に入ったら、色々なアクセサリーを作りたいです。頭に思い浮かべるだけで、好きな形に弄れるなんて、最高過ぎます」

「……なるほど」

なんとも彼女らしい考えに、微苦笑が浮かぶ。

晶の【錬金】スキルは金属や素材の加工だけでなく、薬草から薬を作ることもできるらしい。

「アキラちゃんに先を越されたけど、私もここに住みたいわ。スローライフに憧れもあったし、この【鑑定】スキルをダンジョンで鍛え上げるのも楽しそう」

にっこり笑顔の奏多には、色んな含みがありそうだが、深追いはせずに美沙は素直に喜ぶことにした。

「やった！　じゃあ、さっそくですが、四人でのシェアハウス生活に乾杯しましょう！」

「俺には聞かねーのかよ」

「カイがダンジョンに釣られないはずないし」

「当然だな」

「ダンジョンに挑戦するのはいいとして、命大事に、は絶対条件だよ？」

ドロップアイテムやスキルレベルアップを期待して、ダンジョンを攻略するのは良い。

だけど、大怪我を負ったり、命を落としてまで危険なダンジョンに挑戦することは、店子《たなこ》を守る

べきシェアハウスの大家としては絶対に容認できないことだった。

「当然よね。生活向上をモットーに、ゆるく頑張る程度でいきましょう」

「俺だって痛いのは嫌だし、おふくろとチビども残して死にたくねーし。無茶はしない」

「同じく」

「よし。では、あらためて。ダンジョン付き古民家シェアハウスにようこそ！」

わっと歓声が上がる。

危険なダンジョンが扉一枚を隔てた先にあるというのに、誰もそれを通報することは考えもしなかった。

最初にダンジョンに足を踏み入れた際に聞こえたアナウンスから刻まれた知識から、ダンジョンが資材の宝庫であることは、もう理解している。

そんな貴重な場所を国家権力に取り上げられることを恐れたからだ。

（私たちの家だ。誰にも渡したくない）

そうして、四人でのダンジョン付き古民家シェアハウスの生活が決まった。

第四章◆お引っ越し

ひとしきり周辺を案内した後はのんびりと家で過ごすことにした。

畑から野菜を収穫し、料理が全くできない甲斐《かい》を除いた三人でキッチンに立つ。ちなみに甲斐は庭で薪割りに挑戦中。ダンジョンで入手した【身体強化】スキルがさっそくお役立ちだ。

文字通り、腕力や体力を強化する能力のようで、意識を集中させて発動させると、およそ通常時の五倍ほどの力が使えた。蔵で眠っていた握力測定器で調べた結果ではあるが、力仕事の多い田舎暮らしをする身からすれば、かなり使える能力だと思う。

美沙《みさ》が手に入れたのは【アイテムボックス】スキルと【水属性魔法】なので、今現在のところは野菜を水洗いする際にしか使っていない。畑から収穫してきた菜花をざっと水魔法で作り出した水球《ウォーターボール》の中で丸洗いして、一口サイズに切っていく。

「菜花は芥子和《からしあ》えにしますね」

「ミサちゃん、手際いいわねぇ」

「祖母仕込みです」

奏多《かなた》に褒められたのは嬉しいけれど、得意なのは祖母に教え込まれた煮物などの田舎料理だけだ。

洋食は大学に進学し、一人暮らしを始めてからレシピ本片手に覚えたクチなので、美沙の料理の腕前はいたって普通である。レシピさえあれば大抵何でも作れるので、特に困ったことはない。

「カナ兄、私は野菜炒《いた》めを作るね」

「……アキラちゃんは指を切らないようにね？」

「ミサさんに対する反応と違いすぎないかな」

「まあ、それは仕方ないと思うわよ？」

晶《あきら》がひどく真剣な面持ちで、野菜を切っていく。

ニンジンとキャベツと玉ねぎを使った野菜炒めにするようだが、どれも不揃《ふぞろ》いな出来栄えだ。細かく切ったはずの玉ねぎに至っては、なぜだか端で繋がっている。被服系の専門学校に通っていたので、手先は器用なはずだが、料理はあまりしなかったのだろうか。

「切って焼くのとレンジを使うことができれば、寮生活はしのげたので」

「ええ……？　でも、それだけじゃ栄養が偏らなかった？」

「大丈夫ですよ。最近のレトルト食品は優秀ですから。冷凍食品もカップ麺もどれも美味しいです。忙しい際に時短ができるのもありがたいですよね？　栄養面はサプリもあるし」

「…………アキラさん」

「ちょっとこれは、性別云々《うんぬん》はともかく。不安だから、鍛えるわ。兄として」

「ですね。カナさん頑張って。私も協力します。でもカイよりは全然マシですよ？　あいつ、野菜は生で齧《かじ》る、肉は塩で焼くのが料理だって言い張っていますからね」

軽口を叩きながら、夕食を作っていく。主食はコンビニで買ってきた袋ラーメンに野菜やハム、卵を落とし込んで煮たものを。あとは彩り豊かな野菜料理がテーブルいっぱいに並んだ。

新鮮な生野菜サラダに具沢山のお味噌汁《みそしる》、ネギ入り玉子焼き。菜花の芥子和えにキュウリとツナのマヨ和え。野菜炒めは冷凍庫に眠っていたイノシシ肉を使ったので、食べ応えがありそうだ。

あとは風呂上がりの酒のお供に野菜をスティック状にスライスし、冷蔵庫で冷やしている。味噌、辛子マヨ、胡麻《ごま》味噌など、ディップソースもきちんと用意しているので、今から楽しみだった。

ちょうど料理が出揃ったところで、薪割り体験を済ませた甲斐も戻ってきた。

手を洗ってから、大広間の掘り炬燵テーブルで夕食を囲むことにする。お酒は風呂上がりにじっくり楽しむことにして、野菜たっぷりの夕食をみんなで堪能《たんのう》した。

「採れ立ての野菜ってこんなに美味しいんですね……」

生野菜サラダを口にした晶がうっとりと呟く。

レタスにトマト、キュウリにパプリカ。ありふれた食材しか使っていないけれど、たっぷりの水分を含んだ新鮮な野菜の美味しさに気付いてくれたようだ。

「野菜炒めも美味い。なんていうか、野菜本来の甘み？　この肉に負けてないのがすごいな」

「イノシシ肉自体の旨味《うまみ》も強いけどね。うちの野菜美味しいでしょう？」

「ええ、本当に良い味だわ。このお味噌汁も絶品。もしかして、手作りのお味噌？」

「分かります？　味噌作りの天才のおばあちゃんからバケツいっぱい譲ってもらったんです」

祖父母の代から付き合いのある、ご近所さんだ。野菜農家で、豆から育てて味噌を仕込むのが趣味のおばあちゃんは、味噌の他にも美味しい糠漬《ぬかづ》けを作る天才でもある。

「素敵ね。私も挑戦してみたくなるわ」

「味噌作りは大変そうだけど、糠漬けには私も興味があります。なにせ、野菜が余るほどあるので」

「ピクルスだっけ？　作ってなかったたっけ、ミサ」

「うん、糠床《ぬかどこ》を育てる自信がなかったから挑戦してみたんだよね。結構、美味しくできたんだよ。田舎暮らしを始めるなら、また色々と試してみようかな。野菜を腐らすのももったいないし」

「いやいや、ミサ。お前【アイテムボックス】スキル持ちだろ？　あれに収納すれば、腐ることもなくなるんじゃねぇの？」

「あ…………」

そうだった。うっかりしていたが、そんな便利なスキルを授かったばかりだった。

あれから色々と試してみて、【アイテムボックス】内では時間が停止していることが分かったので、収穫した野菜を収納しておけば、ずっと新鮮なまま保存しておくことができる。

「便利過ぎない？　【アイテムボックス】スキル。買い物が便利になるとか、引っ越し代が無料になるとかしか考えていなかったかも」

「ミサちゃんらしいわ。いくらでも悪用できそうなスキルなのに、喜ぶところが、ふふっ、引っ越し代無料だなんて」

「カナさん、笑いすぎ！　アキラさんまで、肩が震えているし！」

皆で賑《にぎ》やかにテーブルを囲んで食べるご飯は美味しかった。

甲斐はラーメンをお代わりし、あまり好きではなかったはずの野菜料理も完食した。

夕食後は母屋と新屋組に分かれて順番にお風呂に入り、風呂上がりは縁側で涼んだ。窓を開けて満天の星を肴《さかな》に、買い込んできたビールや酎ハイを楽しむ。火照った肌には夜風が気持ち良い。

花の淡い香りが庭先まで流れ込んできていることに気付いて、サンダルを引っ掛けて裏庭に回ってみた。蕾《つぼみ》が幾つか残っている咲き初めの山桜はソメイヨシノほどの華やかさはないが、清廉とした美しさには言葉もなく見惚《みと》れてしまう。

花と酒に酔いながら、ぽつぽつと今後のことを話し合ってから、あまり遅くならないうちに就寝することにした。久しぶりのおやすみなさいの挨拶は、一人暮らしの身には何となく面映《おもは》ゆい。

興奮して眠れないかと不安だったが、すぐに寝落ちしてしまった。

◇◆◇

昨日に続き、野菜中心のヘルシーな朝ご飯をたっぷり食べて、帰宅する。

戸締まりをしっかり確認して、奏多の車に乗り込んだ。引っ越しは一週間後に決行予定だ。

準備期間は短いが、細かな荷造りが不要な分、負担は少ない。片付けと各種手続きだけは面倒。

荷物は家具ごと、美沙の【アイテムボックス】に収納すれば良いので、不用品の処分と細々とした物だけ段ボールに詰めてもらえば、五分と掛からずに全ての荷物を持ち出せる。

「このスキル、本当に便利」

「そうね、便利だわ。収納の容量っていうのかしら？　もしも余裕があるのなら、トランクルーム代わりに不用品を預かってもらえると助かるわ」

「あ、それ良い考えですね、カナさん。容量はかなり余裕があるから、預かりますよ？　十二畳の和室なんて、収納スペースがあっても入りきらない荷物も多くなるでしょうし。アキラさんも荷物は多いよね？」

「多いです。裁縫関係の荷物が特に、一部屋分溢れそうなくらいありますね。布や糸や小物類の在庫がすごいと思います……」

心配そうに瞳を揺らす晶に、美沙は自信満々に頷いてみせた。

「大丈夫！　ステータス画面でフォルダ分けができるから、全部預かるよ」

「フォルダ分け？　なんだ、そりゃ」

「パソコン風の画面になっているんですか？　使いやすくて便利かも」

「ほんと。収納スキル、超便利！」

昨夜、お酒を飲みながら、色々とステータス画面を触ってみて、気付いたのだ。

フォルダごとに仕分けができるのなら、皆の引っ越し荷物が混ざる心配もないし、管理が格段と楽になる。納屋の不用品や蔵の中の大型家具などの邪魔な物品も【アイテムボックス】内に片付ければ、かなりスッキリしそうだった。

「そう言えば、ステータス画面に新規作成したフォルダにタッチしたら、ゴミ箱マークが現れたんだよね。もしかしたら収納物を削除できるのかもしれない」

「ミサちゃん、粗大ゴミも引き受けられるってこと？　最強じゃないの！」

「すげぇな。そのスキルで立派に稼げるんじゃね？　粗大ゴミ格安で回収しますって」

茶化すように甲斐が言うのに、美沙ははたと手を打った。なんだそれ。元手ゼロで儲け放題？

テレビ番組で見たことのあるゴミ屋敷のお片付け料金を思い出して、こくりと生唾を飲み込んだ。

「そんな手が……」

「ミサさん、落ち着いて。もっと楽しくスローライフしましょう？」

助手席から身を乗り出して宥めてくれた晶のおかげで、どうにか落ち着けた。

帰りの車内も賑やかに、楽しく過ごすことができた。

お昼ご飯は、出発前に皆で作ったおにぎりを食べる。お米はたっぷりとあったので、メインはおにぎり。具は缶詰を使ったツナマヨや牛肉の時雨煮、半熟の煮玉子を使った。

片手で食べられるので、ドライブには最適だ。

トイレ休憩を挟みつつ、都内に到着したのは、一時間半後。平日だったからか、かなり空いていた。待ち合わせ場所にしていたコンビニで解散予定にしていたが、奏多がそのまま自宅に送ってくれることになった。

「じゃあ、一週間後にね、ミサちゃん」

「はい、一週間後に。運転ありがとうございました、カナさん」

「楽しかったから、気にしないで」

皆に手を振って自宅マンションのエントランスに向かう。

荷造りに掛かる時間は大幅に減少できるが、引っ越しに伴う雑事はそれなりにある。

のんびりしている暇はないので、今日からでも手続きに着手しなければ。

「まずは不動産屋に連絡して、マンションの退去手続きかな」

◇◆◇

【アイテムボックス】内のゴミ箱機能は、有能だった。

引っ越しするにあたり、不用品が大量に発掘されたのだ。たった四年間住んでいただけのワンルームのどこにこれほどと愕然《がくぜん》とするほどにゴミが山を築いていた。明らかな不用品やゴミは容赦なく、スキル内のゴミ箱機能で削除する。大学で購入した教科書や資料本などは後輩に譲り、リクルートスーツや謝恩会で着た派手なワンピースは古着屋に売り払った。

一人暮らし用の家電品は不要だが、まだ綺麗なので捨てるのはもったいない。少し悩んだが、収納容量にはかなりの余裕があったので、【アイテムボックス】に放り込んでおいた。

捨てるにしても、収納フォルダごと削除すればいいだけなので、有料で回収を頼む必要もない。

中古ショップで買い取りをしてくれそうなら、移住が落ち着いてから持ち込めば良いのだ。

「大型家電の引き取り料金って意外とバカにできないんだよね。支出を抑えたい身には、ゴミ箱機能は本当に助かった」

面倒だったのは、やはり転居関連の手続きだ。

電気水道ガス、ネット関連の引っ越しや解約手続きを終え、そうして一週間後。

四人揃っての引っ越しの日がやってきた。

「迎えに来たわよー」

「カナさん、ありがとう！」

待ち合わせ時間ぴったりに迎えに来てくれた奏多の車にいそいそと乗り込む。

部屋の荷物はすでに収納済み。掃除も終わらせて、鍵も返却しており、いつでも旅立てる。

「最初にアキラちゃんの部屋、次にうち、カイくんの家を回ってから、最後に『宵月』に寄ってもいいかしら？」

「いいですよ。お店の片付けもあるんですね」

ちょっとだけ、しんみりとする。行きつけだったバー『宵月』を教えてくれたのは甲斐だ。

上京した先で偶然に再会した甲斐と話が盛り上がり、バイト先の社長から教えてもらった良い店があるんだと連れて来てもらったのが、奏多が雇われ店長として勤める『宵月』だった。

落ち着いた雰囲気のバーで、柔らかな物腰のスタッフが綺麗で美味しいカクテルを出してくれた。値段もそれほど高くなく、貧乏学生でもどうにか通えるほどで。

たちまちお気に入りの店になり、いつの間にか常連になっていた。週に一度、甲斐と待ち合わせて飲むのが楽しみだった。バーテンダーの奏多とも親しくなり、その妹の晶とも言葉を交わすようになって。四人とも趣味も性格も全く似ていなかったが、不思議とウマが合った。

（でも、まさかその四人で一緒に暮らすことになるなんてね）

勢いでシェアハウスにと誘ったのは自分だが、まさか良い返事がこんなにあっさり貰えるとは思わなかった。それも、あんなファンタジーなドアがある、田舎の古民家に。

あらためて考えると、不安しかない。

「あの、カナさん。本当にうちなんかで良かったんですか……？」

「いいに決まっているわ。刺激的で退屈を感じる暇もなさそうで、とっても楽しみ」

大人の余裕たっぷりの微笑を向けられた。悪戯心満載の艶っぽい眼差しは、恋愛偏差値の低い身には刺激が強すぎる。だと良いんですけども、と小声で返事をするのが精一杯だった。

「着いたわ。ここがあの子が住んでいる学生寮よ」

地方からの上京者が多い専門学校は、女子寮を併設している。四階建ての寮は平日にしか管理人は滞在していないそうだ。今日は土曜日だが、引っ越しで立ち入りの許可はもらっている。

このまま直接、晶の部屋を訪ねるだけなので、むしろ気が楽だった。

「さぁ、行くわよ。三階の角部屋があの子の部屋」

「はーい」

足取り軽く奏多の後を追う。荷物を持たずに引っ越すので、人目の少ない午前中にさっさと済ませてしまうつもりだ。寮と聞いていたので、なんとなく大きな建物の中に一部屋ずつ与えられているのだと思っていたが、見た目はふつうのマンションと変わらない。

それぞれが独立した部屋なので、落ち着いて作業に耽《ふけ》ることができそうだ。

一応、寮の駐車場に到着した際にスマホで連絡は入れていたが、インターフォンで呼び出しをお願いする。待機していた晶が笑顔で出迎えてくれた。

「すみません、ミサさん。お願いします。カナ兄もよろしく」

「まかせて！」

1DKの部屋には荷物がぎっしり詰まっていた。生活雑貨の他、多いのは裁縫道具関連の荷物だ。ミシンが二台、大きめの作業台、大量の布に糸、リボンやレースに、作りかけの衣装。

変わったところではトルソー代わりに使っていると言う、等身大のマネキンか。それぞれ収納しやすいようにまとめられていたので、荷物量の割に早く片付けることができた。

綺麗に使っていたのだろう。寮の部屋はあまり汚れていなかったので、掃除も軽く済ませるだけで大丈夫そうだった。

「さて、カモフラージュ用に空の段ボールでも抱えていく？」

「いいですね」

ふはっと笑いながら、三人で空き箱を抱えて、部屋を後にした。


「で、ここが私の家。とりあえず、全部【アイテムボックス】に収納してくれる？」

「はーい。任されました！」

奏多に案内されたのは、落ち着いた雰囲気の瀟洒《しょうしゃ》なマンションだ。センスの良い家具類がしっくりと収まった、所謂《いわゆる》ホテルライクな部屋。家具だけでなく、ファブリック類もホワイトやグレー系統のカラーリングでまとめており、シックなレイアウトには見惚れてしまった。

「さすが、センスいいですね、カナさん」

空間を贅沢《ぜいたく》に生かして、広々と使っている。隠す収納を徹底しているようで、ミニマリストと勘違いしそうだ。促されるまま家具や荷物に手を触れて、さくさくと収納していく。

「実は肝心なことを言い忘れていたのだけど。ミサちゃん、この子も、いいかしら？」

そっと差し出されたのはキャリーケースに入った、もふもふの塊。覗き込んで、息を呑んだ。

「すっごく可愛い猫ちゃん……！」

「ノアさんです！」

誇らしげに紹介してくれたのは、晶だ。なんでも、この子を拾ってきたのは、幼い頃の彼女らしい。兄と妹で可愛がっていた飼い猫で、奏多が上京する際に実家から連れて来たのだという。

綺麗な三毛柄の長毛種で、賢そうな目をした女の子だ。

「ノアさん、かわいい……。もちろん、大歓迎です、犬も猫も大好きです！」

「良かったわ。十七歳で、お年寄りなのよ。ずっと寝てばかりだけど、大切な家族だから」

「引っ越し、ストレスにならないですかね……。田舎だから空気は良いし、環境は良くなると思うんですけど」

「それがちょっと心配なのよね……」

くったりとキャリーケースの中で身を横たえて動かない猫の姿に胸が痛くなる。

何とかならないかと考えて、【アイテムボックス】内のポーションの存在を思い出した。

（軽い怪我と内臓疾患を癒やす効果があるのなら、ノアさんも元気が出るのでは？）

思いつくと同時に収納から取り出して、奏多に手渡した。

「これ、ノアさんに飲ませてあげてください。効くかどうかは分からないんですけど」

「いいの？　これを取ったの、カイくんでしょ？」

「カイも動物が好きだから、同じことを考えますよ。ポーションなら、またダンジョンでゲットすれば良いんだし、ノアさんが元気になる方が嬉しいです」

「ミサちゃん……」

キャリーから出した三毛猫を晶がそっと抱き上げる。

手慣れた様子で奏多が猫の口を開けさせて、ポーションを飲ませてやった。

「ニャッ」

いきなりの狼藉《ろうぜき》に、三毛猫が少し怒ったように鳴いたが、ぶるりと身震いをして不思議そうに小首を傾げている。とても愛らしい。ゆったりと歩いて、ぐんと伸びをしている。

「効いている、のかな？」

「ちゃんと効いている気がします。ちょっと元気になったみたい？」

「これはダンジョンで大量に仕入れないとね。毎日飲ませてあげなきゃ」

新しい目標ができた。北条《ほうじょう》兄妹が嬉しそうに猫を見守っている。なんとも麗しい光景だ。

「ありがとう、ミサちゃん」

「どういたしまして！　家族ですもん」

シェアハウスの一員に大好きな猫が増えて、素直に嬉しい。

【アイテムボックス】には生き物は入れられないので、ノアには再びキャリーケースに入ってもらい、助手席に座った晶の膝の上で待機してもらおう。

残りの家具類も全て【アイテムボックス】に収納し、甲斐のアパートへ向かった。


ここがいちばん滞在時間が短かった。なぜなら、マトモな家具類が置いていなかったからだ。

「え、本気……?」

「本気って何のことだ?」

六畳一間の古いアパートはトイレとシャワーが共有だ。水回りは小さなキッチン用シンクと手洗い台だけ。自炊はしないので冷蔵庫もレンジも置いていない。ちなみにベッドもない。なんと布団もない。趣味のキャンプに注《つ》ぎ込んだ結果、自宅で眠るのも寝袋を使用しているのだという。

部屋に並んでいるのはそのキャンピング用のアウトドアグッズばかりで、お家キャンプ状態だ。ちょっと楽しそうだと思ってしまったのは内緒である。

「意外と困らないのなー。キャンプ用の折り畳み椅子とテーブルは普通に使えるし、夏は寝袋の代わりにハンモックを使えば涼しくて快適だし」

「うん、わかった。もういい……。【アイテムボックス】に入れるね」

甲斐の部屋の少なめな荷物を収納して、美沙はため息を吐いた。

「使っていない客用布団をあげるから、うちでは寝袋を使うのはやめてね？」

「？　おう、分かった！」

良い笑顔の甲斐と連れだって、北条兄妹が待つ車に戻る。最後は『宵月』だ。


足取り軽くドアを開ける奏多に三人が続いて店内に入る。明るいうちにここに来るのは初めてだ。

興味深そうに周囲を見渡す美沙たちに向かい、奏多が楽しそうに手にしたキーを揺らす。

「実はオーナーから退職金代わりに譲ってもらったのよ。店内の物、ぜぇんぶ、ね？」

「全部？　随分太っ腹ですね、オーナーさん」

「そう思う？　むしろ退職金やボーナスを削ろうって、ドケチ野郎なんだけどねー」

「なんだ、それ。ヒデェな」

「あんまり頭にきたから、退職金を現品で寄越《よこ》せって交渉したら、あっさりOK貰えたってわけ。

あちらとしては大量に持ち帰れないと踏んだんでしょうけど。幸いこちらには……」

ついと視線を美沙に向けて、ニヤリと笑う奏多。美しい顔に浮かぶ、人の悪そうな笑みに釣られ、
美沙もにんまりと笑みを浮かべた。甲斐がぱっと顔を輝かせる。

「そっか。ミサなら【アイテムボックス】で店内の物、持ち出し放題！」

「さすがカナ兄！」

「んっふふふー。そうでしょう？　さすがでしょう？　もういっそカウンターテーブルやスツール

やらワインセラーなんかもぜーんぶ貰ってあげようかと思ったわよね」

「それは可能ですけども。大丈夫です？　後で訴えられたりしません？」

心配になって尋ねてしまうが、豪快に笑い飛ばされてしまう。

「あっはは！　大丈夫よ。ちゃーんと発言の録音と一筆を貰っているから」

さすが奏多だ。抜け目がない。

感心する三人を巧みに使い、元代理店長は持ち帰る物を、店内で念入りに物色していく。

「まず、お高いボトル類は全て没収します。一応、常連さんのキープ分は外してね」

「おう！　テーブルに並べとくから、ミサよろしく」

「はーい、収納っと」

重いボトル類は甲斐が率先して棚から下ろしていく。並べられたボトルを【アイテムボックス】に収納するだけだから、こちらは簡単だ。ブランデーにウィスキー、リキュール、焼酎や日本酒のボトルまである。珍しい外国産のビールがケースで出てきた時には思わず歓声を上げてしまった。

(これはキンキンに冷やして引っ越し祝いに開けたいやつだ……！)

ソフトドリンク類の瓶ボトルや炭酸水、ミネラルウォーターのペットボトルも箱ごと【アイテムボックス】に収納していく。四人分の引っ越し荷物を収納しているが、容量はまだまだ余裕。

「ワインはセラーごと貰っちゃいましょ！　これ、結構いいやつなのよねぇ」

「了解でーす！」

コンセントを抜いて業務用の五十本以上のワインを寝かせているセラーをウキウキと収納する。

高価なワインなど飲んだことがないので、今から楽しみで仕方ない。

「カナ兄、グラスはどうするの？」

「せっかくだから、頂いていきましょう！　バカラとか切子《きりこ》の結構良いグラスも多いのよね。アキラちゃんは食料品をお願い」

「了解。せっかくだから、全部貰おう。高級缶詰が楽しみなんだ」

「賛成！　お高い缶詰を肴に美味しいお酒が飲みたいですっ」

美沙も甲斐も晶の発言を、諸手《もろて》を上げて歓迎した。パントリーはもちろん、カウンター裏の事務所や倉庫の中まで漁《あさ》って、大量の食料品を確保していく。

「冷蔵庫はどうしようかしら？　持って帰っても邪魔じゃない？」

業務用の巨大冷蔵庫を前に悩む奏多の傍らに立つ。立派な冷蔵庫だ。ぜひとも欲しい。

「あの、これ納屋に置きませんか」

「納屋に？　いいの？　農機具とか色々置いてなかったかしら」

「どうせ使っていないので、もともと農機具類は【アイテムボックス】に片付ける予定だったんですよね。それより、せっかく『宵月』の中身を丸々譲り受けたことですし。カナさん、うちの納屋でバーカウンターのコーナーを作っちゃいませんか？」

思いつきだったが、なかなかに良い案だと思う。コンクリート打ちっぱなしの古びた納屋。

現状はトラクターや草刈り機などの農機具類を適当に放り込んだ物置場だったが、【アイテムボックス】内に片付ければ、それなりに洒落た空間になりそうだった。

三方向にそれぞれ窓があり、入り口はドアなし。中は軽トラ四台分ほどのスペースがある。

「いい考えね、それ。カウンターにスツール、そっちの四人がけソファセットなんかも運び込んだら、すぐに『宵月』を再開できそう」

いつもはカウンター席だったが、ここの高級そうなソファにはそのうち座ってみたかったのだ。

ぱっと顔を綻ばせて、美沙はソファにダイブした。座り心地にニヤニヤ笑いながら、テーブルに並べられた酒類を【アイテムボックス】に収納していく。

「なになに、あっちの家でも、『宵月』営業すんの？」

甲斐も嬉しそうだ。だけど、奏多は苦笑まじりに首を横に振る。

「残念ながら、営利目的のお店は無理ね。ただ、店主込みの客四人オンリーのバー『宵月』なら、不定期に楽しむのもアリじゃない？」

要するにこの四人だけのお楽しみ用。完全なプライベートバーとなるらしい。

「最高じゃないですか、それ」

美沙はうっとりとため息を吐く。ついこの間までの、あの不安で憂鬱な日々が嘘のように、心が浮き立っているのが自分でも分かった。

「命大事に。どうせなら楽しく生きましょうよ、ってことで」

麗しのウインク付きで奏多が宣言する。

これが、ダンジョン付き古民家シェアハウスのモットーとなった。

第五章◆共同生活

引っ越しは【アイテムボックス】のおかげでスムーズに完了した。

部屋に入る前にざっと掃除をして、後は部屋の主の指示に従い、家具を設置して荷物を出すだけで終わり。半日もかからずに全員分の荷物の運び込みと片付け作業を済ませることができた。

予想以上にあっさりと引っ越し作業を終えることができた四人は、示し合わせたように納屋に集合する。美沙《みさ》は急《せ》かされるまま『宵月』で回収してきた家具類や冷蔵庫の設置を頑張った。

おおよそのレイアウトは奏多《かなた》の中で決まっていたようで、指示される場所に荷物を出すだけなので、気楽ではあったけれど。

「んー、もう少し壁際にぴたりと置きたいわね。カイくん、お願いしてもいい？」

「へーい。こっちに移動でいいのか、カナさん」

「ええ、そう。そこに置いてくれる？　んふふ。ちょうど良い男手がいて助かるわぁ」

動線と見栄えを考えての配置らしく、暗くて埃っぽくて農機具が所狭しと詰め込まれていた建物は、あっという間にお洒落なバーに変身した。

「すごい。典型的な農家の納屋が港近くのお洒落な倉庫風イメージのバーになっちゃった」

古めかしいだけの無骨な建物が、今はコンクリート打ちっぱなしデザイナーズ物件にしか見えない。納屋の中身は全て美沙が収納し、水魔法で綺麗に汚れを洗い流している。

濡れた建物を奏多の風魔法で乾かして、指示された場所に粛々と家具類を設置しただけで、これほどに見違えるとは思わなかった。

「納屋の中にコンセントがあって良かったわ」

「冷蔵庫とワインセラーの大物が電気を食うもんな。てっきり母屋からコードを引いてくるのかと思っていたけど」

「納屋の中で作業することも多かったから、おじいちゃんがコンセントを増設したの」

おかげで元納屋は間接照明がお洒落な古民家バー『宵月』へと進化できた。

奥の壁際に冷蔵庫とワインセラー、食器棚を置き、カウンターテーブルも設置している。

カウンター前にはスツールを三台並べてあった。本当は四人分置きたかったが、バーテンダー職をこよなく愛する奏多が、自分はカウンター内にいたいと言うので諦めた。お酒を楽しむ行為も好きだが、客をもてなし、美味しいお酒を提供することにプロとしてこだわりがあるのだろう。

「ここが私の定位置だから。本腰を入れて飲む時には、ちゃんとそっちのソファテーブルに移動するから安心して？」

壁際には重厚なソファセットを置いてある。これも『宵月』から持ち出した物だ。オーナーこだわりのイタリア製ブランドのソファらしい。触り心地の良い本革製品だ。

気兼ねなく飲み食いがしたいため、入り口近くには広めにスペースを空けておいた。

「中央のスペースでビアガーデンイベントも開けそうね」

瞳を細めて思案する奏多に、美沙は大喜びで挙手をする。

「ビアガーデン！　いいですね。絶対にしましょう、カナさん！」

「私は庭でバーベキューもしてみたいかな。実家の庭では許してもらえなくて、したことがないんです、お家バーベキュー」

「マジか。キャンプ用だけど、バーベキューコンロと折り畳み式のテーブルセットがあるから、いつでもできるぞ？」

「いいよね、バーベキュー。こっちの生活が落ち着いたら、引っ越し祝いにやろうか」

シェアハウスのオーナーとして提案すると、歓声が上がった。

お酒は『宵月』から回収してきた諸々《もろもろ》で飲み放題。野菜は庭の畑から収穫したものを使えば良いので、お肉だけ用意すれば良い。

スローライフを標榜《ひょうぼう》しているけれど、さすがに肉は仕入れるしかないのが、残念だ。

(鶏小屋はあるけれど、あれは採卵用だからなー)

雄鶏《おんどり》や年老いた雌鶏《めんどり》を祖父の時代までは潰して消費していたと聞くが、さすがに可愛がって育てた鶏を美味しく食べる勇気はない。無精卵は美味しく食べていたけれど。

納屋もとい、古民家バー『宵月』の冷蔵庫には缶ビールとペットボトルのお茶、炭酸水を入れてある。高価な酒類は美沙の【アイテムボックス】で保管した。

こんな田舎に泥棒が出没するとは思えないが、念のためだ。ワインセラーはしっかりとした鍵付き什器《じゅうき》なので、普段は目隠し用の布を被《かぶ》せることにする。

「庭や畑で作業中に、喉が渇いたら自由に飲んでね」

夏になったら、麦茶をたくさん作って冷蔵庫に入れておこう。

【アイテムボックス】内には時間経過がないので、収納した瞬間の状態で物品を取り出せる。

冷えたビールをいつでもどこでも取り出して飲み放題ができることを、酒好きの皆から羨ましがられてしまった。


片付けを終え、畑の野菜を収穫する頃には夕焼け空が広がっていた。普段はあまり目にしない、壮大な夕景に見惚れる三人の背を押しながら、美沙は家路を急ぐ。

「夕焼けならこれからいつでも見放題だから！　それより、いっぱい働いてお腹《なか》が空《す》いたよね？」

「おう、腹減った。たしかに夕焼けより飯だな。肉が食いたい」

甲斐《かい》と二人で空腹を訴えると、奏多にため息を吐かれてしまった。

「もう仕方ない雛鳥《ひなどり》たちね。すぐにお蕎麦《そば》を茹《ゆ》でてあげるから、もう少し我慢なさい」

「やった。引っ越し蕎麦？」

「嬉しいけど、絶対に蕎麦だけじゃもたねぇ……」

「ああ、もう！　ちゃんと天ぷらも付けてあげるから！」

「さすがカナさん、分かってる」

「カナ兄、海老《えび》天もお願い」

「はいはい、分かっているわよ、もう！　せめて手伝いなさい」

途中で寄り道したスーパーで野菜以外の当面の食材は購入しておいたので抜かりはない。

新鮮な野菜をからりと揚げた天ぷらは絶品だった。

普段は肉ばかり口にしようとする甲斐が積極的に箸を伸ばしたほどに美味しかった。

衣に炭酸水だとか、海老は隠し包丁がどうとか奏多が説明してくれていたが、揚げたての天ぷらを味見するのに夢中でよく覚えていない。

「この天ぷらのさくさく加減、天才。カナさんが小料理屋を経営したら、毎晩通うわ、私」

「同意。野菜の苦味とか全然感じねーし、むしろ甘い？　揚げ物なのに重くないのがすげー不思議」

「カナ兄の天ぷらは最高。特に海老と大葉の天ぷらは無限に食べられる」

「分かったから、ちゃんと蕎麦も食べなさい」

「はーい」

「うん、蕎麦もうまい！　お代わりある？」

欠食児童さながらに、お代わりを繰り返した大満足の夕食だった。

◇◆◇

新しい家で迎える美沙の朝は、爽やかに始まった。

都会のマンションでは耳にした覚えのない、スズメのさえずりに起こされる。

「んぁ、朝か」

ベッドの中で伸びをして、のんびりと起き上がる。部屋を出てすぐの洗面所で顔を洗い、寝癖を直した。パジャマから着替えたのは、高校時代から愛用しているジャージの上下だ。

下にTシャツを着込んでいる。年若い女性のお洒落着としては微妙かもしれないが、畑仕事などの汚れ作業に従事するにはぴったりの戦闘服。

着心地が良くて、しっかりした生地で、洗濯機が使える服が最強なのだ。

昨夜、引っ越し記念に一杯だけ、とビールで乾杯した後で今日からの予定を皆で決めた。

「朝食の後、畑仕事をしてから、ダンジョンの様子を見に行く。なるべくノアさんのためのポーションをゲットするのが目的。昼食後は引っ越しの挨拶まわりをご近所さんにする、と」

指折り数えながら、予定を復唱する。午後の予定は帰宅してから考えれば良いだろう。

引き続きダンジョンの攻略に向かってもいいし、周辺を散歩するのもありだ。

「とりあえず、朝ご飯を作ろうかな。さすがに、ずっとカナさんに頼りきりはダメだと思うし」

隣室の晶《あきら》を起こさないように、そっと新屋から母屋に向かった。

ガスコンロに薬缶《やかん》を載せて、たっぷりのお湯を沸かしておく。冷蔵庫を漁りながら献立を考えていると、欠伸《あくび》を噛《か》み殺《ころ》しながら晶がキッチンに顔を出した。

「おはよ、アキラさん。よく眠れた？」

「おはようございます……。それがちょっと興奮してしまって、寝付きが悪くて」

「あらら。もうちょっと寝ていても良かったのに」

「でも初日ですし。それにカナ兄、朝にすごく弱いから」

「え、意外。でもないのかな？　バー勤務なら、眠りにつくのも遅くなるもんね」

生活習慣はそうすぐには変えられない。彼が朝に弱いのならば、朝食当番は自分がすれば良い。

「朝ご飯、何にしようかなー。アキラさんは和食と洋食どっちがいい？」

「どっちも好きですよ。でも、せっかくだから野菜たっぷりの和食がいいかも」

「おっけー。じゃあ、食べたい野菜を畑から取ってきてくれる？　あ、ビニールハウスのミニトマトが食べ頃かも。そっちも採ってきてもらっても良いかな？」

「え、いいんですか。行ってきます！」

大きめのザルを渡すと、嬉しそうに晶が裏口から駆けて行った。気持ちはよく分かる。毎日の畑の手入れ作業は面倒で大変だけど、収穫作業はとても楽しい。夏休みにこの家に遊びに来ていた頃の幼い美沙の楽しみは、祖母に頼まれて畑の野菜を採ってくることだった。

「とりあえず炊飯器をセットして、お味噌汁を作ろう。あとは玉子焼きと焼き鮭《さけ》が定番だけど、鮭がないから、ウインナーを焼いちゃおう」

野菜料理は収穫物を見てから決めることにして、お米を研いで、味噌汁を作る。

根菜は野菜庫にたっぷり入っていたので、大根とニンジンの味噌汁を作ることにした。

冷凍庫から発掘した冷凍お揚げも刻んで投入する。奏多ほどの手際の良さはないが、出汁《だし》巻き玉子を四角いフライパンでどうにか作り上げたところで、晶が畑から帰って来た。

「ミサさん、野菜を採ってきました」

大量の野菜が盛られたザルを抱えて、晶の後ろから甲斐が顔を覗かせる。

「はよっす、ミサ。それ、出汁巻き玉子か？　美味そうだな」

「アキラさん、ありがとー。あと、カイもおはよう。走ってきたの？」

Tシャツとハーフパンツ姿のラフな格好の甲斐はからりと笑う。

「ああ、朝早くに目が覚めたから、周辺の地形を覚えがてら、ちょっとだけ走ってきた」

「さすが脳筋、朝から元気だね。ジョギング帰りにアキラさんと合流したの？」

「そうそう。一緒にビニールハウスでトマトをちぎってきたぞ。結構楽しいのな」

「ええ、楽しかったです。ちょっと採りすぎちゃったかもしれません……」

「大丈夫。私のスキルで収納しておけば、傷むことはないから」

そうでした、と安心したように微笑む晶は綺麗めのカラーシャツと細身のデニム姿がとてもよく似合っている。すらりとした体躯《たいく》はモデルのようで、きゅっと引き締まった足首まで美しい。

甲斐から受け取った野菜をシンクに置く。せっかくなので水魔法で丁寧に洗ってみた。

甲斐が着替えとタオルを手にバスルームに向かうのを見送って、晶と野菜サラダを作ることにした。キャベツは千切りにし、スライスしたキュウリとミニトマトを添え、ドレッシングは手作りに挑戦する。オリーブオイルとレモン汁と塩胡椒《こしょう》があれば、まあまあ美味しくできるものだ。物足りなさは、マヨネーズを追加して誤魔化してもらおう。

大根は塩昆布と混ぜて即席の浅漬けにした。お味噌汁にはバターひとかけらを隠し味にするとコクと旨味がでる。晶が収穫してくれた白ネギを刻んで薬味にした。

出汁入りの玉子焼きに奮闘する美沙の隣で、真剣な表情で晶がウインナーを焼いている。

たどたどしい手付きに、兄である奏多が頭を抱える理由を知った。

朝食の準備が終わる頃、甲斐もシャワーを終えて戻ってくる。

「カイ、遅いよ」

「悪いな。じゃ、カナさんを呼んでくる」

ひらりと片手を振って逃げていく背中に、もう一人家事を仕込まないといけない相手がいることを痛感した。


「ご馳走《ちそう》さま。朝食美味しかったわ。起きられなくてごめんなさいね」

申し訳なさそうに謝られて、美沙は慌てて首を振る。

「気にしないでください。むしろ、昼と夜の食事作りで負担を掛けちゃっている身なので！」

「ん、カナ兄だけに任せるのは、居心地が悪い」

「俺なんて全然役に立っていないしな」

「カイはもうちょっとどうにかしよう？」

「ふふ。ありがと。じゃあ、お言葉に甘えて、朝はお願いしてもいいかしら？」

「はい！　任されます」

奏多ほど美味しくはできないが、そこは新鮮野菜のポテンシャルに賭けておこう。

お水が綺麗なのと、お米と野菜が美味しいことだけは田舎の強みである。

「さて、次は畑作業だけど。実はちょっと試してみたいことがあるんだよね」

朝食の後片付けを終えてから、そっと切り出してみる。甲斐と晶がきょとんと首を傾げた。

「ためす？」

「うん、せっかく水魔法を覚えたんだから、一度やってみたくて」

ウキウキと畑に出ると、興味をもったらしい他の三人も後をついてくる。

まずは、家のすぐ前に作ってある、小さめな畑の前に立って意識を集中させた。

(魔法はイメージ重視なのよね？　ゆるく蛇口を捻って、出てくる水は細く柔らかなシャワーで)

右手を掲げて、てのひらを開く。と、サァ…ッと静かな雨音と共に、何もない空中から魔法のシャワーが現れた。

「魔法で水やり？」

「なるほど、ミサらしい」

「さすが、ミサちゃん。こーんなでたらめなファンタジー能力を畑の水やりに使うなんて」

驚く晶に、納得顔の甲斐。奏多は予想通り、笑って受け入れてくれた。

「だって、これだけの規模の畑の水やり、かなり大変なんです。重くて長いホースを引っ張らなくて済むし。届かないところなんてバケツリレーですよ？　そりゃ使いますよ。水魔法、最高！」

「まぁ、な。せっかくの能力なんだから、使わなきゃ損か。バレなきゃ大丈夫だろ」

「うちは滅多に人も来ないし、気を付けておけば大丈夫だと思う」

しっとりと地面が潤んだところで場所を移動していく。畑とビニールハウスの水やりを済ませ、土が柔らかいうちに目に付く雑草を四人がかりで引き抜いた。

「お水をあげると、こんなに元気になるんですね」

感心したように晶が言う。あらためて見下ろすと、たしかに畑の野菜たちは生き生きとしている。

「水魔法の水、美味しいのかな？」

「どれどれ？」

いつもよりも元気すぎる気がして、首を傾げた。

興味を覚えた奏多が寄ってきて、美沙の隣でしゃがみ込んで、静かに畑を見据えた。

【鑑定】してみたところ、どうやら、その予想は当たっていたみたいよ？　魔力を含んだ水は動植物に良い影響を与えるんですって」

「マジか！　じゃあ、俺たちの飲み水もミサに出してもらった方がいいのか？」

「そうね。負担がないなら、良いかもしれないわ。少しだけど、疲労回復効果が付くらしいし」

三人からの無言の視線を感じて、うむ、と美沙は頷いた。

「ウォーターサーバー役ですね。私がいれば無料！　素晴らしい」

それなりの広さの畑に水やりをしたため、水魔法の精度は上がっていると思う。細やかに調整もできたし、日常生活で頻繁に使った方が魔法レベルも上がるのでは？　という期待もあったが。

「水を出すだけなら、負担も特にないと思う。ダンジョンで攻撃用の魔法を使うよりは」

「だったら、頼みたいよな。ノアさんの体にも良さそうだし」

「魔法の練習にもなるし、それは全然いいけど。ただ……」

言いにくくて、つい口ごもってしまう。

「ただ？」

心配そうに見詰められると、恥ずかしいとは言えない。開き直って報告する。

「ただ、たくさん魔法を使ったからか、とってもお腹が空きます」

「は？」

「待って、ミサちゃん。さっき、あれだけ朝ご飯を食べて？」

「はい、あれだけ食べたけど、すっごく空腹です……」

涙目で申告すると、そっと寄り添ってくれた晶が優しく肩を抱いてキッチンへとエスコートしてくれた。年下の女の子だけど、兄と同じく紳士《ジェントリ》だ。イケメンすぎる。

「魔法って燃費が悪いのかしら？」

奏多が握ってくれた、おにぎりにかぶりつく。朝ご飯が残っていて良かった。

お米の甘さと絶妙な塩加減のおかげで、シンプルな塩にぎりがとても美味しい。あんまり幸せそうに美沙が食べていたせいか、他の二人もつられて、おにぎりに手を伸ばしている。

「魔法を使って、こんなにお腹が空くのなら、ダンジョンにはお弁当を持参しないと」

「だな。今日は魔法の練習も兼ねているし、途中で動けなくなったら困る」

顔を見合わせて、神妙に頷き合った。

「お弁当を作ろう」

大急ぎで五合ほどの米を炊き、合間に摘みやすいおかずを作っていく。

幸い田舎の農家だ。戸棚の奥には立派な重箱が眠っている。

かくして一時間後には重箱入りのお弁当が四人分、完成したのだった。

「あとはお茶やスポーツドリンク、低血糖症予防のための甘いお菓子を【アイテムボックス】に収納しておけば安心かな」

便利な収納スキルのおかげで、手ぶらでダンジョンに挑戦できる。

重箱入りのお弁当なんて重いし嵩張《かさば》るしで、ハイキングでは嫌がられるが、持ち歩かなくて済むなら、きっと皆大歓迎なのだろう。

なう、とすり寄ってくる北条《ほうじょう》家の愛猫には餌と水をきっちり用意して、お留守番をお願いする。

心配していた引っ越しストレスもそれほど感じていないようで、ほっとした。

「よし、じゃあ、それぞれ武器だけ持参して、ダンジョンに行こうぜ！」

「前にも言ったと思うけど。命大事にをモットーに、無理せずに進みましょうね」

「「はーい！」」

慎重な奏多の発言に良い子の返事をして、土蔵内ダンジョンへ向かった。

◇◆◇

魔法が使えるようになったとは言え、ダンジョン内には得体の知れないモンスターが溢れている。

ある程度レベルが上がるまではスライム狩りに徹する予定だが、自衛の手段は多い方が良い。

そんなわけで、各自で用意した武器は。

「俺は木刀！　修学旅行土産がようやく役に立つぜ」

じゃーん、と取り出した木刀をさっそく構えてみせる甲斐を、美沙は冷ややかに見据えた。

「カイ……」

「そういうミサも農具じゃねぇか！」

ちょっと赤くなった甲斐に指摘されるが、美沙は胸を張って答える。

「熊手をバカにしないように。……待って？　アキラさんもカナさんもそんな呆れた目で見ないで！　スライム退治には特化していると思ったんです、熊手の形態は！」

慌てて、麗しの北条兄妹に訴えた。納屋にあった熊手は、祖父が使っていた年代物だ。アメリカンレーキの名称がある農機具で、その鉄製の丈夫な爪部分で土の塊を砕くことだってできるのだ。

長さもあるので、スライムを攻撃するにはちょうど良い武器だと、一目で決めたのに。

「そうね。スライムはカラダの中央部分にある核を潰せば仕留められるから、熊手は悪くない選択かもしれないわね」

必死に説明したところで、奏多の眼差しが和らいだ。何となく憐《あわれ》みの念を感じなくもなかったが。

「なるほど。ミサさんもちゃんと考えていたんですね。私はコレを借りるつもりです」

晶が誇らしげに持ち上げたものは、登山に使うピッケルだ。蔵に放置されていた物らしい。

「先端が鋭いので、攻撃用として優秀かな、と。あまり重くないので、振り回せそうですし」

「いいかもな。少なくとも熊手よりはスマートで使いやすそうだ」

甲斐がうんうんと頷いている。余計なお世話だ。自分は修学旅行土産の木刀持ちのくせに。

「じゃあ私はコレね。ふふ。一度使ってみたかったのよねぇ……」

よいしょ、と振り上げるように奏多の肩に背負われた代物は。

「まさかのバール？」

「マジかよ、カナさん似合いすぎ……」

それぞれ動きやすい軽装で武器を構えて、いざダンジョンへ。


来客はいない予定だが、念のために土蔵は中からも鍵を掛けることにした。

真鍮《しんちゅう》製のノブを握り、ゆっくりとドアを開ける。ダンジョン内はひんやりとしていた。淡く発光する岩肌のおかげで視界は悪くない。幅は二メートルほどあるので、二人ずつ並んで進んだ。

甲斐と奏多の男子チームが前、女子二人がその後に続く。

ダンジョンに足を踏み入れて一分も経たないうちに、先頭の甲斐が足を止めた。

「スライムだ」

俺が行く、と告げるや否や、甲斐は素早くスライムに飛び掛かる。どろりとした不定形のモンスターの中央部分、蠢《うごめ》く白いビー玉のような核にその木刀の先を突き込んだ。

「お、ドロップアイテム。残念、ポーションじゃねぇ」

拾い上げたドロップ品を手に戻ってくる。甲斐のてのひらを皆で覗き込む。小指の爪ほどの大きさの、石のような物体だ。雫《しずく》型でつるつるした触感の、綺麗な水色の石。

「綺麗だね」

「シーグラスに似ている気がします」

交代で手に取って眺めてみる。ポーションがドロップされなかったのは残念だが、綺麗なものは嫌いじゃない。それにしても何だろうか、これ。

「待ってね。鑑定してみるわ」

奏多が指先で摘んでじっくり観察する。

「魔石だそうよ。モンスターを討伐した際にドロップされるアイテム。あいにく今の私の鑑定結果ではそこまでしか分からないみたいね」

「魔石……！」

(ファンタジー作品でよく聞くアレだ！)

テンションが上がる三人を、奏多が呆れたように見やる。

「活用方法がまだ分からないから、今のところはハズレアイテムじゃない？　目的はポーションなんだし」

「それはそうだけど！　ロマンアイテムじゃん!?」

「ハズレでも綺麗だから、ガラス瓶に飾っておくのもいいかも？」

「私は魔石を使ってアクセサリーを作ってみたいです」

「盛り上がっているところ悪いけど、またスライムが出たみたいよ？」

「あ、次は私が！」

熊手を構えて、うようよ蠢いているスライムに突撃する。えいっ、と思い切って振り下ろすと、ぬるりとした感触が握り締めた熊手ごしに伝わってきた。

反発はほとんどない。動きの鈍いスライム相手なら農具でも充分戦えそうだった。核を潰したスライムは淡い光を発しながら消えた。水色の魔石だけを残して。

「また魔石か。残念」

スライムの魔石を拾い上げて、先ほどの石とまとめて【アイテムボックス】に収納する。

「次のスライムも湧いてきたぞ。誰が行く？」

「では、私が」

ピッケルを構えた晶が颯爽《さっそう》とスライムに立ち向かっていく。

危なげなくスライムを討伐し、魔石を持って戻ってくる。三匹狩って、ドロップしたのはどれも魔石だった。もしかしてポーションはレアドロップなのだろうか。

同じように不安に思ったのか、奏多が眉を寄せている。

「ポーション、出ないわねぇ……。スライムはたくさん湧いてきているのに」

「時間を計ってみたんだけど、一分につき一匹ずつ出現しているよ？」

「お、それは狩り放題だな」

嬉しそうに破顔する甲斐の頭をこつんと叩く。

「一人で先走らないでよね。順番に、命大事に！」

「分かっているって。あ、ほらカナさん、次！」

「はいはい、よいしょ」

バールで殴りつける奏多は優雅な所作でオーバーキル状態だ。

四匹目のスライムも魔石を落とした。ドロップ品はとりあえず美沙が預かることにする。

初期スキルの【アイテムボックス】はどれだけ使用しても負担はないようだった。魔法を使った際のような、空腹や疲れは一切感じない。

(まあ、常時利用で魔力を消費するスキルなら、頻繁に【アイテムボックス】に収納した品物を吐き出さないと枯渇しちゃうものね)

「ポーションだ！」

二周目の攻撃でスライムはようやくポーションを落とした。

大喜びで甲斐が拾い上げて、続けて別のスライムを攻撃。こちらはまたしても魔石のドロップ。

何度か試して、スライムの出没タイミングとドロップ率を把握した。

一分ごとに現れて、五分の一の確率でポーションを落とすのだ。

「これなら、毎日数時間ダンジョンに潜れば、結構な数のポーションを確保できそうね」

「だな！　自分たちの分も欲しいから、余分に確保しておこうぜ」

それから張り切ってスライム叩きに熱中した。二時間ほどダンジョンで過ごして、ポーションは二十四個手に入れた。空腹が我慢できずに、途中でお弁当休憩を挟みながら頑張った。

甲斐愛用のキャンプ用品がここで役に立つ。折り畳み式のテーブルセット、とても便利でした。

「初日に頑張り過ぎても後がキツいから、今日はこのくらいにしましょう」

ドクターストップならぬ奏多ストップにより、この日のダンジョンチャレンジは終了した。

◇◆◇

戦利品のポーションを、さっそく猫の『ノアさん』に飲ませてあげることにした。

薬を飲ませる時のように軽くホールドしようとすると、逃げられてしまう。仕方なく、小皿にポーションの中身を開けてやると、そのまま飲んでくれた。しかも、美味しそうにピチャピチャと音を立てながら舐めている。思わず、手の中のポーションをまじまじと眺めてしまった。

「ポーションって美味いのか？」

「分からないけど、ノアさんの口には合ったみたいだね」

「うん、やっぱり効いているわ。あんなに怠《だる》そうだったのに、食欲も出てきているみたい」

あぐあぐとドライフードを口にする愛猫を北条兄妹が嬉しそうに見守っている。

「怪我も病気もないけど、俺もポーション試してみていい？」

好奇心に満ちた目で甲斐が見上げてくる。

「んー、効用も気になるし、皆で飲んでみようか」

「そうね。飲んでみたいわ」

「私も飲みたいです」

全員一致の回答に笑みがこぼれる。みんな、どれだけ興味津々か。

「じゃあ、せーの、で」

一息にあおったポーションの味に、美沙は目を丸くした。回復薬の類いだ。てっきり苦味がある、飲みにくい物なのだとばかり考えていたが、予想を裏切ってそれはとても美味しかった。

爽やかな甘さと喉の奥で小さく弾けるような、この懐かしい味は。

「……ラムネ？」

「そうね、ラムネだわ、この味」

「んまいな。ただ量が少ないから、おかわりが欲しくなる」

「却下！　ステイ、カイ！」

子供の頃、夏休みによく味わった、懐かしいラムネの味とよく似ていた。

これはぜひ、冷やして飲みたい代物だ。

「どうりで、ノアも美味しそうに舐めるわけね」

くすくすと笑う奏多の様子から、愛猫の鑑定結果が良いものなのだと分かった。

弱っていた内臓に、ダンジョン産のポーションはちゃんと効いてくれたのだ。

「良かったです、ノアさん。毎日一本ずつ飲んでいこうね」

食後のグルーミングに余念がない三毛猫の頭をそっと撫《な》でてやる。ふわふわの毛並みに口元が綻んでしまう。とても可愛らしい。

「ノアさんもだけど、俺らも疲れがとれたよな？」

「ですね。ピッケルを振り下ろし続けて、ちょっと筋肉痛のあった腕の痛みが引いています」

「本当だ……。私も腰の怠さが、消えているかも」

「ただ、めちゃくちゃ腹が減っていないか？」

「それ」

思わず全員で顔を見合わせてしまう。

そう、ダンジョン内でお弁当を食べたばかりなのに、もう空腹なのだ。

「やっぱり魔法を使うと、お腹が空くのね」

ダンジョン内では魔法に慣れるため、物理攻撃の他にも魔法を使っていた。

あいにく水魔法はスライムとの相性が悪かったので攻撃には使わなかったが、魔法操作に慣れるため、水球《ウォーターボール》を浮かべてみたりと、魔力はかなり使ったと思う。ゲームみたいにＨＰやＭＰが表示されるわけではないので、自分たちの状態が把握できないのはもどかしい。

「意識したら、さらにお腹が空いてきたかも」

「私もお腹ぺこぺこです」

空腹を訴える欠食児童を前に呆れた奏多がため息を吐いた。

「仕方ないわね。お弁当を食べたばかりだけど、昼食にしましょうか」

あれは昼ご飯ではなく、おやつだったと皆で頷き合い、急いで炊飯器をセットする。

欠食児童は四人。迷いなく一升分の米を投入した。余れば、おにぎりにして冷凍しておいてもいいし……むしろ足りないかもしれないが。

あとは戦場だ。キッチンでは戦力外通告された甲斐は畑で野菜を収穫中。ギリギリで戦力として認定された晶は兄の指導の下、野菜炒めを作っている。

　ご飯が炊き上がるまで我慢できないと判断した美沙は冷凍うどんを湯がいていた。

　料理をしながらお腹をきゅうきゅう鳴らしている。この飢餓感は異常だ。魔法やスキルは頼もしい力だが、燃費はとんでもなく悪い。

「うどん、茹であがったよ。とりあえず生卵と醤油《しょうゆ》をぶっかけて、釜玉うどんで食べよう」

　どんぶりを手渡すと、お行儀は悪いが、みんな立ったまま無言でうどんをすすった。熱々のうどんに絡んだ卵が濃厚で最高に美味しい。白身の部分が熱で少しだけ固まったところもいい。

　夢中でどんぶりを空にして、ようやく満ち足りた息を吐けた。

「はー、美味しかったです……」

「うん。シンプルだけど美味しかったね」

「でも全然たりねぇ」

　とりあえず切なく泣《な》き喚《わめ》いていたお腹の虫も少しだけ満たされたようなので、あらためて昼食作りに励んだ。結果、バケツいっぱいに収穫した野菜と肉一キロ、一升分のお米は綺麗に消費された。

「エンゲル係数……」

　今後の食費を考えて、ぞっとしたシェアハウスオーナーの美沙は、ダンジョン内にどうか美味しいお肉を落とすモンスターがたくさんいますように、と心の底から願ったのだった。

第六章◆田舎暮らし

昼食後、ご近所に引っ越しの挨拶に出向いた。

限界集落とまでは言わないが、ここはそれなりの田舎である。

住民たちは六十代以上の年配が多い。五十代など、まだ若造だと嘯くご隠居さんの多い地域なので、新参の若者はきちんと顔見せをする必要があった。

これをしないと、田舎暮らしの人間関係がとても厳しくなる。力仕事を任せられると大抵は大歓迎され、地域の行事の手伝いにと駆け回ることも多くなるが、代わりに恩恵もあった。

それが、これ。田舎あるあるの「これも持ってけ」だ。

「あらあら、ミサちゃん？　いつ、こっちに帰ってきたの。久しぶりね。元気だった？」

「昨日こっちに帰って来たばかりですよー。都会暮らしに疲れちゃって、友人たちとスローライフを満喫しようかなと思って」

「いいわねぇ。若い人がいると賑やかになるわぁ」

こんな感じで最寄りのご近所さんから順に挨拶まわりだ。

笑顔を浮かべた四人で並んで、手土産は『宵月』から回収してきたお酒と肴の缶詰にした。

「良かったら、これどうぞ。おじさん、日本酒好きだったでしょ？」

「まあまあ、そんな気を使わなくていいのにー」

差し出した日本酒は実質無料な上、四人とも飲まない銘柄なので、全く懐は痛まない。

「あと、これ。ちょっと珍しい缶詰だよー。そのまま食べられる、おかず缶！　お酒の肴にもいいけど、白米ともすごく合って美味しいんだよね」

鰯《いわし》のアヒージョ缶をそっとおばさんに手渡す。田舎では珍しい手土産に厨房《ちゅうぼう》の主のおばさんも大喜びだ。酒好きのおじさんは既に陥落済みで、元気に挨拶した甲斐《かい》と笑顔で会話を交わしている。

妙齢のご婦人には奏多《かなた》がさっそくアヒージョ缶のアレンジレシピを伝えていた。

外見はイケメン、喋り言葉は女性な奏多に、臆した様子もなく馴染《なじ》んでいるのはさすがだと思う。

人見知りの晶《あきら》は奥から出てきたご隠居のおばあさんに気に入られたようで、はにかみながら相槌《あいづち》を打っていた。

大丈夫だろうとは思っていたが、すぐに打ち解けられた三人の様子にほっと安堵の息を吐く。それぞれタイプは違うが、容姿も性格も良い皆はさっそく地域の『孫』として認められたようだった。

そして、お約束の「これも持って行け」に繋がる。

「若いもんは食べ盛りだろ。古米で悪いが、持ってけ」

米農家のおじさんが大盤振る舞いだ。

倉庫に案内された甲斐が満面の笑顔で米袋を五つも担いで戻って来た。

「もらった！」

心底嬉しそうなのは分かる。お米美味しい。だが、少しは遠慮しろ。

慌てる美沙《みさ》におじさんは笑顔でサムズアップを披露してくれた。

「遠慮すんな。どうせ倉庫で眠っていたやつだ。足りなくなったら、また取りに来たらいい」

息子夫婦や親戚に配っても、まだ大量に余っているのだと笑う。

「ありがとうございます。今度、うちで採れた野菜を貰ってくださいね」

あんまり遠慮するのも、かえって失礼だ。ありがたくお礼を言って、お米を貰う。

「それにしても、お前さん力持ちだな。それ一袋十キロはあるぞ」

「現場仕事で鍛えてますんで！」

爽やかに甲斐が言う。【身体強化】スキルは本当に便利だ。感心するおじさんに「お米のお礼に力仕事あったら手伝いますよ」とさりげなく売り込むのはさすが貧乏大家族の、しっかり者長男。

「おう。田んぼ仕事とか、また何かあったら頼むわ」

和気藹々《わきあいあい》とした男組といつの間にかレシピ交換に余念のない料理組。

うまくやっていけそうだね、と女子二人でこっそり微笑み合った。


そんな感じに、ご近所さんに挨拶して回ったのだが。

新参の若者連中と手土産は大歓迎され、倍以上のお土産と共に帰宅することになった。

「すごい量ですね……」

「うん。さすがお酒と高級缶詰。トドメに麗しの北条《ほうじょう》兄妹。こんなに収穫があるとは思わなかった」

キッチンテーブルいっぱいに積み上げられた戦利品の山にしばし呆然としてしまう。

農家のお宅からお米を五十キロ、果樹園経営のお家からはシロップ漬けのフルーツを大量に貰ってしまった。少し離れた場所にある牧場では売り物の乳製品のお裾分けを頂いた。

ここの牧場では新鮮な牛乳が安く買えるので三日に一度は買いに通っていた。皆に場所を教えるために訪れたのだが、歓迎された上にお土産まで貰ってしまった。

どうやら、過酷な労働環境で人手不足らしく、即戦力になりそうな甲斐に目をつけたようで。バイト代をしっかり聞き出した甲斐は、笑顔で明日から数時間働くことを決めていた。

養鶏場には祖父の将棋仲間のおじいさんがいて、産みたての卵をお土産にと四パック。ついでに、鶏を十羽ほど連れて帰れと言われてしまう。さすがに遠慮したが、祖父母が飼っていた鶏たちで、預かっていた子を返すだけだからと譲らない。卵と鶏肉《とりにく》につられた甲斐が、自分が面倒を見ると立候補したので、鶏小屋を修復後に迎えに行くことになった。

「お米に果物に乳製品、卵に肉まで確保できちゃった。ありがたいけど、お返ししないとね」

「うふふ。嬉しいお裾分けねぇ。野菜がたくさんあるから、配っちゃう？」

「そうですね。ちょっと畑の面積広げましょうか」

ダンジョン攻略を考えると、食料は多い方がいい。なにせ、すぐにお腹が空く。野菜は畑にあるが、お米とたんぱく質はたくさん確保しておきたかった。

「卵と鶏肉があればたんぱく質もバッチリだな。牧場仕事はバイト代にボーナスとして現物も支給してくれるみたいだし、しばらくは食い物に困らなそうだ」

【身体強化】スキルを使いこなす気満々の甲斐は、ちゃっかりと現物支給ボーナスの約束を取り付けてきていた。意外と有能だ。

「エンゲル係数が不安だったけど、大丈夫そう？」

ダンジョン付き古民家でのシェアハウスは、スローライフを存分に楽しめそうだと思った。

◇◆◇

朝は午前六時に起きて、朝食を作る。食後に二時間ほどかけて畑いじり。九時頃、牧場へ早朝バイトに出かけていた甲斐が帰宅すると四人で揃ってダンジョンに潜る。昼までひたすらスライム狩りに専念し、ポーションを目標の数だけ手に入れると、お待ちかねの昼食だ。

魔法を使った後は特に空腹も限界なので、一時間たっぷりと使い、料理と食事に没頭する。

昼からは自由時間とした。畑の責任者である美沙は庭の畑の世話と裏山を散歩ついでに手入れしていく。山は人の手が入らないと、すぐに荒れ果ててしまうのだ。

勤労青年の甲斐は午後も牧場へバイトに通っている。合間に鶏小屋の手入れも欠かさず、こつこつと働いている。宣言通り、半壊していた鶏小屋を直して鶏十羽を飼育中だ。

雄鶏が一羽、残りは卵目当ての雌鶏だ。鶏は毎日卵を産まないため、一日におよそ四個から五個、無精卵だけを回収している。ちなみにこれは鑑定ができる奏多の仕事だ。

有精卵は残し、鶏を増やす予定で、今は可愛いヒヨコちゃん待ちの日々である。

奏多は畑の野菜を使って色々なレシピを研究していた。ご近所の奥さま方から教わった田舎料理や人気のレシピサイトを入念に研究し、和洋中と多彩な料理を作ってくれている。

もともと、料理が趣味だった彼はバー『宵月』でも時々その腕を振るってくれていたが、シェアハウスでは嬉々として調理担当に立候補してくれた。

出来上がった料理は美沙が預かり、【アイテムボックス】にしまっている。

ダンジョン内での間食や料理をする余裕のない日の作り置きにと、大変お世話になっていた。

奏多の妹、晶は以前から請け負っていたコスプレ衣装制作と【錬金】スキルを用いたアクセサリー作りに夢中だ。スキルの恩恵で器用度が上がったらしく、作業効率の最適化はもちろん、手芸の腕前も上達したらしい。

アクセサリーや手慰みに作った小物はネットのフリマサイトで販売しており、人気商品だ。

注文者から細かくイメージを聞き取って、丁寧に作ってくれるとＳＮＳで話題になり、注文が殺到したようで、嬉しい悲鳴を上げていた。

そんなわけで、午後の自由時間。それぞれが好きに活動している中、美沙は庭の畑を広げたり、草むしりにと忙しい。こんな時は甲斐の【身体強化】スキルが羨ましかった。

「握力や腕力が五倍近く強くなって、さらに疲れにくくなるなんて最高じゃない？　いいなぁ」

畑を広げ、苗や種を植えていく。水やりは魔法のシャワーで済ませることができるので、これだけは楽だった。

「んー、やっぱり魔法の水をやると、野菜が元気になってくる気がする」

青々とした葉をそっと撫でながら呟く。追加の肥料を与えた覚えもないし、以前と変わったことと言えば、やはり魔法で作りだした水が原因だと思われた。

「カナさんの鑑定でも、魔法で生成された水は魔力がよく作用するって聞いたし」

野菜の出来は味に直結する。ここ最近収穫した野菜は、どれも濃厚で美味しかった。お高い有機野菜も真っ青な、最高品質の野菜の味だと思う。どれも生で美味しく味わえるレベルだった。

「魔力混じりの水だと、野菜の品質が上がるのかな？」

せっかくなので、お供え用に作っている花や果樹にも魔法で水をあげてみた。

続けて魔法を使ったので、疲労と空腹感に苛《さいな》まれる。ポーションは疲れを取ると甲斐が教えてくれたので、試しに飲んでみた。爽やかなラムネ味で美味しい。たしかに、疲労感は消えた気がする。

切なく鳴いている小腹には【アイテムボックス】から取り出したチョコレートバーで対処した。

「魔法の水で品質が上がるなら、さらにポーションを混ぜたら、どうなるのかな？」

それは、ほんの好奇心からの思いつきだった。幸いポーションはノアにあげる分、自分たちに何かあった時のための予備分を除いても、大量に手元にある。

「一本だけなら、実験に使ってもいいよね？」

誰にともなく言い訳し、魔法で作り上げた水球《ウォーターボール》にポーションを混ぜてみる。

親指サイズのポーションでは水やりには足りないのと、何となく植物に使うにはポーションの濃度を薄めた方が良い気がして、それだけの理由だ。

「さて。ポーション入りの魔法のシャワー、どうなるかな〜？」

わくわくしながら、柔らかな小雨《こさめ》程度の強さで野菜に降らせていく。ついでに、苗や種を植えたばかりの畑の土も湿らせてみた。じっと眺めてみるが、あまり変化は見られない。

「……まあ、そうだよね。そんなにすぐ効果が出るわけがないよね」

苦笑しながら立ち上がる。残ったポーション入りの水をビニールハウス内で小雨に変えて、さて夕食用に野菜を収穫して帰ろうと、先ほどの畑に戻ったところで、美沙は己の目を疑った。

「さっき植えた種がもう芽を出している？」

耕したばかりの畑の土から、可愛らしい双葉がちょこんと顔を覗かせていた。

「嘘でしょ？　あ、待って。こっちの野菜、今朝収穫したはずなのに、葉っぱが復活している？」

慌ててビニールハウスに向かい、確認してみるが、庭の畑と同じように成長していた。

「ここのミニトマト、今朝半分ほど収穫していたはずなのに……」

なぜか、同じ場所に艶々とした真っ赤なミニトマトが実っている。他の野菜も同じく、種は芽吹き、苗は大きく成長し、収穫したはずの実や葉は元通りに育っていた。

「これ、ポーションの能力……？」


まったりとコーヒーを飲みながら休憩していたところを美沙に拉致されて、少しばかり不機嫌そうだった奏多だが、畑やビニールハウスの野菜を鑑定し、頭を抱えてしまった。

「そうね。ミサちゃんの想像通り、ポーションと魔法で生成された水との相乗効果の結果みたいね」

収穫された部分を損傷とみなしたポーションが治癒し、再び野菜を実らせたのだろう、と。

「まさかポーションが動物や人間以外にも効用があるとは思わなかったわ」

「すごい。これがあれば毎朝大量の野菜を収穫し放題？」

興奮した美沙はポーションと魔法の水を畑中に降らせて回ったところ、花咲か爺《じい》さん並みに野菜を実らせてしまった。先日植えたばかりのいちごの苗も既に真っ赤な宝石を実らせている。

大喜びしていると、奏多に額を軽くデコピンされてしまった。

「おバカさんね、もう。こんなにたくさんの野菜、どうするつもりなのよ？」

「あ……」

楽しいからと、ついやり過ぎてしまった。ビニールハウス内と畑の野菜がちょうど収穫期の瑞々しい姿で、手折られるのを今か今かと待っている——

「カナさん、収穫手伝ってください……！」

呆れたように見下ろしてくる麗人に、美沙は泣きついた。

◇◆◇

結局二人では作業が終わらず、残りのメンバーも誘って総出で野菜を収穫することになった。

甲斐は純粋に収穫作業が楽しかったらしく、上機嫌で手伝ってくれたし、晶はいちごの報酬に釣られて笑顔で参加してくれた。

「ご近所の奥さま方に少し配るわよ？　それでも大量に余りそうだけど」

「それさ、どっかで売れねぇの？　道の駅みたいな販売スペースでさ」

「うーん……。他の農家さんたちも納品しているし、なるべく競合したくないかなって」

ポーション水のおかげで、野菜の品質がかなり上がっているのだ。同じような値段に設定すると、こちらの野菜ばかりが売れてしまう。なるべく、ご近所さんの営業妨害はしたくなかった。

「あの、だったらネット販売はどうですか？」

「ネット販売？」

晶がスマホを取り出して、とあるアプリを見せてくれる。

「これ、たまに覗いているフリマアプリなんですけど。農家の人とか、家庭菜園が趣味の人が野菜を出品しているんです」

「あ！　なるほど、その手があったね」

ご近所さんも自前の山で収穫したタケノコをネットで売《う》り捌《さば》いていたことを思い出す。

多少の手間はあるが、フリマアプリを利用すれば、定期的な収入にもなる。

「朝採れ野菜って人気なんですよね。一種類だけじゃなくて、一箱に色んな種類の野菜を詰めて出荷しているのが、よく売れているみたいです」

「ほんとだ。これ、送料を着払いにしたら、こっちは箱代くらいで、負担なく収入になるね！」

無職の身には定期収入の道は輝いて見えた。晶に感謝しつつ、さっそくフリマアプリに登録する。

「季節外れの夏野菜セットとか、人気が出そうじゃない？」

「いいですね！　キュウリにトマトにナス、とうもろこしあたりですかね」

「葉物は鍋に使えるセットにするのはどうだ？」

「カイ、たまには冴《さ》えているわね！」

「いちごは傷みやすいから、通販は難しそうですか？」

「そっちはジャムとか加工品で売れたらいいんだけど、許可取るのが大変なんだよね」

家庭菜園の野菜を売るのに、許可は不要。だが、ジャムなどの加工品となると自治体の許可が必要になるのだ。それぞれの地域ごとに違うようだが、この地域では専用の加工所ときちんと講習を受けた食品衛生の責任者が必須だった。

「自宅のキッチンで作って売れるのなら、簡単なんだけど。ちゃんとしたラベルも貼らないといけないし、それなりの加工場がないと許可が下りないのよ」

前にネットで流し読みした際には、瓶ではなく、パウチ詰めなら多少は規制も緩かった記憶があるが、どちらにしても大規模な設備投資は必要。

「ミサちゃん、今はこの大量の野菜を販売することだけに注力しましょう？」

「ですね！　じゃあ、さっそく箱に詰めて、良さそうな写真を撮ります！」

映える写真はセンスのある晶に頼んだ。

新鮮、朝採れ、美味しい野菜を売り言葉に出来上がったページはなかなかに見栄えが良い。

夏野菜セットは段ボール箱いっぱいに詰め込んで、強気の二千円。もちろん着払いオンリーだ。

鍋セットは千五百円。白菜、春キャベツ、大根、春菊、ニンジン、白ネギ、ジャガイモ、玉ねぎと盛りだくさんに詰め込んでみた。どちらも早朝に収穫し、朝イチで発送する予定だ。

もちろん本日収穫した野菜は【アイテムボックス】内に収納しているので、いつでも採れたて新鮮の味が楽しめる。

「売れるといいな」

「まあ、値段とかは様子見かな」

「とりあえず、どっちも五点ずつ出品してみた！」

売れなかったとしても、時間経過なしの【アイテムボックス】にそのまま入れておけば、新鮮なまま保存ができるので、特に食品のロスを気にせずに済む。

早朝、アプリを確認して完売状態の売り上げに嬉しい悲鳴を上げることになった。

◇◆◇

「強気の値段設定にしていたはずの、お野菜セットが完売しちゃった……」

驚きつつも、急いで発送の準備をする。

夏野菜セットがひとつ二千円。アプリ側の手数料一割を引いても五セット分で九千円の売り上げだ。鍋野菜のセットはひとつ千五百円。手数料を引いて五セット分の売り上げが六千七百五十円。

本日分だけで、合計一万五千七百五十円の売り上げだった。

「ここから箱代を引いても一万円以上の収入……！」

一ヶ月で換算すると、クビになった会社の初任給以上の金額になる。ざっと電卓で計算した数字をじっくりと眺めて、美沙は「私、農家になる！」と笑顔で宣言した。

アプリは便利だ。一件ずつ手書きで送り状を作らなくても、入力した内容のコードをスキャンしてもらえば、発送手続きは簡単に済む。面倒なのは野菜の収穫と箱詰め作業だけ。

夏野菜と鍋野菜セット、各五個ずつの十個の荷物を作り、宅配業者に連絡する。少しでも新鮮な状態を維持するために、宅配屋が集荷に来る直前まで【アイテムボックス】に収納しておく。

「お試しで買ってくれたのかな？」

フリマアプリを開いて、他に出品された野菜を調べてみる。訳ありのB級品は安い価格で出品されているが、状態の良い新鮮な野菜はそれなりの値段で売られていた。

強気の値段設定のつもりだったが、そこまで高値ではなかったかもしれない。新鮮さと味には自信があるので、今回買ってくれた人がリピーターになってくれる可能性に期待しよう。

「なぁ、ミサ。これだけ売れるなら、倍の量でも大丈夫なんじゃないか」

能天気な甲斐の提案に、北条兄妹も真剣な表情で頷いている。

「私もいけると思うわ。箱詰めが大変かもしれないけれど、私たちも手伝うし、試しに挑戦してみたらどうかしら？」

「私も手伝いますよ。収穫作業は楽しいですし」

「俺はバイト代次第！」

優しい美人兄妹の申し出に感動し、ちゃっかりした幼馴染みの発言に我に返る。

「バイト代ね、いいよ。払う予定だったし。収穫と箱詰め作業で三千円。どうかな？」

「マジ？　やるやる！」

「そんなに貰って大丈夫なの？　四人でかかれば、二時間もかからないでしょ」

「でも、重労働ですし。それに元手がほぼ掛からない中での儲けだし、還元しますよ」

定期収入が欲しいのは四人とも同じだ。そして、美沙は猫の手も借りたいほどに、人手を求めている。売上金からバイト代を差し引いても儲けは充分なので、ぜひとも手伝いをお願いしたい。

とりあえず明日から数を増やして出品することにして、集荷の時間までそれぞれ仕事に勤《いそ》しんだ。

午前中に宅配業者が集荷に来てくれたので、十箱分の発送と、今後も毎日朝イチでの集荷を依頼する。集荷の待ち時間中に畑の手入れと翌日用の収穫を終わらせれば良い。

野菜発送用の箱も通販で大量に購入しておいた。一枚二百五十円。

初期費用がちょっぴり痛いが、リターンが大きいので、すぐに回収できるだろう。


そんなわけで、本日のダンジョンアタックは昼食後となった。

具沢山の炒飯《チャーハン》と野菜たっぷりの手作り餃子《ギョーザ》、たまごスープは絶品だ。残すことなく、しっかりとお腹に納めて、いざダンジョンへ。

こつこつとスライムを倒し、ポーションと魔石を集め、レベル上げに注力する。

「あ、レベルが上がった」

水魔法では倒せないスライムを美沙は黙々と熊手アタックで殲滅《せんめつ》していたが、しばらくすると脳内でアナウンスが流れた。レベルアップの音声は何度聞いても気分が上がる、良いものだ。

「ステータス。レベルは4か。スライムの経験値ってやっぱり低いのかな」

レベルが上がりにくくなったということは、次の階層へ向かうべき頃合いなのかもしれない。

「ポーションはノアさんとお野菜にも必要だから、一階層には毎日挑戦するつもりだけど」

そろそろ二階層に挑戦するかどうかを、皆とも相談しなければならない。

この日は三時間ほどスライムを熊手で叩き続け、大量の収穫物を手に帰宅した。

◇◆◇

アプリへのお野菜出品は画像と文章をコピペしたものを各十セット投稿してみた。当日の朝に箱詰めするのは大変だったので、皆が揃う夕方頃に四人で頑張った。

野菜を詰めた箱は【アイテムボックス】に全て収納する。時間停止状態で大量に確保できるので、野菜の劣化を恐れる必要もない。

収穫は午前中に終えていたので、作業は一時間弱で終えることができた。

「はい、バイト代！」

にこにこ現金払いをモットーにしている美沙は、笑顔で皆に三千円を配った。

「時給三千円か」

牧場の肉体労働バイトの時給千円が脳裏を過ったのか。甲斐は嬉しいような哀《かな》しいような、微妙な表情を浮かべている。多い分には文句はあるまい。

北条兄妹もいいのかな、と首を傾げているが、出品した途端に購入されていったお野菜セットの売上表を見せると、「ありがたくいただきます」と笑顔で受け取ってもらえた。

「ビックリするよね？　この売り上げ状況」

強気の各十セットずつの出品物が、次々と売れていく様は圧巻だ。

完売した場合、フリマサイトへの手数料と箱代、お手伝いのバイト料金を除いても、一日の儲けは一万七千円。一ヶ月毎日売り切ると、五十一万円の収入になる。

シェアハウスの光熱費、食費、日用品代などの諸々の雑経費を十万円と見積もったとしても、月に四十万は余裕で貯金できる計算だ。

「私、もう外に働きに行かなくても良くない……？」

通帳の残高を確認した美沙が呆然と呟く。

毎日一時間だけのバイトで、一ヶ月九万円ほどの収入を得ることが約束された三人も、神妙な表情で頷いた。

第七章◆二階層へ

金策はどうにかなりそうなので、しばらくはダンジョン攻略に集中することにした。

とは言え、せっかくのスローライフ生活を手放すつもりはなく、きちんと自分たちの時間は確保して、命大事にをモットーにした上での攻略だ。

「一階層のスライムは道すがらに殲滅することにして、今日は地下を目指さない？」

「おう、賛成！　スライム狩りも悪くはないけど、ちょっと飽きていたから、ちょうど良い」

「カイはそうやって油断するタイプだよね」

美沙《みさ》が瞳を眇《すが》めて指摘すると、そっと視線を逸《そ》らされた。

「調子に乗ってポーションでも治せない怪我をしたら、どうするつもり？」

「……悪い、気を付ける」

素直に頭を下げられるのは、甲斐《かい》の良いところだ。貴方に何かあったら、おばさんや弟さんたちが泣くことになるんだよ、と追及しないで済んで良かったと美沙は思う。

「二階層に降りるなら、武器をもっとマシな物にしないといけないわね」

冷静に指摘するのは奏多《かなた》だ。たしかに、と皆で頷き合った。

甲斐の木刀は真っ二つに折れてしまったし、熊手はスライムにしか通用しそうもない。

「私のピッケルもリーチが短い分、少し不安かもしれないです。【錬金】スキルのレベルが上がったら、武器を錬成できるようになりそうなんですけど」

今はまだアクセサリー程度の小さな金属を弄ることしか、晶《あきら》にはできないらしい。

結局、奏多はスライム退治に使っていた破壊力抜群の愛用バールを、甲斐は蔵の奥に放置されていた金属バットを使うことにした。

女子組はなぜか納屋に放置されていた鉄パイプを使うことになった。

ちなみに鉄パイプは先端を鋭く尖《とが》らせて、なかなかに凶悪な武器へと進化している。


一階層は二メートルの幅がある洞窟道が数百メートル続き、突き当たりにテニスコート二面分ほどの広場があった。主にこの広場で毎日スライム叩きに励んでいる。

広場のさらに奥に、岩肌をくり抜いたような形の出口があり、下に降りる階段があった。

最初にダンジョンに足を踏み入れた際に与えられた知識によると、下層へと続く道だ。

この階段上ではモンスターは出没しない。

階段を降りた先にはドアがある。ノブはなく、てのひらを押し当てると開かれる第二階層への入り口だ。ドアの手前は六畳ほどの広さの小部屋になっており、セーフティエリアと呼ばれている。

セーフティエリアとはダンジョン内で唯一モンスターが近寄れない安全地帯で、ダンジョン挑戦者のための安全な避難場所だと、与えられた知識が教えてくれた。

魔力を回復するための食事や休憩はここで取ることにした。

あいにくトイレはないので、女子二人はなるべく無駄な水分は取らないようにしている。

「下層に降りるごとに魔物の強さが上がるんだったよな」

金属バットを構えて、甲斐が言う。

「うん。少なくともスライムよりは強い相手が出てくるから、気を付けなきゃね」

美沙は緊張した面持ちで鉄パイプを握り締める。レベルアップの恩恵で腕力が上がったおかげで、重い鉄パイプも余裕で持ち上げられるようにはなったが、怖いものは怖い。

「じゃあ、覚悟はいーい？　開けるわよ」

不敵に笑う奏多は少し色褪せたバールを気負いなく肩に担いで、いつもの二割増し男前だ。

兄の雄姿を惚《ほ》れ惚《ぼ》れと眺め、同じように挑戦的に前を見据える晶も凛々《りり》しい。

「いざ、二階層へ！」

開かれたドアの向こう側の光景に、闘争心たっぷりで挑んだ四人は言葉を失った。

足首を覆うほどの雑草が視界いっぱいに広がる草原フロアが、彼らを出迎えたのだ。

洞窟道から階下に降りたはずなのに、二階層には青空が広がっている。

見渡す限りの草原と雲ひとつない青空のコントラストに見惚れそうになるが。

「ミサ、魔物だ！」

「ふぇっ？」

甲斐の声に慌てて鉄パイプを構え直す。視線の先、三メートルほど離れた場所に、それはいた。

「……ツノの生えた、うさぎ？」

「鑑定によると、アルミラージね」

傍らに並んで同じようにバールを構えた奏多が教えてくれる。

柴犬《しばいぬ》ほどの大きさの、ふわふわのうさぎには額に捻《ねじ》れたツノが生えていた。額のツノを除けば、見た目は愛らしい。毛並みも素晴らしく、極上の手触りを味わえそうな、ふわふわっぷりだ。

ただし、そのうさぎの目は真っ赤に染まっており、殺意もあらわにこちらを睨んでいる。

「わー。かわい、…いや、こわい……？」

「落ち着け、ミサ。どんなに可愛くても、あれはモンスターだぞ。撫でるのは禁止だからな？」

「分かっているけど！」

スライムと違って、動物の——それも愛玩動物に似た姿なのは狡《ずる》いと思う。美沙が動揺している間に、アルミラージはこちらを目掛けて突進してきた。

「ひゃ…っ！」

慌てて一歩下がると、逆に前進した甲斐が金属バットを振り上げた。ガツン、と鈍い音が響き、耳障りな悲鳴が上がる。二度三度とバットを振り下ろす甲斐。

やがて草原に横たわったアルミラージは光と共に姿を消し、ドロップアイテムを落とした。

「なんだ、これ？」

首を傾げる甲斐の後ろから、おそるおそる覗き込む。

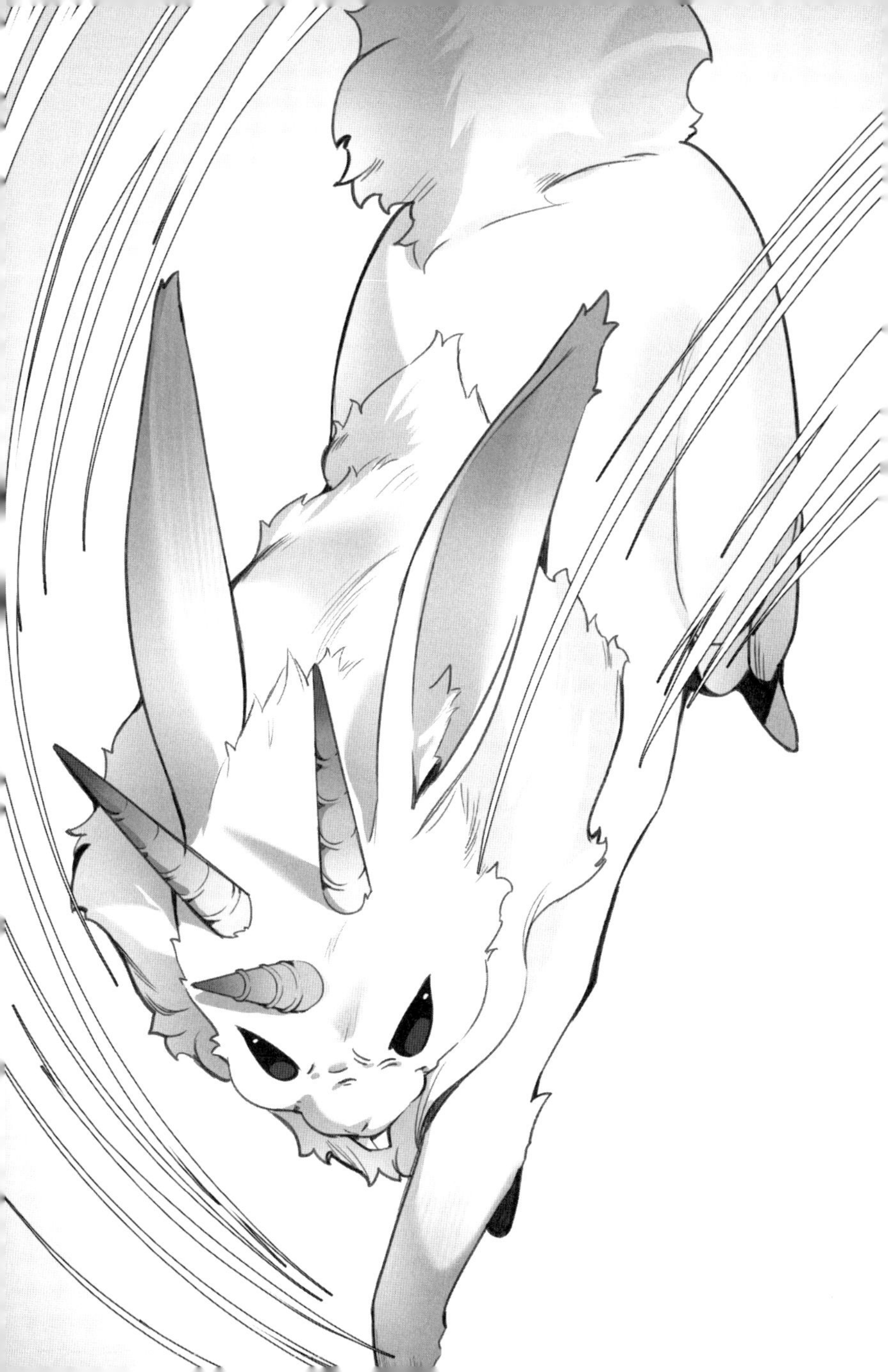

「！　まさか、それ。待望の」

「間違いないわね」

それは、バナナの葉に似たものに包まれた、綺麗なピンク色の肉だった。大きさは片方のてのひらを広げたくらいか。1キロくらいはありそうな肉の塊だ。

「うさぎ肉……！」

マジか、と瞳を輝かせる甲斐と、これは食用かと兄を真剣な表情で問《と》い質《ただ》す晶。

「落ち着きなさい、欠食児童たち。鑑定によると、アルミラージの肉、食用（美味）とあるわね」

ふふ、と妖艶に笑いながら奏多が言う。甲斐がアルミラージ肉を頭上高くに掲げ持った。

「食用！　しかも、美味ッ！」

うおおおっと皆で片手を上げての勝利ポーズを決めた。待望のお肉ドロップだ。美沙も叫んだ。

「こんなお宝を落とすからには、フィールド中のうさぎさんを狩り尽くそう！」

「意義なし！　美味しい（確定）お肉を大量に持ち帰りましょうね、ミサさん！」

「うさぎ肉のレシピを調べるのが、今から楽しみだわ。ふふっ」

「お前らさっきまで可愛いとか、可哀想《かわいそう》って顔してなかったか……？」

呆れたようにこちらを見てくる甲斐を、美沙はじろりと睨み付ける。

「じゃあ、甲斐はこの美味しいことが確定している、うさぎのお肉は要らないの？」

「いる、絶対食う」

「じゃあ？」

「殲滅する勢いで狩り尽くします！」

見事に四人の意見が揃ったところで、あらためて草原フィールドを見渡した。

足首ほどの長さの草では、アルミラージは隠れることができない。白や茶色や黒の毛皮がちらちらと草原のそこかしこで視界を過っていく。うん、丸見えだ。これは狩り放題、待ったなし。

「じゃあ、今日のお肉のために、頑張って狩りましょう！」

「おー！」

四人はアルミラージに全力で向かって行く。普通のうさぎなら人の気配に怯《おび》えて逃げるが、ダンジョン内のモンスターは逆に立ち向かってくる。念のために、ポーションは各自でしっかりと確保しているが、なるべく痛い目には遭いたくないので、ツノの攻撃には注意が必要だ。

「水魔法！」

突進してくるアルミラージから距離を取りつつ、美沙はバレーボールほどの大きさの水の玉を作り出す。スライムには効果はなかったが、動物の姿を真似《まね》たモンスターには効くはずだ。

「えいっ、窒息しちゃえ！」

水の玉をぶつけるのではなく、アルミラージの頭部を水で覆った。

ガボゴボと苦しげに暴れる姿にこの攻撃が効いていることを確信する。そのまま溺死させてもいいのだが、時間がもったいない。

「とどめ、っと」

駆け寄って鉄パイプの先端で喉元を差し貫いた。水攻めでダメージを受けていたアルミラージはあっさりと光に還《かえ》った。そうして、そこに残されたのは。

「えっ、なんで？　お肉じゃない！」

ぽとりと落とされたのはアルミラージの毛皮と、瞳と同じ赤色の魔石だった。どうやら、スライムと同じくドロップには当たり外れがあるらしい。もちろん、この場合の当たりは肉だ。

「こっちも毛皮と魔石だったぞ」

がっかりした顔の甲斐がドロップしたアイテムを差し出してくる。

「私も残念ながら、お肉じゃなかったわぁ。他は毛皮じゃなくて、ツノと魔石のドロップね」

「私は毛皮というか。これはうさぎの後ろ足、ですかね……？」

晶がおずおずと差し出してきたのは、魔石と十センチほどの大きさの白い毛皮の後ろ足で。

「鑑定では、『幸運のラビットフット』とあるわね」

興味深そうに覗き込んだ奏多が鑑定結果を教えてくれる。やはり後ろ足だったようだ。

「お守りですね。見たことがあります。以前にハリウッドスターが持っていて、ブームになっていたから、覚えています。幸運のお守りですよ」

「幸運のお守り……」

そう聞くと、触ってみたくなる。ラビットフットは特に生々しい感じはなく、獣臭い臭いもない。きちんと中身も処理された状態のドロップアイテムだった。

そう言えば、甲斐から手渡された毛皮もきちんと鞣《なめ》されている。

「幸運のお守りか。なら、これを持っていたら、ドロップアイテム運が良くなるのか？」

目をキラキラさせて甲斐が聞く。困惑する奏多を置き去りに、三人は顔を輝かせた。

「鑑定ではそこまで詳しくは分からないけど……」

「じゃあ、まずはカイが持って、うさぎ狩りね。目当てはお肉、ダメでもラビットフットを！」

「ラビットフットは持ち運びやすいようにアクセサリーにしましょう！」

本物の幸運アイテムを弄れることが嬉しいのか。晶はアルミラージをうっとりと見詰めている。

「いた、うさぎ！　逃がすなよ！」

「おにく……！」

かくして、二階層の草原フィールドは欠食児童たちの狩り場へと姿を変えた。

◇◆◇

「美味しい！」

堪《こら》えきれない叫びが口をつく。それほどまでに、奏多の作った夕食は絶品だった。

テーブルに並ぶのは、本日ダンジョン内で狩りまくったアルミラージ肉を使った料理だ。美味しいお肉だと鑑定で知り、つい食欲が暴走し、二階層をドロップアイテムで満たしてしまった。

気が付いたら、三時間ほど熱中して狩り続けていた。

さすがに反省しつつ帰宅したのだが、もちろんお肉は美味しくいただきます！

「まさか、お肉のドロップが二種類もあるなんて、ビックリだよねー」

うさぎ肉のクリームシチューに舌鼓を打ちながら呟けば、甲斐も力強く頷いた。

「だなー。どっちも美味しいから、普通に嬉しいけど」

甲斐が手にしているのは、うさぎ肉の串焼きだ。塩胡椒にハーブやガーリックなどをすりこんで炭火で焼いた本格派。シンプルなだけに肉の旨味がいちばんダイレクトに分かる一品だろう。

「ロース部分とモモ部分の二種類ですよね。それぞれ歯応えが違って面白いです」

晶が食べているのは、うさぎのモモ肉の赤ワイン煮だ。

『宵月』から失敬してきた赤ワインを使い、圧力鍋でじっくりと煮込んだそれは、箸で摑《つか》むとほろりとほどけて蕩《とろ》けるような食感に仕上がっており、夢見心地で味わった。

「どれも美味いよ、カナさん。まさか、うさぎ肉がこんなに柔らかくて食べやすいなんてな」

「私も知らなかったよ。ふぁぁ……この油淋鶏《ユーリンチー》、じゃなくて油淋兎《ユーリントゥー》？　もう、最高。いくらでも食べられちゃう。カナさん、天才！　お嫁にきて！」

肉汁がじゅわっと溢れる油淋兎を噛み締めながら宣言する美沙を、奏多は苦笑いで流した。

「ありがと。ふふっ、そんなに喜んでもらえると、作りがいがあるわね」

優雅に肩を竦めながら、赤ワインを傾ける様はいつ見ても麗しい。

「本当に美味しい。うさぎ肉は初めて食べたけど、こんなにクセがないんだ」

うさぎ肉は鶏肉に近い食感だと聞いたことがあるが、鶏肉よりも筋肉質で脂身が少ないのに、柔らかくて深みのある味わいだった。ジビエ料理のシェフの中には、うさぎの肉を世界一の品質だと絶賛する人もいるらしいが、納得の美味しさだ。

イノシシや鹿肉は血抜きと解体の出来次第で臭みがひどい肉が多いが、アルミラージ肉は淡白な肉質のおかげか、臭いも少なく、食べやすい。うさぎ肉は鶏肉と肉質が近いので、鶏肉料理のレシピで調理をすれば、外れも少ないだろうと奏多が言う。

アルミラージのモモ肉は鶏と同じくらいの大きさで、食べ応えがある。

シンプルに塩胡椒とガーリックだけで皮がパリパリになるくらいに焼いたモモ肉は、マナーを忘れて手づかみでかぶりついてしまうほどに美味しかった。

「しばらくは二階層にこもっちゃいそう……。お肉が美味しいし」

気が付いたら、テーブルいっぱいにあったご馳走は食べ尽くされていた。さもありなん。

「ポーション水のおかげで美味しい野菜には困らないけど、たんぱく源が今のところ卵だけでしたからね。久しぶりのお肉料理に理性が弾けた気がします」

しみじみと同意してくれる晶。

「だなー。うちの鶏は採卵用で潰す予定はないから、鶏肉料理も食えなかったし。ダンジョンドロップでこんなに美味い肉が食べられるんだ。俺も頑張って狩るよ」

鶏担当の甲斐が感慨深げに言う。ちなみに鶏にも美沙の水魔法とポーションブレンドの飲み水を与えている。おかげで、我が家の鶏産の卵の味は一級品だ。

「うさぎ肉の大量確保は賛成だけど、ちゃんとポーションもゲットしてね？」

「もちろんですよ、カナさん！　ノアさんのためにも常時百個は確保しておきたいから、スライム狩りも継続します！」

「畑に果樹園、鶏にも要るからなー」

ポーションは実は自分たちも愛用している。疲労が溜まった時はもちろん、眠る前にも飲んでいた。これが意外と良かったりする。眠りの質が上がり、寝起きが良くなったのだ。

しかも、ポーションを服用するようになって、肌の調子が抜群に良い。肌が受けたダメージを修復しているのだろう。畑仕事で日焼けした美沙の肌もポーションを飲めば、元の白い肌が復活していて、驚いた。髪の艶が増したのも無関係ではないはずだ。

「ダンジョンに潜っているおかげで、食べても太らなくなったし、たくさん動いているからか、体も締まってきたんだよね。ダンジョンダイエット、最高じゃないかな？」

憧れの割れた腹筋を手に入れられる日も近いかもしれない。

「あとは、【アイテムボックス】に山ほどある魔石やドロップアイテムが売れたらなー」

つい愚痴ってしまうのは仕方ない。野菜に卵、肉に関しては、どうにか自給自足の目処《めど》が立ったが、健康的な食生活には、穀類が必須だ。美味しく食べるためには調味料も必要。うさぎ肉だけではさすがに飽きると思われるので、他の肉やたまには新鮮な魚介類も食べたい。

「野菜が売れたお金で買えるようにはなったけれど、せっかくのドロップアイテムだもの。有効活用ができると良いんだけど」

「あ、じゃあミサさん！　アルミラージの毛皮を預かっても良いですか？　せっかくだし、何か作ってみたいです」

笑顔で挙手した晶にドロップアイテムの毛皮を託した。毛皮で何が作れるのか分からないが、アイテムボックスの肥やしになるよりは有効活用ができるだろう。

（ラビットファーのマフラーって、結構高かったよね）

毛皮のコートの需要は減っているが、ふわふわのファーはそれなりに人気があるので、完成品が売れるとありがたい。

どこにいるのかは知らないが、ダンジョンを創ってくれた神さまに、ドロップアイテムが換金できるよう、切に願う美沙だった。

◇◆◇

うさぎ肉を堪能し、交代で汗を流した後は久々の飲み会だ。

納屋を改造した臨時のバー『宵月』。いつの間にかバーテンダー時代の衣装に身を包み、笑顔でシェイカーを振る奏多の姿に、美沙たちは大いに盛り上がった。

（ああ、やっぱりカナさんはバーテンダー姿が最高にカッコいい）

「二階層記念に乾杯！」

冷えたビールをご機嫌で飲むのは、甲斐。腹がはちきれんばかりにうさぎ肉料理を食べた後なのに、野菜スティックを美味しそうに摘んでいる。

「ミサちゃんは何を飲む？」

「あ、じゃあ私はシャンディガフで！」

ビールをジンジャーエールで割るビアカクテルは美沙のお気に入りのひとつだ。

成人して初めて飲んだビールの苦さに顔を顰《しか》めていたところ、大学の先輩が教えてくれた。ジンジャーエールの甘さがビールの苦味をほどよく抑えてくれて、とても飲みやすい。

それぞれ好きなお酒を楽しみながら、二階層の話で盛り上がった。

まあ、いちばんはアルミラージ肉の美味しさについてだが。

「ヨーロッパ旅行でうさぎ肉を食べた事があるんだけど、全然違ったわ。旨味のレベルが段違い。詳しく鑑定してみたけれど、たぶんアルミラージ肉が魔力を含んでいるから、それが影響しているんじゃないかしら？」

奏多の意見に皆、納得する。魔力たっぷりのポーション水を与えて美味しく育った野菜や、鶏の卵の味を毎日堪能しているので、その予想には全員一致で頷いた。

「つまり、魔物の肉は美味しいってことだな」

「継続して優先的に狩りましょう！」

全員即座に頷いた。美味しいは正義だ。それに、魔力を含んだ食材は空腹や疲れが回復しやすい。

「そう言えば、私、二階層でレベルアップしたんですけど」

ビールをコーラで割ったコークビアを舐めながら、晶が小首を傾げている。

「それに連動して、新しい魔法を覚えたみたいです」

「えっ！　レベルアップで新しく覚えられるの？」

ひょいっと放たれた爆弾発言に、慌ててステータスを確認する三人。

レベルアップのアナウンスは脳内に流れていたが、アルミラージを狩ることに集中していたためにあまり気にしていなかったのだ。

「お、本当だ！　スキルの火魔法で使える技が増えている。ファイアボールの他に、ファイアアローが追加されているぞ」

甲斐はさっそく使ってみたいようで、落ち着きがない。奏多もステータスを確認したらしく、思案げな様子で頷いている。

「私もアロー系ね。風魔法のウインドアローが使えるようになったみたい」

レベルアップして覚えることができる新しい魔法は、アロー系なのだろうか。

美沙も期待に胸を騒がせながら、ステータスをオープンしてみた。

「あ、あった。水魔法のウォーターカッター？　どんな魔法なんだろう」

残念ながらアロー系ではなかったが、ようやく使い勝手の良さそうな攻撃魔法を覚えられたことが嬉しい。なにせ、これまでは水のボールを作ったり、雨を降らせることしかできなかったのだ。

「水圧で物を切るとか、強そうじゃない？」

甲斐ではないが、自分でも試してみたくて、つい庭に視線を向けてしまう。

「いいな、ミサさん。私は攻撃魔法じゃなかったんですよ」

一方、落ち込んだ声音で晶が申告する。

「え？　アキラさんは光魔法だよね？　どんなやつ？」

彼女が使う光魔法はライトの魔法が基礎になっている。暗い場所の灯りはもちろん、強めの魔力を込めて閃光弾《せんこう》として魔物に叩きつけることもできる、なかなかに強い魔法だったが。

「浄化魔法《クリーン》です」

「え、それって……」

「なんだよ、当たりじゃん！」

美沙が口を開くより先に、甲斐が目を輝かせて称賛する。不思議そうに晶が首を傾げた。

「当たり、ですか……？」

「そうだよ！　ラノベとかだと、めちゃくちゃ重要な能力だぜ。なにせ、唱えるだけで汚れが消えるんだ。ダンジョン攻略中には特に重宝される、すごい魔法だぞ！」

たしかに、戦闘で汚れた体を浄化《クリーン》で綺麗にできる魔法だと思えば、素晴らしい。

もしも泊まり込みでダンジョンに潜ることになったとしても、晶の浄化魔法《クリーン》があれば便利だし、快適に清潔に過ごせることは、とてもありがたい。

兄である奏多も同意見らしく、三人で晶の新スキルを褒《ほ》め称《たた》えた。

「そっか。悪くないスキルなんですね。良かった」

はにかむように笑う晶の笑顔には癒やされる。気品のある王子さまフェイスが甘く蕩ける様に、美沙はうっとりと見惚れた。光魔法が最高に似合っていると、心底思う。

「試してみますね。……浄化《クリーン》」

てのひらを差し出して、そっと晶が囁《ささや》くと、柔らかな光が辺りを満たしていく。

「わぁ……！」

「これはすごいわね……」

皆の体が淡い光に包まれる。光が消えると、肌だけでなく、服の汚れも取れていた。

「食事に夢中で汚したシャツが綺麗になっているな」

「美容室でお高いトリートメントをお願いした時みたいに、髪がつやつや……」

これは癖になる気持ち良さだ。浄化魔法《クリーン》を試してみた晶は、何やら考え込んでいる。

「この魔法、もしかして普段のお掃除にも使えるんじゃ？」

さっそく納屋の隅の、少し埃っぽい箇所に向けて、晶は浄化魔法《クリーン》を試してみた。

「おお！　すげぇ、床がピカピカ！」

新築と見紛《みまが》うほどに、綺麗に磨き上げられた床の様子に、三人は大興奮だ。

「レベルアップで使える魔法が増えるのはいいわね」

「そうですね。魔法の威力も上がっているみたいだし、レベル上げにやる気が出てきました！」

水魔法はもちろん、【アイテムボックス】のスキルがレベルアップするとどうなるのかも楽しみだ。奏多の【鑑定】スキルも使うごとに詳細が分かるように成長していると聞く。

「そうね。安全第一、命大事に？」

穏やかな微笑をたたえた奏多が差し出してくるグラスに、自分のグラスの縁をこつんと当てた。

「命大事に、ついでにお肉も大量確保で！」

その夜はいつもより、ほんの少しだけ夜更かしした。

第八章 ◆ 春の収穫

古民家シェアハウスでの生活に慣れてきた時期、甲斐《かい》を先頭に裏山に登った。

目的は今が旬のタケノコ狩りだ。竹の密集地の場所は先に伝えてあるので、のんびりとジャージ姿の背中を追い掛けている。山の手入れにあまり時間をとれていないので、山道は既に獣道状態だ。

甲斐が鉈《なた》で邪魔な木の枝を払って進んでくれるおかげで、歩きやすい。

山に入るにあたって、素肌があらわにならないよう長袖長ズボンを着用し、足元は登山用のしっかりしたスニーカーを履いた。首元にはタオルマフラーを巻き、帽子も被っている。

万一、道に迷った時のために水や食料など必須な物はあるが、そこはチートスキルである【アイテムボックス】のおかげで、一ヶ月は余裕で山暮らしが可能な物資は確保中。

無手で登山ができる現状を、皆はもっと感謝しても良いと思う。

人の手が入っていない裏山には獣が棲《す》んでいる。鹿にイノシシ、猿も見たことがある。さすがに野犬はいないようだが、狸《たぬき》と穴熊はいるらしい。祖父が以前に見たことがあると言っていた。

普通はもっと野生の獣を警戒するものかもしれないが、ダンジョンでモンスターを狩りまくっている自分たちにとって、彼らは脅威ではない。いざとなれば魔法という便利な攻撃手段もある。

【身体強化】スキルを常時発動している甲斐は最近になって【気配察知】の能力を新たに身に付けた。百メートルほど離れた場所からでも、獣やモンスターの気配が把握できるようなので、今回の引率役を任せている。

「お、竹林が見えてきた」

今日は牧場のバイトが休みの日だ。毎日でも働いて稼ぎたいと甲斐は牧場のオーナーに訴えたようだが、さすがにそれは断られたらしい。肉体労働の現場なのだから、きちんと休養を取りなさいと窘められたようだ。ちゃんとした雇い主で良かったと思う。

ダンジョンに潜り始めてから身体能力が格段に上がり、強化スキルを駆使しながら働いていた甲斐にとっては何てことのない労働量だが、そこは素直に頷いたようだ。

五人分の働きを見せる甲斐に感謝した牧場主は時給千円から日給一万円に昇給させた。一週間に一度の休みを貰っても、月給は二十五万〜二十六万円になる計算だ。

美沙《みさ》が主導する野菜通販のバイト代、月に九万円をプラスすると、自身の生活費を除いても余裕をもって仕送りができるようになったと甲斐は喜んでいた。

働き者で家族思いな幼馴染みの実家へは定期的にうちで育てた野菜を送っている。

もちろん、大量に在庫のある、うさぎ肉も同梱《どうこん》して。これには家事を一手に担っている次男君が大喜びしたらしい。好き嫌いの激しかったチビたちもうちの野菜は喜んで食べてくれたようだ。

たんぱく質不足問題も、うさぎ肉が解決してくれたし、ダンジョン様々である。

ともあれ、今はタケノコ狩りだ。

美味しいタケノコを食べたい。家族にタケノコを食わしてやりたい。あと余ったタケノコもついでに販売したいな。という様々な思惑もあって、四人揃っての待望のタケノコ狩りなのだ。

「こういう時に、土魔法持ちだったらなーって思うよね」

タケノコ掘りは忍耐との勝負だ。まず、タケノコを見つけるのにコツがいる。傷がつかないように山の斜面から慎重に掘り出すのも大変なのだ。

とは言え、そこは竹の密集地。四人がかりで何と三十本以上を掘り当てることができた。

「今日はこのくらいにしよう。また、明日にでも掘りに来たらいいし」

まだまだお宝は土の下で眠っている。ここしばらくは手が足りずに、なかなか収穫ができなかったタケノコを今年はたくさん掘り出せそうだ。自分たちで味わう分とご近所さんに配る分を除《よ》けておいても、余裕で販売に回せる。良い臨時収入になりそうで、皆の笑顔がまぶしい。

「よし、全部【アイテムボックス】に収納したし、そろそろ帰る？」

「ついでに山菜を採ってみたいんだけど、いいかしら？」

「お、いいな。山菜採りってしたことがないかも」

「私も食べたことはあるけれど、生えているところは見たことがないです」

熱意に負けて、引き続きの山歩きが決定。途中で休憩しつつ、持参したお弁当で昼食にした。

大根の葉を刻んで胡麻油で炒めて作ったふりかけで握った、おにぎりがメインだ。

甘い玉子焼きとうさぎ肉の唐揚げも美味しい。唐揚げは醤油とニンニク、生姜《しょうが》でしっかり下味を付けているので、おにぎりのお供にぴったりだ。

大きめのランチボックスに詰めていたはずだが、あっという間に完食してしまった。

食後に、沢の近くで山菜を探した。

「あんまり詳しくないから、自信をもって教えられるのは、これくらいかな」

裏山での採取成果は、セリ、三つ葉、ふきのとう、タラの芽、わらび、こごみ。

セリは日当たりが良ければ、冬以外は大抵採れる初心者に優しい野草だ。

三つ葉は綺麗な水場でよく見かける。市販品と違い、大きく育っているので食べ応えがある野草。

ふきのとうは一箇所に大量に発生するので、採取しやすい。

ちなみに美沙が一番好きなのは、こごみだ。味にクセがなく、ぬめりがあるが、茹でてマヨネーズで食べると美味しい。他の山菜と違い、アク抜きをせずに食べられるので、初心者向けだ。


「いっぱい採れたわねぇ。今夜は山菜を使った料理にも挑戦しましょう。せっかくだし、山菜料理の動画も撮影したいわ」

楽しそうに奏多《かなた》が宣言した。最近の彼は趣味と実益を兼ねて、調理をしながら動画を撮影している。撮影した動画を編集し、ネットで配信をしているそうだ。以前から、たまにバーテンダースタイルでシェイカーを振り、見栄えの良いカクテル作りの動画を配信していたらしい。

口コミで人気が出て、登録者数が万を越えたところで、収益化した。

基本的に料理をする手元を中心に撮影しているが、料理前の挨拶と完成品の試食の際に顔出しをしているため、SNSでバズったのだ。

何せ奏多は滅多にいない、正統派の美男子。イケメンというよりは、美人、麗人枠だが。繊細に整った容貌をしており、所作も優雅で麗しい。理想の紳士《ジェントリ》を体現化したかのごとく、優しくて頼りがいがある。それでいて喋り言葉は、お姉さま風。たまに、オカン。

個性の塊の彼はあっという間に人の目を集めた。彼が発表したレシピも、簡単なのに美味しいと評判だ。最近では、リラックスして楽しく料理を作りたいからと、その日の気分で選んだカクテルやワイン、クラフトビールなどを飲みながら、調理動画を撮影していた。

「酔っ払いの料理動画がこんなに需要があるなんてビックリよね？」

当の本人は楽しそうに笑い飛ばしているが、美沙の心配をよそに、そんな奏多の酔いどれ動画は好評で、今では月に二十万ほどの広告収入があるらしい。この調子で登録者数が増えれば、『宵月』で店長代理として働いていた際の月収を余裕で越えそうだと教えてもらった。

甲斐は牧場バイト、晶《あきら》は衣装やアクセサリー販売。古民家シェアハウスのオーナーである美沙は、野菜のネット販売をメインの収入源にしている。

どうにか四人とも、定期的な収入の目処がついたようで、オーナーとしては安堵している。

最初はどうなることかと不安だったが、ダンジョン付きシェアハウス生活は順調だった。

◇◆◇

大量の山菜類をそのままにしておくのは忍びなかったので、ご近所へのお裾分けを甲斐に任せ、残りの三人でタケノコと山菜の下処理を頑張った。

アク抜き作業をようやく終わらせたところで、甲斐が大量のお土産を腕に抱えて帰ってきた。

「米農家の田村のおっちゃんから、米二十キロ貰ってきた。あと、山田のおばちゃんは手作りの漬物で、田中のじいちゃんからは潰した鶏肉と特製の味玉！」

「うわ、また大量だね。ありがたいけど」

戦利品を預かりながら、美沙は嬉しい悲鳴を上げた。お米はとてもとてもありがたい。何せ欠食成人が我が家には四人もいる。腹に溜まって美味しいお米は最高の主食だ。

手作り漬物も大歓迎だ。二十センチ四方の大きなタッパーに詰められた特製自家キムチは、お米泥棒と称されるほどに美味しい。糠漬けもよく漬かっていて、これとおにぎりがあれば延々と食べ続けられる！　と甲斐が絶賛するほどの出来栄えだ。

奏多はおばちゃんに交渉し、この素晴らしい糠を分けてもらっている。糠床が美味しく育つまで、もうしばらくはかかりそうだ。

養鶏場産の鶏肉はうさぎ肉がメインの我が食卓には歓声をもって受け入れられた。今は卵をメインに採取しているため、鶏を潰す予定はないし、解体できる自信もない。だから、綺麗に切り分けられた鶏肉の差し入れはとてもありがたかった。おばあちゃんが作っている特製の味玉も、半熟の茹で加減がさすがのプロ級で、夜食のラーメンに投入するのが今から楽しみなほどで。

「あと、ついでに牧場にも差し入れたら、乳製品を大量にくれたんだよな。賞味期限が近いから早めに食べろって」

「牧場産の乳製品だね、ありがたい！　じゃあ、それは私が預かるね」

時間停止で収納が可能な【アイテムボックス】に大感謝だ。

チーズにヨーグルト、バター。生クリームまである。

「タケノコや山菜がこんなに沢山のご馳走に化けるのねぇ」

戦利品の山を前に、しみじみと呟く奏多。

「田舎だから山菜自体は普通にいっぱい採れるんですよ？　ただ、お年寄りばかりだから、体力的な問題で、なかなか採りに行けないみたいで……」

張り切って山菜採りにと、山に登って怪我をする老人も年に何人か現れる。山によってはイノシシやクマに襲われた人もいた。身近な山とは言っても、危険な場所に変わりない。

「そっか。じゃあ、力仕事は俺の役目だな」

にかりと笑うのは甲斐だ。何の衒《てら》いもなく、笑顔で宣言するあたりが彼らしい。だから反抗期のはずの弟たちに慕われ、ご近所さんにも可愛がられるのだろう。

「そうだね。また採ってきたら、差し入れしたら良いよ」

ご近所さんに配ったのでタケノコは半分まで減ったが、それでもまだ十五本はある。

五本は本日の夕食にして、残りの十本は野菜セットとは別に五箱に分けて売り出すことにしてみた。新鮮さを売り文句にしているため、販売分は箱に詰めた状態で【アイテムボックス】へ。

写真を撮って販売画面にアップする。ありがたいことに、うちのアカウントをフォローしてくれている人はそれなりにいるため、すぐに反応があった。順調に売れていく様子に甲斐が大喜びだ。

良いお小遣い稼ぎにもなるので、タケノコ採りは甲斐に任せることにした。

昼過ぎから三時間ほどダンジョンに潜り、うさぎ肉とポーションをゲット。

最近ではお猫さま用と自分たち用だけではなく、親しいご近所さんにもこっそりポーションを飲ませてあげている。奏多がブレンドしたオリジナルのハーブティーや果実酒に混ぜての提供だが、腰痛や肩凝り、膝の痛みによく効くと好評だ。

ちなみに毎日ポーションを欠かさず与えられた北条《ほうじょう》家の愛猫ノアは、問題のあった内臓の損傷が完治した。近くの動物病院で検査してもらったところ、シニア猫なのに十歳以上若く見られるほどに元気だと太鼓判を押された。疾患はどこにも見つけられなかったと言う。

ダンジョン産のうさぎ肉を欲しがっていたので、少しだけ与えた効果なのか。体も筋肉質に変化しており、とても健康的な猫だと先生のお墨付きをもらえた。

ダンジョンから戻ると、甲斐は鶏を庭で散歩させてやりながら、薪割りにと率先して働く。晶は新しく身に付けた【浄化魔法《クリーン》】のスキル上げを目当てに鶏小屋をせっせと浄化してくれた。

それぞれが忙しく立ち働いている間に、美沙と奏多とで夕食の準備をする。

今日は下処理を施した山菜がたくさんあるので、メインは天ぷらに決めた。

それとは別にタケノコ祭りもする。タケノコの炊き込みご飯とタケノコの煮込み、タケノコとうさぎ肉の中華風炒め物、タケノコ入りのお吸い物には三つ葉も浮かべた。

もちろん、タケノコの天ぷらもある。我が家のレシピは甘辛く煮つけたタケノコをそのまま揚げるので、味が染みていてとても美味しいと評判だ。

香り付けにあおさのりを天ぷら粉に混ぜて、磯辺《いそべ》揚げ風味にしてみたが、こちらも好評。

何より楽しみなのは、新鮮なタケノコでしか味わえない、お刺身だ。

これはタケノコ狩りをする者だけの特権だと、にんまりと笑っていた祖父を思い出す。

すぐ裏に山があるのと【アイテムボックス】のおかげで、今夜は新鮮で美味しいタケノコの刺身を堪能できる。

「山菜は天ぷらやお浸しのレシピくらいしか知らないんですけど、それじゃ飽きますよね」

祖母直伝のレシピノートをめくる美沙に、奏多が笑顔でサムズアップする。

「ふふふ。任せて？　色々と調べて、美味しそうなレシピを考えたの！」

これなら若い子も美味しく食べられると思うわ、とご機嫌でキッチンに向かっている。これは期待がもてそうだ。美沙は天ぷらやお浸しなどの調理を、その他の山菜料理は彼に任せることにした。

「ふきのとうとタラの芽の天ぷら。ふきのとう味噌も作っちゃおう。おにぎりに混ぜると美味しいんだよね。こごみは茹でてマヨネーズ和《あ》え！　これは譲れない」

「三つ葉はお吸い物だけじゃ余っちゃうから、刻んで出汁巻き玉子の具にするのはどうかしら？」

「それ絶対に美味しいやつですよ、カナさん」

レシピノートを眺めつつの美沙と違い、奏多は手際よく調理していく。

「セリはナムルにしても美味しいと思うのよ。お肉がないと物足りない子たちのために、うさぎ肉と一緒に炒めてみましょう。わらびはタケノコと一緒に炊き込みご飯にしたのよね？」

「煮びたしにしちゃいます？　まだ結構、残っていますね、わらび」

群生地を見つけたおかげで、わらびはお裾分けした後でもまだ大量に在庫がある。

「うーん、そうね。たぶん、うちのアキラちゃんはそれだと食べそうにないから、いっそのことアヒージョにしちゃいましょ」

「アヒージョ！　わらびを？」

想像もしなかった組み合わせに美沙は驚いたが、味見したアンチョビとニンニク、鷹《たか》の爪《つめ》でオリーブオイル煮した、わらびのアヒージョは絶品だった。ほんのりとした苦味は意外と癖になる。

「タラの芽はベーコンパスタにしましょう。ベーコンにアンチョビ、ニンニクを投入してオリーブオイルで炒めたら、だいたい美味しく食べられるのよ。和食ばかりだと飽きるしね？」

和洋中と揃った豪勢な食卓に、皆は嬉しい悲鳴を上げた。

テーブルいっぱいのタケノコと山菜料理をお腹いっぱいに堪能する。

まずは天ぷらとお吸い物。ふんわりと旬の香りのするタケノコの炊き込みご飯は余ったらおにぎりにする予定だったが、米粒ひとつ残らず、綺麗に完食された。

アヒージョもナムルも絶品だったし、山菜ベーコンパスタは奪い合いになるほど人気だった。

新鮮なタケノコや山菜の魅力にすっかりハマった四人はこれ以後、積極的に山の恵みを採りに行くようになった。ついでにこっそりと魔法やスキルを使い、邪魔な枝を払ったり、陽《ひ》を遮る木を倒したりと山の手入れも捗ったので、春の恵みには感謝しかない。

第九章 ◆ 三階層へ

「そろそろ三階層へ降りてみる？」

レベルが二桁になった頃、そう皆に提案してみた。

スライムとアルミラージ狩りではもう、レベルも上がらなくなっている。

ダンジョンに潜るのは、一日のうち三時間から四時間ほど。集中して狩っているため、ポーションの在庫は三桁。うさぎ肉は四人が一ヶ月ほど食べられる量を既に確保してあった。

レベルが上がったことで、晶《あきら》の【錬金】スキルが成長し、装備を強化できたことも三階層を目指す後押しになったと思う。

ポーション水で育った野菜の売り上げから、ボーナス代わりに皆の装備を整えようと、美沙《みさ》がネットショップを眺めていた時、自分に作らせて欲しいと晶に懇願されたのだ。

『装備類は私に任せてくれませんか？【錬金】スキルのレベルが上がったので、服や武器に素材を合成することができるようになったんです』

ジャージ姿でダンジョンに入ることに危機感を覚えたのは、アルミラージの額にある鋭いツノを目にしてからだ。

せめて丈夫なツナギ服を買おうかと考えていた美沙にとって、晶の提案は渡りに船だった。

ダンジョン産の素材を使っての錬金作業はスキル上げにも役立つとのことで、ぜひにとお願いして作ってもらった。

野菜の売り上げから材料費と作業代を負担して、一週間後。

想像以上の出来栄えの装備を手渡されて、皆は盛大な歓声を上げた。

服のデザインは甲斐《かい》の主張で「迷彩服か特殊任務部隊ぽいやつ！」という二択。迷彩柄は他の三人で拒否したため、結局海外の準軍事組織の警官の制服風デザインとなった。

色は黒。しっかりとした生地はストレッチも利いていて動きやすい。ポケットが多めに付いたベスト、ズボンとごつめの革のショートブーツが格好良い。ブーツの底と爪先には薄い鉄板が貼られているらしく、足の保護と咄嗟《とっさ》の反撃にも使えるのだと説明を受けた。

『シャツとズボン、ベストにはアルミラージの毛皮を合成しています。物理耐性がついています』

おお、と皆で歓声を上げる。さっそく着替えて、確認してみた。ベストのポケットにはポーションを幾つか入れられるようになっている。ベルトには革製の剣帯付き。

我が家の錬金術師は全員分の武器も新しく作ってくれた。手に入りやすい金属ということで、鉄製の武器だが、合成強化されているので、少なくとも農具やバールよりは確実に威力がある。

甲斐は日本刀をモデルにした刀を。奏多《かなた》は得意な弓、美沙は薙刀《なぎなた》を作ってもらった。晶は自分用に短槍《たんそう》を。この装備のおかげで、ダンジョン内の戦闘は確実に楽になった。

スライムは余裕で瞬殺できたし、アルミラージは今までツノを恐れて、遠くから魔法で倒すだけ

だったのが、積極的に武器で倒せるようになった。

剣は重すぎて無理、短剣は至近距離で使うのが怖い。そんな消極的な理由で女子二人は薙刀と槍《やり》を選んだのだが、これが意外と使いやすくて、楽しく狩り生活を送れていた。

「もっと素材系のアイテムが拾えたら、装備や武器の強化に使えると思うんです。新しい素材が欲しいから、私は三階層に降りるのに賛成します」

いつもは最後にそっと発言する控えめな彼女が、三階層行きの提案を積極的に支持してくれた。

もちろん甲斐も満面の笑みで一票をくれた。

慎重派の奏多の意見だけが心配だったが、仕方なさそうに肩を竦めると、「無理はしないで最初は偵察重視で」と釘《くぎ》を刺しながらも、どうにか承諾してくれた。

◇◆◇

そんなわけで、我がツカモリダンジョンの三階層を皆で目指すことになった。

二階層は見渡すかぎりの草原だったが、一箇所だけストーンヘンジに似た石柱が立つ場所がある。

不自然な遺跡はいかにも下の階への入り口に見えた。

アルミラージを倒しながら、その石柱群を目指して歩いて行く。徒歩十五分の距離。低階層のダンジョンはそれほど広くないのかもしれない。

遺跡に似た場所をぐるりと一周巡ってみた。三メートルほどの大きさの石柱が地面から生えている様子をしばらく観察する。今のところ、入り口に繋がる階段は見つからなかった。

気になるとすれば、中央のひときわ大きな石柱に扉の絵が刻まれていることくらいか。

「絵に描かれた扉じゃ、出入りできねぇよなー」

笑いながら、甲斐が扉の絵に触れた。途端、ガコンと音がして触れていた石柱の扉が消える。もたれかかるように手を置いていた甲斐はそのままの姿勢で向こう側に転がり落ちた。

「石柱が扉型に消えて、階段が出てきましたね。ここが三階層への入り口かな？」

「相変わらず、よく分からない設定よねぇ」

「カイさん、大丈夫……？」

「アキラさんだけが優しいっ！」

騒ぐ甲斐は放って、慎重に階段を降りていく。洞窟の次は草原だったが、次は何だろうとわくわくしながら先を進んだ。

「扉を開けるぜ！」

辿《たど》り着《つ》いた地下層への扉を甲斐が押し開ける。

目の前に広がっていたのは、濃い緑の洪水。遠くで聞こえるのは鳥の鳴き声か。

濃密な土と木の匂いはよく知っている。実り豊かな山のそれと似ていた。ただ、山とは違い、起伏はない。鬱蒼《うっそう》と茂る木々が四人を出迎えてくれた。

「三階層は森林フィールドか」

振り返ると、先ほど通り過ぎた石の扉がぽつりと立っている。

扉の周辺には一メートル四方の石畳が敷かれ、その先に深い森が広がっていた。

木々が茂っているので、見通しはあまり良くない。これはちょっと面倒だなと思う。

「迷子になりそう」

「迷子より、遭難が心配だわ」

ぽつりと呟くと、同意見らしい奏多もため息を吐く。途方に暮れたように周囲を見渡した。

きょとんとしていたのは、甲斐だけだった。

不思議そうに皆を見詰めて「行かないのか？」と首を傾げている。

「いや、何の準備もなしに行くのは危ないでしょ、これ。ダンジョンで遭難しても、誰も助けに来てくれないんだから」

「遭難しなければいいんだろ？　俺、ちゃんと方位磁針持ってきているし」

胸を張る幼馴染みを呆れたように見やる。方位磁針ひとつで攻略できるとは思えなかったが。

「ダンジョンって磁力の関係とかで方角が分からなくなるのがお約束じゃなかった？」

特に期待することなく、甲斐が手にした方位磁針を皆で覗き込んでみる。針は一方向を指している。試しに、向きを変えてみたが、同じ方向を示した。

「あれ？　ちゃんと動いている？」

「当たり前だ、壊れてないからな。ダンジョンに潜る時にはいつも持ち歩いて、ちゃんと方向は確認していたから間違いないぞ」

「うそ……。カイがまともなことを……？」

「ミサ、いい加減にしろ。キャンプが趣味なんだから、こういうのはちゃんとしているの！」

そう言えば、甲斐の趣味はアウトドア。特に最近はサバイバルキャンプにハマっていると聞いた。

最低限の装備だけで山や森にキャンプに行き、その場の物を使って一泊するらしい。

「なるべく食べ物も現地採取するんだ。ルールは厳しいけど、結構面白いぞ？」

「面白そうだけど、私は普通のキャンプがいいかな」

快適な寝床と美味しいご飯をこよなく愛する身には、過酷なサバイバルキャンプは遠い世界の出来事に思えた。優雅で豪華なグランピングなら大歓迎です。

「それでダンジョン内の方位磁針だけどな。一階も二階も、出口は北を指していたんだよ」

「じゃあ、次の階層への階段や扉は、北を目指して探せば良いんだね？」

「断言はできないけど、たぶんな。闇雲に探すよりは良いだろ。方角が分かれば迷いにくいし」

「ふわぁ……。ごめんね、カイもちゃんと考えていたんだ。見直したかも」

ゲーム時のマッピングよろしく、甲斐は毎回ダンジョン内では腰にぶら下げた方位磁針をこまめにチェックしていたらしい。

スライムだらけの洞窟だった一階層、アルミラージがはびこる草原の二階層。

どちらも次の階層へ至る出口は北方面にあった。

「今回もとりあえず北を目指せば、次の階層への扉が見つかるんじゃないか？」

反対意見もなかったので、甲斐の案を採用し、北を目指すことになった。

隊列の先頭は【身体強化】スキルで五感が強化された甲斐が立候補してくれた。その後を女子二人が並んで歩く。最後尾は、弓を構えた奏多が守ってくれることになった。

どんなモンスターが現れるのか。全く予想がつかないので、いつもより歩みは遅い。

慎重に周囲の気配を探りながら、進んでいった。他の三人は新しくした武器を構えているが、美沙だけは懐かしのバールを手にしている。

なぜなら、新しい武器が薙刀だったからだ。草原で振り回すには最適だった薙刀は、森林では全く役に立たない。長物は構えることさえ難しかった。

晶も長物だが、薙刀よりも手軽な短槍なので、問題なく森林でも振るうことができていた。

「ううう……。すごく心許《こころもと》ないよ、バール……」

「落ち着いてください、ミサさん。錬金術で強化しているので、攻撃力は上がっていますよ？」

たしかによく見ると、以前の物より先端が尖っている。貫通力は増しているようだ。グリップ部分も握りやすいように溝が彫ってあるし、ビニールテープでの保護も優しさを感じる。

「ありがとう、アキラさん。つよつよな敵が出てきても、このバールで思い切りぶん殴るね」

「無茶しないでね、ミサちゃん？　大物はカイくんに任せちゃえばいいんだから」

「カナさんも優しい……尊い……一生推す」

「そこは俺が優しいんじゃね？　別に推されたくはないけどよ」

不満そうな甲斐を適当に宥めながら、北に向かって進んでいく。

そうこうしているうちに、最初の一匹が甲斐の強化された五感に引っ掛かった。

「しっ、静かに。何かの気配がする。今までの獲物より、かなりデカそうだ」

慌てて、それぞれが大きめの木の後ろに隠れた。そっと周囲を窺っていると、十メートルほど先の木々の隙間から、それが現れた。

「鹿……？」

木の茂みが動いたのかと思った。それほどに、立派なツノの持ち主だった。五本指を広げたように横にも上にも大きく育ったツノは、それだけで凶器になりそうな代物だ。

「大きすぎない……？」

「奈良で見かけた鹿とは全然違うぞ」

奈良の鹿が原付バイクなら、ダンジョン産の鹿は軽トラックだ。頭から尾まで、目測でも二メートルはありそうだった。高さも自分たちとそう変わらないほどに大きい。

「前にテレビで見たことがある、ヘラジカに似ているかも」

「鑑定によると、ワイルドディア、森の大鹿ね。弱点は額、眉間？　ツノの間。……来るわよ」

低い声で警告するなり、奏多は問答無用で矢を放った。鋭い音を立てながら飛んだ矢は、大鹿の右目に刺さった。

「ちっ、外した！」

「俺が行く」

痛みに怒り狂って暴れる大鹿を恐れることなく、甲斐が立ち向かう。大きくて鋭いツノが甲斐を弾き飛ばそうと激しく振られたが、身軽に飛び越えて、その背に降り立った。

驚いた大鹿が立ち上がって振り落とそうとする前に、甲斐の刀がその眉間を捉えていた。

深々と刺し貫かれた大鹿は息を止め、淡い光と共に消えていく。

残されたのは、大鹿の立派なツノと魔石と、毛皮。なかなかの収穫だったが。

「えっ！　鹿肉ないの？」

「残念ながら。毛皮とツノしかないわね。あと、魔石」

「食えねぇよ！」

あんなに巨大で迫力のあった大鹿を相手にして、食欲が勝る甲斐に呆れてしまう。

晶などは面白そうに笑っているが、心配したこちらがバカみたいではないか。安心したけれど！

「えー？　だって、鹿肉だぜ？　前にキャンプ仲間に食わせてもらった、鹿肉カレーがすんごい美味くてさぁ。あれは皆に食べてもらいたいって思って。カナさんに料理してもらいたかったなー」

「ああ、鹿肉いいわねぇ。ジビエ料理なんて腕が鳴るわ。鹿肉はステーキにしたら最高だって聞いたことがあるけれど、いつか試してみたいわね」

「鹿肉カレー」

「鹿肉ステーキ」

腕を振るう気満々の自信に満ちた奏多の笑顔を目にして、三人は決意も新たに頷いた。

「みんな、頑張って大鹿を倒すわよ！」

「おう、肉を落とすまでな！」

「五つは確保しておきたいですね、鹿肉」

一丸となった四人は、先ほどまでの恐れはどこかに消えて、ひたすら鹿を狩るハンターと化した。

三階層は、なかなかに興味深いフロアだった。

深い森がフィールドいっぱいに広がり、軽トラ並みに巨大な鹿が出現して驚きはしたけれど。

「ワイルドディア、もう一頭見つけた！」

「こっちに来ます！」

「任せて！」

甲高い叫び声を上げながら、ワイルドディアが美沙の真正面に突っ込んでくる。

以前なら、きっと恐《おそ》れ慄《おのの》き、腰を抜かしていたのだろうが、今の自分は違う。

さすがにバールでぶん殴る勇気はなかったので、迎え撃つのは覚えたての水魔法。薄く鋭く水の刃《ウォーターカッター》を練り上げて、あと五メートルほどの距離に迫ってきた獲物に向けて、思い切り叩き付けた。

「落ちろ、肉！」

我ながらどうか、という叫び声だったのは許してほしい。

続けて倒したワイルドディアからはまだ魔石と毛皮、巨大なツノしかドロップしていないのだ。

(今度こそは、お肉を！)

水の刃《ウォーターカッター》は見事に決まり、巨大な鹿の首を綺麗に切り落とした。

「……ん、あれ？」

「ミサ、このバカ！」

見事に倒したまでは良かったが、突進してきていたワイルドディアの勢いは収まらず、首無しの巨体が美沙のすぐ目の前に迫ってきていた。

（あ、これは死ぬ）

呆然と自分を押し潰すだろう首無し死体を見上げていたところ、ふいに強い力で引き寄せられた。掴まれた片腕が痛い。だが、それ以外は痛くない。弾力のある何かに囲われて、庇《かば》われている。

（すごく良い匂いが、する？）

いつの間にか、ぎゅっと瞑っていた目をそっと開けると、誰かに抱きかかえられていた。逞《たくま》しくて安心できる、意外と広い胸。

「もう、心配したでしょ！　無茶しないの！」

「カナさん……？」

珍しく動揺もあらわな表情をしている、奏多の腕の中にいた。

少し離れた場所にいたはずなのに、慌てて駆け付けて助けてくれたのだろう。

「すみません。倒したら、そこで止まると思い込んでいたみたいで」

「まあ、仕方ないわよね……。私もあんな勢いで突っ込んでくるなんて思いもしなかったもの」

「助かりました。ありがとうございます、カナさん」

「どういたしまして」

奏多が微笑みながら、優しく頭を撫でてくれる。立ち上がる際には片手も引いてくれる紳士《ジェントリ》っぷりに、胸のドキドキが恐怖の余韻ではなく、ときめきに変換されていく。

（頼りになる綺麗なお姉さんが、かっこいいお兄さんでもあるなんて！）

「ミサさん、大丈夫？　頼りになるお兄さんのおかげで傷ひとつない」

「大丈夫だよー。大丈夫？　ポーション使いますか？」

「良かった。でも、油断は禁物ですね」

心配そうに晶が美沙の顔を覗き込んでくれる。傷はないかと、しっかり確認されてしまった。

北条《ほうじょう》兄妹、優しい。二人をこっそり拝んでいると、背後から呆れた風に声を掛けられた。甲斐だ。

真っ先に警告してくれたのも、そう言えば彼だった。

「そうだぞ、ミサ。息の根を止めてから、ドロップ品に変わるまでだいたい五秒くらいある。攻撃したら、すぐに離れた方がいい」

「うん、分かった。ごめんね、せっかく注意してくれたのに、咄嗟に動けなくて」

「仕方ない。次から気を付けたら良いさ」

今まで、最弱のスライムや比較的倒しやすいアルミラージしか相手にしたことがなかったので、すっかり油断していた。ゲームのように攻撃したら終わり、ではないのだ。

奏多が助けてくれなかったら、命を落としていたかもしれない。

「ま、反省するのも悪くはないけど。喜べ、ミサ。肉が落ちたぞ」

「え！　お肉っ？」

「はい、ミサさんが倒したワイルドディアがお肉を落としましたよ」

「立派な赤身肉ね。サシも綺麗」

ドヤ顔で晶が掲げて見せてくれたのは、1キロサイズのブロック肉だ。立派な赤身肉の塊に、感動のあまり涙目になる。ついに念願のお肉ドロップ。これで絶品と噂《うわさ》の鹿肉ステーキが味わえる。

「嬉しいけど、量が足りねぇ！　気を引き締めて、次を狙うぞ」

「はーい、了解！」

「次はモモ肉が欲しいわね」

ドロップした鹿肉と魔石を美沙はウキウキと【アイテムボックス】に収納する。

怖い思いはしたけれど、憧れの奏多に助けられたし、鹿肉をゲットできたのは素直に嬉しい。

(次からは魔法を放つ場所にも注意しなきゃね)

仕留めてから五秒が経てば、死骸は消えるのだ。なるべく遠距離から攻撃すれば、先ほどのような間抜けな醜態は晒《さら》さないで済むだろう。

当面の目標として、水魔法を遠方から正確にぶつけることができるように頑張ろう。

大きな的でもあるワイルドディアには申し訳ないけれど、しばらく練習相手になってもらおう。

「ついでに、お肉もたくさん落としてくれるといいな」

ここしばらく食べていたお肉は、アルミラージ肉ばかり。うさぎ肉は柔らかくて美味しいけれど、さすがに少し飽きていたのだ。

ジビエ肉は高級品で滅多に口に入らない。田舎なので、たまに罠《わな》にかかったイノシシの肉をお裾分けでもらう事はあるが、鹿肉はなかなか回ってこなかった。

イノシシの方が美味しいのと、鹿はマダニが多くて解体が面倒なのだと聞いたことがある。

魔力をたっぷり含んだ新鮮な肉は美味しい。さらに、滅多に食べることのできない、鹿肉なのだ。それを奏多が調理してくれたら、絶品なのは間違いなしだ。

「よし！　頑張って狩りましょう！」

皆やる気だ。さっそく【身体強化】から派生した【気配察知】スキルを駆使して、獲物を探る甲斐。いつでも攻撃できるように美沙も水魔法を練り上げて、深い森の奥を睨み付けた。


「んっふふふー！　たくさん狩れたわね」

「お肉が四つあるから、一人一キロは食べられますね！」

大量のドロップ品を収納し、上機嫌の帰り道。甲斐のスキルは優秀で、ワイルドディアを次々と見つけて、皆で順番に倒していった。一人五頭以上は倒したと思う。

おかげで、充分な量の鹿肉を確保できた。水魔法の練習もできたので、大満足の結果だ。

「お肉もだけど、ベリーがあったのも嬉しいわ」

「そう！　季節外れのラズベリーの宝庫でもあるなんて、最高の狩り場でしたね！」

なんと、三階層にはワイルドディアだけでなく、その餌なのだろう、ラズベリーの密集地を見つけることができたのだ。たしか、ベリーが実るシーズンは夏のはず。春先に完熟した実があることには戸惑ったが、ここはダンジョン。細かいことを気にしても仕方ない。

大切なのは、その実が美味しいかどうか。それだけだ。

「こんなにたくさんあるんですもの。ミサちゃん、ベリータルトを作らない？」

「いいですね。ジャムも作りたいです」

大量にラズベリーを採取しながら二階層を歩いて進む。採取の間、甲斐はワイルドディアの見張りをしてくれた。やはりそこは彼らの餌場だったようで頻繁に大鹿が現れた。

もちろん、ありがたく全て狩らせていただいた。

「ワイルドディア狩りの後だと、アルミラージが可愛く見えますね」

首を傾げながら晶が呟いているが、短槍はきっ先を鈍らせることなく的確にアルミラージを貫いていく。草原エリアには遮蔽物がないので、美沙も思い切り薙刀が振れる。

帰り道なので深追いはしなかったが、二階層でも大量のうさぎ肉をゲットすることができた。

このアルミラージ肉は、ご近所さんに差し入れしよう。

◇◆◇

「シンプルにステーキにしてみたわよ」

ドヤ顔の奏多の姿が神々しい。綺麗にローストされたワイルドディアのステーキがテーブルに所狭しと並んでいる。なにせ、一枚ずつの大きさがかなりのサイズなのだ。

「さあ、どうぞ。温かいうちに召し上がれ」

「「いただきます！」」

欠食児童ばりに、がっついた。今夜ばかりは上質なワインも後回しだ。

食べやすいように切り分けてあったので、お箸で摘んでぱくりと噛み締める。丁寧に下処理を施されているからか、鹿肉特有の硬い繊維質は感じなかった。しっかりとした肉質だけど、絶妙な焼き加減で、力を入れなくても肉が噛み切れる。じゅわり、と肉汁が口の中に溢れた。

脂身は少ないが、良質の赤身肉の満足感は桁違いだ。

「美味い！」

「ほんと、美味しい。いくらでも食べられそう」

味付けはシンプルだ。塩胡椒とガーリックをすりこんだだけ。ソースはお好みで、と幾つか用意されていたが、まずは鹿肉の旨味を存分に味わいたくて、シンプルにソースなしで食べてみた。

「やっぱり、市販の鹿肉よりもかなり美味しいわね」

「うん、俺もキャンプ仲間に食わせてもらった鹿肉より断然美味いと思う」

「鹿肉ってもっと臭いと思っていました。むしろ、ほんのり甘みがあって食べやすいかも」

「アキラさん、それは餌のラズベリーのおかげなんじゃ？」

「ああ、なるほど。肉質が変わったんですかね？」

「何にしろ、真実はひとつ。鹿肉はとんでもなく美味いってことだ」

身も蓋もないが、結論としてはそれしかない。鹿肉ステーキはワサビ醤油はもちろん、赤ワインを使った特製ソースで食べても最高に美味しかった。食べやすくてヘルシーなワイルドディア肉は、煮込みや揚げ物にも使えそうだと、奏多はにんまりと笑っている。

「じゃあ、明日からはポーションと鹿肉を積極的に狩っていく方針で」

満場一致で今後の予定が決まった瞬間だった。

美味しい鹿肉を入手するために、四人は張り切ってダンジョンに潜った。

まずはウォーミングアップを兼ねて、一階層でスライム狩り。ある程度の量のポーションを確保すると、二階層へと移動する。見渡す限りの草原は、最短距離を突っ切った。

レベルアップのおかげで体力や筋力も上がったため、小走りで駆け抜けても息は切れない。

「あ、うさぎ！」

鹿肉を第一目標に据えたため、もう無闇にうさぎを狩るつもりはないのだが、なぜだかダンジョンモンスターは向こうから挑んでくる。

鋭いツノを突き立てようと跳ねるアルミラージを、薙刀で一閃《いっせん》。喉元を切り裂かれたアルミラージは地面に落ちて、魔石と肉に変化した。

食べ物を粗末にする気はないので、ありがたく【アイテムボックス】に収納する。

「ミサ、置いてくぞ」

「待って待って。うさぎさんに好かれちゃったみたいで」

「こっちも仕留めた。肉と毛皮と魔石がドロップしたから、収納よろしく」

「はーい。それにしても、本当にドロップ運が上がったねぇ」

「なー？　アキラさんの【錬金】スキル、ほんとすげぇわ」

甲斐が腰のベルトに吊《つ》るしているキーホルダーを持ち上げて、まじまじと眺める。

美沙の腰にも同じ物がぶら下がっていた。アルミラージからドロップした『幸運のラビットフット』を、晶が【錬金】スキルで合成して作ってくれたキーホルダーである。

「まだ弱い効力しか付いていないので悔しいです。ラビットフット自体がレアアイテムみたいで、なかなか手に入らないし」

作成者である彼女はこのアイテムにまだ納得がいっていないようだが、既に充分すごい効果を発揮していると思う。

ラビットフット二本を合成し、幸運値を上げたキーホルダーは、所持した人物のドロップ運を劇的に押し上げてくれている。

「スライムがポーションを落とすのは五匹倒して、一個だけ。それが、このキーホルダーを着けて倒したら、全部の個体がポーションをドロップするようになったんだよ？」

「そうそう。うさぎや鹿も頻繁に肉を落としてくれるようになったし、最高」

「でも、肝心のラビットフットはなかなか落ちないんですよね……」

「はいはい、そこまで。帰り道に挑戦することにして、今は三階層を目指しましょ？」

やんわりと注意を促し、軌道修正をしてくれるのは、リーダーの奏多だ。

こういうところは、さすがに年の功だと思う。

勢いがあってムードメーカーなのは甲斐だが、人心掌握に長《た》けているのは、バー『宵月』で店長代理をこなしていた奏多。接客業と管理職、相当鍛えられたのだろう。

「そうですね。今日もたくさん鹿肉とラズベリーを狩りたいですし！」

ぐ、と拳を握り込んで大きく頷く。奏多が作ってくれた鹿肉ステーキは最高に美味しかった。

そして、デザートにと試しに焼いてみたベリータルトもまた、絶品だった。

「果汁たっぷりで、しかもとっても甘いラズベリー。あれも大量に確保したい。タルトだけじゃなくて、色んなスイーツに使いたいな」

本当はジャムにするつもりだったのだ。たくさん摘んできたので、タルトで使っても、まだ在庫はあったのだが。あんまりにも美味しくて、ついつい四人でつまみ食いをして——気が付いたら食べきってしまっていた。我に返って、赤く染まった指先を見下ろしながら、絶望したものだった。

「今回はつまみ食いは我慢してね、皆。私も努力するから」

「はいはい、分かったって」

「そうね。私もジャムを味わってみたいし、つまみ食いは残念だけど、お預けね」

「私も我慢します。今日もたくさん採取しましょうね、ミサさん」

潤んだ瞳で訴える美沙の頭を奏多が慈愛の微笑みと共に撫でてくれる。聖母か。兄に釣られて、晶もそっと髪を指先で梳《す》いてくれた。間違いなく、王子さまだと思う。

ありがたく麗しの兄妹を心の中で拝み倒し、張り切って三階層へ向かった。

『幸運のラビットフット』は三階層でも効力を発揮して、大量のワイルドディア肉をゲットすることができた。もちろん、ラズベリーも持参した大きめのバスケット一杯分、採取した。

ダンジョン内で採取した植物は、翌日にはまた完熟状態で元通りに実っていたので、最初は混乱したが、今はもう深く突っ込むことは諦めて、ありがたくその実りを甘受している。

大量の戦利品を【アイテムボックス】に収納し、ほくほくとしながらの帰り道。

二階層での、うさぎ狩りだ。黙々と武器を振るい、或《あるい》いは魔法を試し撃ちして、アルミラージを次々と倒していく。二十四目を甲斐が斬ったところで、ようやくラビットフットがドロップした。

「やった……！　これで、幸運値がまた上がりますよ！」

甲斐の手を握り締めて晶がはしゃいでいる。

いつもはクールな彼女にしては珍しく無邪気な様を美沙は微笑ましく見守った。

「あのアクセサリー、どこまで合成できるんですかね？　限界まで幸運値が上がったら、もしかして、宝くじが当たったりして」

「まさか。……まさか、よね？」

「——だと、思うんですけども」

奏多と顔を見合わせて、美沙はそっと視線を逸らせた。

いくら何でもそこまでの幸運は無理だろう。たぶん、ダンジョン内限定の幸運とかで、多少ドロップ率が上がるとか。きっと、そのくらいに決まっているとは思うのだが。

「……念のため、外で検証してみませんか。カナさん」

「そうね。私もちょっと試してみたいわ」

ラビットファーのアクセサリーをそっと握り締めて、後で近くのコンビニに行ってみようと考える。たしか、ちょうど欲しかったキャラクターのくじが始まっていたはず。

（うん、そのくらいなら試してみても良いよね？　幸運のお守りの効果が「外」でも通用するかどうか、確認するだけだもの）

ほんの少しの下心には気付かないふりをして。難しい表情で何事かを考え込んでいた奏多と二人で、そっと視線を交わして頷き合った。

◇◆◇

「じゃあ、私は夕食を仕込んでおくわね」

「私はジャムを作ります。作り終わったら手伝いますよ、カナさん」

「いいわよ。今日はカイくん待望の鹿肉カレーだから、そんなに手間じゃないもの」

いつもは夕食作りを手伝うけれど、今日はラズベリージャムを作りたい。

幸い、奏多がカレー作りを請け負ってくれたので、ありがたくお願いすることにした。

ちなみに甲斐は午後からの数時間、牧場でのバイトに出向いている。

晶は新しく手に入れた素材を使いたいと、さっそく錬金作業に熱中しているようだった。

「さて。じゃあ、私も待望のジャム作り！」

ラズベリーはざっと水で汚れを取り、水分はキッチンペーパーで拭き取ってある。

「お砂糖はグラニュー糖、量はラズベリーの半分ほどで。たしか、おばあちゃん自慢の琺瑯《ほうろう》鍋が奥にしまっていたはず……あった！」

シンク下の引き出し奥に、大事に仕舞われていた大きめの琺瑯製の鍋を引っ張り出す。

ラズベリーは鍋からこぼれ落ちそうな量があったが、砂糖をまぶし火にかけると、みるみる量を減らしていった。

「追加しなくても水分はたっぷり含んでいたみたいね。あとは弱火でじっくりと煮込んでいこう」

木べらでゆったりと掻《か》き混《ま》ぜながら、大きな実は潰していく。

鍋から中身が噴きこぼれたり、焦げつくと台無しになるので、その場に張り付いて根気よく木べらを揺らした。アクが出たらすくい取り、水分を飛ばしていく。

ことこと煮込む作業は、意外と楽しかったりする。

「うーん。完熟状態だったから、ちょっと種が大きいかな？」

いちごジャムなどの種はそれほど気にならないが、ベリー系の種は気になる人がそれなりにいる。

せっかくなので、今回は種なしの滑らか仕上がりに挑戦しようと思い、鍋の中身をザルに上げ、スプーンで濾《こ》して種を取り除いていくことにした。

ザルの中身を再び鍋に戻し、くつくつと煮込んで、粘度が増したところで火を止める。

「うん、完成。甘酸っぱくて美味しい！」

味見をするのは、調理担当の特権だ。木べらについていたジャムを行儀悪く、ぺろりと舐めてみる。ねっとりとして後を引く甘酸っぱさに頬が緩んだ。

「あら、良い匂い。できたの？」

「はい！　カナさんも味見してください！」

スプーンですくったジャムを笑顔で差し出した。

手が塞がっていた奏多は少ししゃがんで、ぱくりとスプーンごと口に含んで味わっている。

「ん、美味しい。ほんと、このラズベリーは絶品ね。他のお菓子に使うのも楽しみだわ」

「ラズベリージャムを使ったマカロンがおすすめです！　チョコケーキにも合いそう」

「たくさん作って常備しておきましょう」

「賛成です！」

何せ、一抱えするほどの大きさのバスケットにいっぱい、毎日採取できるのだ。

ジャムはもちろん色々なスイーツにも活用できる瑞々しいベリーは、美味しい食べ物が大好きな四人にとって、宝石に等しい。

上機嫌でガラス瓶にジャムを詰めていく。

幸い、瓶は大量にある。祖母世代には綺麗な瓶は捨てずに大事にしまっておく人が大勢いる。パントリーで眠っていたたくさんのガラス瓶を、美沙はありがたく活用した。


その日の夕食のメインは、圧力鍋でとろとろに煮込まれた鹿肉カレー。

お肉はもちろん、三階層で入手したワイルドディア肉。ポーション水で育てた美味しい野菜もたっぷり入った特製カレーだ。具材は大きめに切っているが、圧力鍋を使って料理したので、スプーンで押しただけで、ほろりと崩れていく。

「なにこれ、めちゃくちゃ美味しい」

口に含むなり、しばし絶句してしまう。

市販の、ありふれたカレールーを使ったのよ、と奏多は謙遜しているが、とんでもない。

「お肉、お肉が溶けていくよ、カナ兄？」

「大袈裟《おおげさ》ねぇ。ふふ、お肉が溶けていくわけ、……とろけて消えたわね、お肉」

「カナさん、控えめに言って絶品です、この鹿肉カレー」

「ん。このカレーが食べられる店があったら、俺は毎日通う」

昨日食べたお肉と同じ物かと疑いたくなるほどに柔らかな鹿肉は、口の中でほろほろと溶けていった。とんでもなく美味い。お米泥棒だ。

皆でお代わりを奪い合って、お腹いっぱいに詰め込んだ。

デザートはファミリーサイズのバニラアイスにラズベリージャムを添えて。こちらもさっぱりとして美味しかった。

あらためて、明日からも三階層をメインに活動しようと皆で頷き合った。

第十章◆幸運のラビットフット

翌日、午前中の農作業を終わらせて、自由時間中に奏多《かなた》と二人で出掛けることになった。

ラビットフットを使った幸運のキーホルダー効果をダンジョン外で試すためにだ。美沙《みさ》が所有しているのは祖父から引き継いだロートルの軽トラだけなので、奏多の車に乗せてもらった。

奏多の車は、軽ワゴン車。カラーリングはセルリアンブルー。可愛らしい外観でコンパクトに見えるが、中は意外と広くて快適だ。荷物がたくさん積めるところが気に入って選んだらしい。

もっとも今は、車に運び込む振りをして大量の荷物は美沙がこっそり【アイテムボックス】に収納している。おかげでさらに余裕を持って座ることができた。

「どうぞ、ミサちゃん」

「お邪魔します」

スマートな所作で助手席のドアを開けてくれる奏多にお礼を言って、隣に座る。

行き先は車で片道二十分ほどの場所にある、ショッピングモール。

近くのコンビニくじで運試しをするつもりでいたが、「どうせなら足を延ばして買い物に行かない？」と奏多が誘ってくれたのだ。くじはモール内の書店でも引けるので、美沙は快諾した。

書店くじの方がコンビニよりも種類は多いので、楽しみだ。

「ちょうど調味料やオリーブオイルを買い足したかったの。実は今日から、モールの食品街でギフト商品の解体セールをするみたいなのよね」

「それは買いですね。たくさんゲットしましょう！」

野菜や肉、卵は畑とダンジョンで手に入る。米や乳製品は物々交換で譲ってもらえるし、ご近所さんから安く買えるので問題ないが、調味料や油、嗜好《しこう》品類は店から購入するしかない。

幸い野菜の販売が順調なので、シェアハウス内の予算は潤沢だ。

水道代は井戸水利用のため無料。固定資産税などは別として、今のところはガス代と電気代、通信費と消耗品の購入にしか、お金は使っていない。

（食費がかなり安く済んでいるのがありがたいよね。ダンジョン様々だわ）

自給自足と物々交換でかなり助かっているが、さすがに米以外の穀類は購入している。

うどんやラーメン、パスタや蕎麦などの麺類は市販品を愛用し、ピザやパン類は凝り性の奏多がたまに自作していた。ちなみに晶《あきら》は、お菓子作りだけはそれなりの腕前なので、パイやタルト、ケーキなどの焼き菓子作りは率先して手伝ってくれている。

「必要な買い物リストには小麦粉と強力粉、砂糖とベーキングパウダー、塩胡椒。スパイス類はカナさんの方が詳しいですよね？　あとはお醤油や麺つゆ、みりんに料理酒かな」

「調味料類は解体セールで良い物があったら大人買いしましょう。ミサちゃん、カートで車に運ぶ振りで、【アイテムボックス】に収納をお願いしても良いかしら？」

「荷物持ちは任せてください。たくさん買っても劣化しないって幸せですよね」

買い溜《かだ》めが趣味だった祖母はよく食材をダメにしていたので、その悔しさはよく分かる。

せっかく安値で買えても、きちんと消費できなければ意味はない。冷凍庫の容量にも限度はあるし、もちろん冷凍しても消費期限はある。収納スキルのおかげで劣化を気にせず、お買い得品を買い占めることができるのは、家計を預かる身にはとても嬉しい。

ハンドルを握る奏多は朝から上機嫌だ。よほど、買い物が楽しみだったのか。

鼻歌まじりに運転する彼を何となく助手席から見詰めていると、爽やかな笑顔を向けられた。

「ちょうど今、ショッピングモールでお買い物くじキャンペーンをしているのよ。幸運を試すには良いタイミングだと思わない？」

「ああ、なるほど。それはナイスなタイミングですね。大量に買い物をする予定だし」

三千円の買い物ごとに抽選券を一枚貰える。買い物リストからざっと計算しても、最低でも二十回はガラポンが回せるだろう。スマホで調べてみたが、参加賞はポケットティッシュか駄菓子。

いつもの自分なら、ほとんどの景品がポケットティッシュに化けたのだろうが、今日は幸運のうさぎさんがいる。

「カナさん、カナさん！　上位賞の景品、かなり豪華ですよ？　高級ブランドの和牛肉にカツオ丸々一本、ズワイガニにお米十キロ。他にもビールの詰め合わせにご当地ラーメン食べ比べセットまで！　あ、高級フルーツもある。これはアキラさんのためにゲットしたいかも」

「たしか、特賞がギフトカード十万円分だったわよね？」

「そうですけど、さすがに特賞は無理ですよ。と言うか、まだ当たるともかぎりませんし」

期待しすぎると、外れた時のダメージが大きい。小市民としては高級フルーツセットと駄菓子を持ち帰れば良い方かな、とささやかな期待を胸に抱く。

だけど、奏多の意見は違ったようで。

「んー、でもね、ミサちゃん。くじが当たるかはまだ分からないけれど、少なくとも地味な幸運はずっと続いているわよ？」

「え？」

「気が付いていなかった？　今日のドライブ、まだ一度も赤信号に引っ掛かっていないの。とっても快適に運転できているのよね」

「あ……」

そう言えば、一度も停車していない。地味な幸運とはいえ、これは期待も高まるというもの。

「あの、カナさん。買い物の後で、キャラくじを引きたいのでモール内の書店に寄っても良いです？」

「ふふ。いいわよ。実は私もモール内の宝くじ売り場に用があって」

「カナさん本気過ぎる……！」

顔を見合わせて、二人で笑い転げた。どうせ、買い物ついでのおまけのくじなのだ。

参加賞のポケットティッシュはそれなりに便利だし、駄菓子は甲斐《かい》の好物。

当たればラッキーな、懐が特に痛むことのない運だめし。楽しまなければ損だ。

「よし！　まずはお買い物ですよー！」

張り切って臨んだギフト商品の解体セールは、鼻息荒く奏多が買い占めに走るほどのお得商品が溢れていた。

買い物リストにあった調理用オイルや調味料の類いだけでなく、乾麺セットや高級缶詰、コーヒーや紅茶、高級茶葉まで七割から八割引きの金額で叩き売られている。

「カナさん、カナさん！　高級海苔《のり》やお高い昆布、干し椎茸《しいたけ》が八割引きですっ」

「買い占めてちょうだい。私はそこのスイーツコーナーを制覇するわ。普段なかなか手に入らないショコラティエのチョコや焼き菓子がとんでもない値段で売られているのよ！」

「ご武運を！」

固く握手をかわし、それぞれ狙いの商品を大型カートに積み込んでいく。不思議なことに、これほどのお得な商品ばかりの売り場なのに、客は驚くほど少なかった。

(皆、このお得なセールに気付いていないみたい。まさか、これも幸運のキーホルダーのおかげ？)

カートがいっぱいになったので、先に支払いを済ませ、駐車場に行く振りをして、こっそりと【アイテムボックス】に買い物品を収納した。まだまだ欲しい物はたくさんある。

奏多にはとりあえず五万円分の予算を先に渡してあるので、たぶん足りるはず。

会場に戻ると、再び黙々と商品をカートに積んでいく。

高級カニ缶詰め合わせセット定価一万円が二千円で本当に大丈夫なのだろうか。買い占めます。

珍味おつまみセット五千円が千円以下になっていたのも、もちろんカートに放り込んだ。

某有名レストランブランドのドレッシングセットもとんでもない安値で投げ売りされていた。

「高級タオルもすごく安い……。この素晴らしい手触り。絶対に買う。ブランドのシーツも安いわね。型落ちなんて気にしないし、買おう。この洗剤の値段もおかしい。箱に傷みありでこの安値？中身に問題はないもの、買うに決まっているでしょう！」

売り場から駐車場まで三往復したところで、とりあえずの買い物欲は満たされた。

支払いは全てカード払いにしている。請求額が少しばかり恐ろしいが、良い買い物ができたので後悔はしていない。

奏多のカートの中身も都度預かって収納したので、身軽くショッピングを楽しんでいるようだ。

ようやく買い物を終えて合流した二人は、満ち足りた笑顔で互いの健闘を称《たた》え合《あ》った。

さて、次はお楽しみのキャラくじだ。一番上位のA賞は無理でも、次賞のぬいぐるみが当たると嬉しいなと思う。わくわくしながら、二人で書店に向かった結果。

「ラビットフット、すごい！」

書店を後にしながら、美沙は興奮を隠しきれないでいた。両腕には巨大なぬいぐるみを二個抱えて歩いている。お目当てだった、猫ちゃんキャラのぬいぐるみだ。

書店で引いたキャラくじの景品。それも狙っていたA賞とB賞のビッグぬいぐるみ！

百本中、A賞は一本のみ、B賞は二本。その数少ない当たりくじを見事に引き当ててしまった。

「四回引いて、どれも上位賞なんて！」

ちなみに当たったのは、A賞の茶トラぬいぐるみ、B賞のハチワレぬいぐるみ、C賞のホットサンドメーカー、D賞のスポーツタオルだ。なかなかの戦績である。

「この超でっかいぬいぐるみ、絶対に当てたかったんです。可愛いし、触り心地も最高！　幸運のキーホルダーのお礼に、B賞はアキラさんにプレゼントしようっと」

「あら、いいの？　せっかく当てたのに」

「当たったのは、そのアキラさんのおかげですもん。私の普段のくじ運、最低なんですから。実力では絶対に当たりませんでした！」

商店街の歳末くじ、二十回以上引いても、どれも参加賞のポケットティッシュだった過去を思い出す。同情した係の人にカイロとお菓子をおまけで貰ったのは、苦い思い出だ。

「で、C賞はカナさんに！　運転のお礼です。ホットサンドメーカー、欲しがっていましたよね？」

「ふふ。ありがとう、遠慮なくいただくわ。猫の柄にパンの表面が焼けるのね。可愛いわ」

「めちゃくちゃ気分上がりそうですよね！」

大好きなキャラクターなので、奏多が気に入ってくれたのが嬉しい。

「スポーツタオルはカイにあげよう。牧場のバイト頑張っているみたいだし。いつまでも酒屋マークのタオルを使わせているのも気が引けるもの」

倹約家で物持ちの良い甲斐はくたくたの粗品タオルを愛用している。蔵で眠っていた未使用のタオルをあげようとしたが、まだ使えるし、と遠慮されたのだ。

「くじの景品だったら貰ってくれそうじゃないです？」

「そうね。皆お揃いの猫グッズよって言えば、カイくんも断らないわよ、きっと」

くすくすと笑いながら、二人は宝くじ売り場に向かう。

途中、トイレに寄る振りをして、人気のない場所でくじの景品のぬいぐるみを収納した。

「あ、あった。あそこね、宝くじ売り場」

「カナさん、この売り場七千万円の当選くじが出た売り場ですって。すごいですね」

「いらっしゃい。何のくじにします？」

売り場の中にちょこんと座って出迎えてくれたのは、ふっくらとした中年の女性だ。人の良さそうな笑顔を浮かべており、話しやすそうに見える。

「そうね。この場ですぐに結果が分かる、スクラッチくじが良いわ」

「スクラッチなら、いま五種類ありますよ」

「じゃあ、一枚ずつ挑戦してみます」

「あ、カナさん。私も一枚、やってみたいです！　この猫さんのスクラッチ！」

値段は一枚が二百円から三百円。奏多は五種類を一枚ずつ購入し、美沙は猫の絵柄のにゃんにゃんスクラッチを一枚だけ買ってみた。二百円の出費だ。

「えへへ。私、宝くじとかスクラッチくじを買うの、実は初めてなんですよ」

「あら、同じね。私も初めてなのよ。ビギナーズラックがあると良いわね」

お財布からコインを取り出して、一コマずつ削っていく。なかなか楽しい。にゃんにゃんスクラッチは一等が三百万。なんと全国で二本しか当たりがないそうだ。

（まぁ、そんな確率なら、このお店にあるわけがないよねー？）

二百円のくじが一枚なら、気楽に挑戦できる。コインで削る作業も楽しい。

一個、二個、三個と同じ柄が斜めに現れて、美沙は首を傾げた。

「ん…？　これ、当たりです？」

そっと売り場の店員さんに差し出してみると、あらまあ、と驚かれてしまった。

「当たりですよ。おめでとうございます。三等で一万円です」

「えっえっ、ほんとに？　カナさん、やりましたよ！　ビギナーズラックです！」

二百円が一万円に化けた。嬉しくて、手渡された一万円札を握りしめて、ぴょんぴょん飛び跳ねていると、奏多が何とも言えない微笑を浮かべて売り場にスクラッチカードを差し出した。

「私も当たったみたい。換金、お願いできるかしら？」

「まあ、おめでとうございます。続けて当選なんて運が良い……え？」

福々しい顔立ちの女性店員さんが笑顔のまま固まった。何度も削られたカードを見返して、小さく呻《うめ》いている。

「カナさん、どうしたんです？」

「ああ、五種類のスクラッチ、どれも当たりが出ちゃったのよね」

「え、すごい！　ビギナーズラックですね、カナさんも！」

「…………ビギナーズラック……？」

呆然とした様子の店員さんに、美沙は力強く頷いた。ここは勢いで誤魔化すしかない。

「そうですよ。だって選んでくださったの、店員さんですよね？　全部当たりなんて、すごすぎますよ！」

「そ、そうね……？　私が選んだのだし、不正のしようもないのだから、ビギナーズラック？」

（カナさん、くじを五枚買って試したのは、ちょっとやり過ぎですね？）

横目で軽く睨みつけると、ごめんね、とウインクを返された。

何それかっこいい。秒で許しました。

「ええと、わんわんスクラッチとにゃんにゃんスクラッチがどちらも三等一万円。アニメスクラッチ二種類が、三等三万円と四等三千円。ラインスクラッチが三等一万円で、合計六万三千円になります……」

「ありがとう。貴女《あなた》は私たちの幸運の女神ね」

キメキメのウインクをその場に残し、奏多が颯爽と売場を後にする。慌てて後を追い掛けた。

「カナさん、やりすぎ！」

「ごめんなさい。ここまでとは思わなかったのよ。でも千二百円で買ったくじが六万三千円になるなんてね」

「それはすごく嬉しい結果ですけど、こんなのは何度も使えない手ですよ。幸い今日は平日で人が少なかったから、そんなに目立たなかったけど」

ちょうど昼前の時間だったからか、人通りは少ない。この時間帯はフードコートが混雑しているので、くじ売り場は自分たちだけで本当に良かった。

「まあ、方法はあるわよ？　オンラインくじなら、売り場に行く必要もないし、当選金は登録した口座に振り込んでもらえるもの。銀行に出向かないでいいの」

「それは嬉しいかも。この幸運のアイテムがオンラインでも通用するかは分からないですけど」

「まあ、まずは少額でお試しよね」

オンラインくじがダメだったとしても、たまになら先ほどのようにスクラッチやナンバーズくじを一枚だけ買うのはいいかもしれない。売り場で顔を覚えられたくはないので、一箇所につき一枚だけの挑戦になるとは思うが。当選金額が五十万円を超えると、本人確認書類を持参しての銀行受け取りになるので、なるべく五十万円以下の当たりを狙わなければ。

(でも、アキラさんが言っていたみたいに、まだラビットフットの幸運値がそんなに高くないから、高額当選が出なかったんだろうな)

幸運値が低めのラビットフットのキーホルダーでこの結果なら、大量に合成して幸運値がＭＡＸになったアクセサリーを使えば、どうなるのだろう。

やはりそこは、皆で一枚ずつオンライン宝くじを買って老後の資金に回すべきか。

「ほら、ミサちゃん。難しい表情していないで、お楽しみの抽選よ！」

にこにこと笑顔で抽選会場にエスコートされる。

奏多は良い笑顔だったが、美沙はどうしても浮かない表情になってしまう。

「あの、さっきのくじの結果からして、この抽選結果も凄《すさ》まじいことになりそうな気がするんですけども……？」

「私もそう思うわ。幸い今は人が少ない時間帯。さっとやって、ぱっと帰るわよ」

抽選券はちょうど五十枚あったので、半分ずつ引くことにした。十五万円以上の爆買いをした計算だが、考えることは放棄する。笑顔の店員に抽選券を渡して、いざ。

「はーい。二十五回分ですね。続けてガラポンを回してください」

結果は想像通りの内容で、大量の当選品を駐車場まで繰り返し運ぶ羽目に陥った。

◇◆◇

「すげぇな、コレ。全部くじの景品？」

「ダンジョン外でも幸運の効果がつくんですね」

大量の戦利品を前に、甲斐は大喜びだ。晶も驚いたようだが、自作のアクセサリーの効果が純粋に嬉しいようで、こちらも喜んでくれている。

「みんな気楽に喜んでいるけど、大変だったんだから！」

「そうね。途中から店員さんにすごい目で見られていたわよね」

「あれは絶対に、私たち疑われていましたよね……」

だが、自分たちが触れていたのはガラポンのハンドル部分だけ。転がり落ちた玉には、指一本触れていない。不正のしようがない状況での抽選会だった。

「途中で止められて、ガラポンの中身を確認された時には焦ったわね。何も仕掛けていないけど」

「まあ、タネも仕掛けもないから、疑われようもなかったですけれど」

半信半疑な様子で現場の責任者らしき店員さんが何度かガラポンを回して確認し、納得した状態で再開したのだが。

「また上位当選が続いて、すごかったよね。お客さんがほとんどいなくて良かったけど、しばらくショッピングモールは行かない方がいいかも」

「そうね。しばらく買い物はネット通販にしましょう」

大量に買い溜めしたので、しばらくは問題ないだろう。新鮮な魚介類が食べたい時には、通販に頼れば良いし、お留守番をお願いしていた二人に買い物を頼むのも良い。

「景品の内訳はどんな感じなんだ？」

「ガラポンは五十回挑戦して、特賞の電動アシスト自転車とギフトカード十万円分を当てたわ」

「おお！　買い物金額は十五万円だっけ？　これだけで回収できたんじゃないか？」

電動アシスト自転車は日本製。スマホで検索してみたところ、十万円以上の値段が付けられていた。甲斐の指摘通り、この二点だけで既にプラスな状況だったが。

「それだけじゃないよ？　まず、一等のギフトカード五万円分、二等のギフトカード一万円分を三回。同じく二等の国産ブランド和牛肉一万円分が二回、カツオ丸ごと一本が四回、ズワイガニも四回当たりました」

「まだまだ。なんと三等のお米十キロ分が三回、ビール詰め合わせが七回、ご当地ラーメン食べ比べセットがなんと八回も当たったのよ」

その凄まじさに、さしもの二人も言葉がないようだ。奏多は笑顔で指折り数えている。

「その他にも、高級フルーツ詰め合わせセットとか、キャビア缶もあったわね。今夜の晩酌のお供に頂いちゃいましょう。うふふ、楽しみだわぁ」

「あと卓上ガスコンロと電気ケトルも当たったよ。四等は何だったかな。ああ、カップ麺だ。人気ラーメン店のちょっとお高いやつだね。夜食に食べようっと」

居間の大きめのテーブルいっぱいに積み重なった景品は、あらためて見ても冗談にしか思えない。

幸運のキーホルダーの効果を知っていた自分たちがここまでドン引きなのだ。ショッピングモールの店員たちにとっては、悪夢の時間だったに違いない。

「……さすがに申し訳ないから、モールのオンライン通販で必要な物を買うようにしようか」

「だな。俺も何か欲しい物があったら、あそこに買いに行くことにする」

「私もモールの手芸ショップでたくさんお買い物しますね」

金券だけで十八万円分当ててしまっているので、しばらくはそれを使うことにはなるだろうが。

「でも、電動アシスト自転車は嬉しいな。通勤用に使わしてもらってもいいか？」

甲斐はさっそく土間に止めてある自転車を楽しそうに撫で回している。いくら【身体強化】スキルがあるとはいえ、毎日ジョギングで牧場に通うのはキツかったのかもしれない。

「もちろん！　と言うか、カイのために二人で狙った景品なんだから、遠慮なく使ってね」

「そうよ。鍛錬にはちょうど良いって言うけれど、牧場から貰った乳製品を守るためだと思って、ちゃんと使ってくれる？」

奏多に微笑まれて、甲斐はこくこくと頷いている。牧場で働いている彼はよくお土産を貰う。消費期限の近い乳製品が多く、プリンやヨーグルト、生クリームなどをよく譲ってもらっていた。

牧場で作られた乳製品はどれも美味しくて皆の大好物だったが、無造作にリュックに放り込んで持ち帰ってくるものだから、潰れていることが多かったのだ。

「自転車も揺れるけど、多少はマシになるでしょ？　さすがに」

「う……気を付けます……」

「よろしい」

その他の景品も、どれも狙った物ばかりだ。

ブランド和牛肉は最近全く口にしていなかったので、素直に嬉しい。カツオやズワイガニもダンジョンでは得られない海産品。ビールは幾つあっても自分たちならばすぐに消費できるし、ブランド米やラーメンもダンジョン帰りで飢えた身にはとっておきのご馳走だ。

「卓上ガスコンロがあれば、ダンジョン内でも使えるわね。カップ麺を持参して、休憩時に食べるのもありかも」

「カナさん天才ですか？　アリですよ、それ！」

「いいな。あったかい物が食えるのはありがたい」

「ふふ。そのうちドロップしたお肉でバーベキューを始めちゃいそうですね」

くすくす笑いながら品がそんな風に茶化したが、三人とも「その手が！」と感心してしまったので、そのうち実現すると思います。ダンジョン内キャンプ、意外と楽しそうだ。

「あ、そうだ。アキラさん、これお土産です。ハチワレ猫さんのぬいぐるみ！」

「えっ、いいんですか？　かわいい……」

「えへへ。アキラさんのキーホルダーのおかげでゲットできたので！　カナさんには猫さん印のホットサンドメーカー。カイにはスポーツタオルね」

「ん？　俺にもくれるのか？」

「うん、皆にあげているからねー。お揃いだから、ちゃんと使ってね？」

「そっか。ありがとな」

「ミサちゃん、ありがと。これを使って、可愛くて美味しいホットサンドを作るわね」

「楽しみです！」

さりげなく手渡した猫さん模様のタオルだが、甲斐も気に入ってくれたらしい。晶はうっとりとぬいぐるみを抱き締めている。猫のノアが寄って来たので、後でカツオの刺身をお裾分けしよう。

「書店くじでも狙っていた上位賞がゲットできたし。スクラッチくじも一等は無理だったけど、十倍以上の金額になったんだよね」

「そんなに？」

「なら、キーホルダーを着けて宝くじを買ったら、億万長者になれるんじゃね？」

ぱっと顔を輝かせる甲斐に、奏多が咳払《せきばら》いして割って入ってきた。

「ごめんなさいね、期待しているところ。私も今気付いたのだけど、どうもこのキーホルダー、引き寄せた幸運の大きさによって劣化しているみたいね」

「え？　劣化？」

慌てて、ポケットに入れていたラビットフットのキーホルダーを取り出した。

「ミサちゃんのキーホルダーも残りの使用回数があと五回、とあるわね。鑑定では」

「使用回数……」

「幸運を引き寄せられる回数が決まっているみたいね。ようやく【鑑定】のスキルレベルが上がって、詳しく見られたのだけど」

奏多によると、晶が作ってくれた、この幸運のラビットフットキーホルダーは合成レベルが低く、引き寄せられる幸運の大きさと使用回数が決まっているらしい。

「あ、だからスクラッチくじも一等は当たらなかったのかな？」

「でも、ガラポンくじは十万円相当の景品が当たっていたよな。上限がそのくらいなのか？」

ならば、まだこのレベルのアイテムではドロップ率を上げたり、ちょっとしたくじ運を上げる程度の幸運しか引き寄せられないのか。

「じゃあ、宝くじは無理か。残念」

「いえ、ラビットフットを大量にドロップして上限まで合成すれば、宝くじで一攫千金《いっかくせんきん》も狙えるんじゃないでしょうか」

「意外とアキラさんが乗り気だ！」

「乗り気にもなります。高額な当選金があれば、今後の人生がより豊かに過ごせますから」

「それはそうかも。今までと同じようにここで働くにしても、億単位の貯金があると思えば、心に余裕が持てそうよね」

「なるほど。いい考えだな。俺も宝くじを当てて、家族に持ち家を買ってやりたい」

「そうね。私も自分の店を持つ夢は諦めていないから、そのうち挑戦してみたいわね」

四人で顔を見合わせて、ニヤリと笑い合う。

誰も宝くじを当ててシェアハウスを出て行くとは口にしなかったことが、何となく嬉しい。

「うん、いいね。じゃあ、しばらくは二階層でのうさぎ狩りを頑張っちゃう？」

「おう！　あ、でも鹿肉も欲しいから、三階層も行きたい」

「一階層のポーションも忘れずにね？」


その日の夜は、景品のブランド和牛を使ったすき焼きに舌鼓を打ち、デザートに高級フルーツを堪能した。当選品のキャビア缶を開け、当選品のビールで晩酌を楽しむ。

さすがにお腹がいっぱいになったので人気ラーメン店のカップ麺は翌日の昼食に回した。

高級猫缶も解体セールでは販売していたらしく、もちろん迷いなく全てをカートに放り込んだ奏多は「ちょっとだけよ？」と念押しして、愛猫に貢いでいた。

「キャビア缶、何だかお高い味がする。ご飯にのっけて食べたいかも」

「そうか？　塩味しか分からん。俺はカニをマヨネーズで食いたい」

「もう！　もったいない食べ方はやめてちょうだい。美味しくアレンジしてあげるから！」

翌日からのうさぎ狩りのため、四人は大いに英気を養った。

第十一章◆ダンジョン生活

一階層はポーション狙いでスライムを狩り、二階層ではラビットフットを求めてひたすらアルミラージを狩った。

『幸運を呼ぶラビットフット』のアクセサリーは残りの使用回数が限られているため、ダンジョンに持ち込むのは諦めた。持ち主が使おうと考えていなくても、勝手に大小関係なく幸運を呼び込もうとするので、なるべく持ち歩かないようにしている。鑑定の結果、収納スキルに保管している間は発動しないと分かってからは、【アイテムボックス】で預かることになった。

「肝心のラビットフットのドロップ運だけは上がらない仕様なの、最悪すぎませんか……」

「うさぎ狩り、地味に大変ですよね」

「仕方ないわよ。それだと、ラビットフットを一つでも手に入れたら、後は取り放題になるもの」

甲斐《かい》が牧場に働きに出掛けている間も、三人は暇を見つけてはダンジョンに潜っている。

ポーションとラビットフット、あとは美味しいお肉を求めて、こつこつと。

アルミラージ狩りに飽きてきたら、セーフティエリアでおやつ休憩だ。昼食は甲斐と一緒に自宅で食べて英気を養い、三階層でラズベリーを採取し、ワイルドディアを狩る毎日。

三階層の狙いはもちろんワイルドディアのお肉だ。研究熱心な奏多《かなた》は鹿肉を使った料理のレシピをたくさん仕入れては自己流にアレンジし、美味しいご飯を作ってくれている。

ちなみに女子二人は現在、三階層のラズベリーを使ったお菓子作りに凝っていた。

パイやタルト、ゼリーにシャーベット。どれも美味しいと、ご近所さんにも好評だ。

大量のラズベリーはジャムにして、残りはドライフルーツにした。干したラズベリーを使ったパウンドケーキやマフィン、クッキーもまた絶品で、ダンジョン内でのおやつ用に重宝している。

「ダンジョン内で採取したベリーだからか、魔力たっぷりで回復効果があるのは嬉しいね」

「何より美味しいのが最高です」

採取しながら、こっそり摘むのも楽しみのひとつだ。酸味も甘みも濃厚で、とても美味しい。カゴいっぱいに摘み取る面倒な作業も、この味を堪能できるのなら我慢できるというもの。

せっせとベリーを採取する傍らで、甲斐はひたすら鹿を狩る。本日の牧場仕事はお休みだ。この日を楽しみにしていたため、率先して刀を振り回し、モンスターを仕留めていた。

ラズベリーの茂みはワイルドディアの餌場なため、放っておいても、向こうから寄ってくる。自分たちの餌を取られたのだと理解しているようで、大抵が怒り狂って真正面から挑んできた。

理性を失った獣の対処は容易だ。ドロップ品を拾い集めた甲斐が笑顔で肉の塊を手渡してくる。

「わ、立派なモモ肉だね。これはカナさんが喜びそう」

「この肉を丸焼きにして食ってみてぇなー」

「あー…気持ちは分かるかも。漫画肉みたいに直火《じかび》で焼いて食べてみたいよね」

「いいよな。でもあれ、実際は中まで火が通りにくいから、難しいんだろ？」

「そう、焦げちゃうみたい。ケバブみたいに焼けた表面を削りながら食べていくのが一番なのかも」

ケバブもいいなぁ、とうっとりしながら、ドロップした鹿のモモ肉を収納する。

満遍なく火が通ったジューシーなロースト肉は確実に食べられるので、そちらを期待しよう。

「今日の分のラズベリー、摘み終わったよ」

「ワイルドディアもかなり狩れたな。肉が七個か。充分じゃね？」

「じゃあ、皆と合流しよう」

レベルも上がり、低階層を一人で無理なく駆け抜けることができるようになった。

そのため、効率を考えて、本日はお試しで三組に分かれてのダンジョンアタック中。

一階層は攻撃魔法のない晶《あきら》が担当している。二階層の受け持ちが、最年長の奏多。三階層が二人なのは、ワイルドディアのドロップ品とラズベリーを【アイテムボックス】に収納するためだ。

スライムもアルミラージもドロップアイテムの数は多いが、それほど荷物にはならない。

北条《ほうじょう》兄妹は大きめのリュックサックを背負って参戦していた。

「そう言えば、鹿肉をひとつ農場にお裾分けしただろ？」

「うん、いつもたくさん乳製品を頂いているからね。それがどうかした？」

「オーナー夫妻が感激して、とっておきのチーズを分けてくれたぜ。お礼にって」

「ありがたいけど、お礼のお礼連鎖に陥っているような」

思わず苦笑するが、お返しを渡したくなる気持ちはよく分かる。鹿肉もチーズも、どちらもとても美味しいので。

今度はチーズのお礼に我が家自慢の野菜を甲斐に持たせよう。ラズベリージャムもおまけで。

牧場では乳牛の他にも黒豚を飼っているので、うちから出る大量の野菜クズを甲斐がよく持参している。ついでに人さま用にと、立派に育った野菜も忘れずに持たせていた。

魔力をたっぷり含んだ野菜は美味しいので、黒豚もすくすく元気に育っているようだ。

「鹿肉はあまり数がないから、ご近所さんには配れなかったんだけど、かえって良かったのかもね」

「だな。出処を聞かれても困るし」

「うちの裏山で獲《と》れました、にする？」

「いやいや、山で獲れても捌けないだろ」

「おじいちゃんは捌けたんだけどね。さすがに私は無理」

裏山から畑に忍び込んでくる害獣の被害がひどい頃、祖父が罠猟の免許を取ったのだ。括《くく》り罠やハコ罠を仕掛けて、イノシシや鹿を捕まえていた。仕留めるのは人に任せていたが、奪った命は責任を持って美味しく処理していたらしい。

祖母が作ってくれた牡丹《ぼたん》鍋は美味しかったな、と美沙《みさ》はぼんやり思い出す。

「うん、ジビエ肉は知り合いの猟師から分けてもらったことにしよう」

美味しいお肉が食べられるなら特に気にしない、のんびりした住民ばかりなので、今のところはご近所さんには何も疑われていないが、何らかの言い訳は考えておくべきか。

◇◆◇

「いっぱい狩ったなぁ、カナさん」

二階層で大量のアルミラージを倒した奏多を手伝い、三人でドロップ品を拾い集めた。

「毛皮もお肉もたくさんありますね。ラビットフットは出ました？」

「合計五時間以上狩りまくって、ようやく一つだけドロップしたわ。何となくだけど、ソロで倒した方がドロップ運も良い気がするわね」

甲斐がため息を吐いた。

「鹿肉よりもうさぎの後ろ足の方がレアなんてなぁ」

「仕方ないって。それだけ貴重で有用なアイテムなんだもの。そろそろアキラさんと合流しておやつ休憩にしようよ。疲れたし、お腹空いちゃった」

「おう。俺も腹へった。カナさん、休憩してもいい？」

「私も疲れたから、休みたいわ。せっかくだし、今日のおやつは例の高級カップ麺にしない？」

「賛成！　くじの景品の高級カップ麺、食べたかったの」

「ふふっ、あのラーメンに鹿肉チャーシューを追加したら、さらに美味しそうだと思わない？」

心躍るトッピングの提案に二人は俄然《がぜん》やる気を見せた。一階層への帰り道、甲斐は愛用の刀を、美沙は薙刀を振り回してぴょこぴょこ現れるアルミラージを一掃した。

一階層の奥、ちょっとした広間になっている場所で、【アイテムボックス】から取り出したテーブルセットを並べていく。

くじで当てた新品の卓上ガスコンロでお湯を沸かし、合流した四人で待望のカップ麺を食べた。

ダンジョン内での軽食はいつもより美味しく感じるが、今回の鹿肉チャーシューは震えるほどに美味しかった。

「カナさん、鹿肉チャーシュー美味しいです。柔らかくって、いくらでも食べられそう」

「だよな。これはぜひ、大量に作り置きしておいて欲しい。米との相性も抜群だと思う！」

「私ももっと食べたい。カナ兄、今度は鹿肉で角煮も作って欲しいな」

「鹿肉の角煮？　何て魅力的な響き……！」

味噌味のラーメンをすすりながら、濃厚なチャーシューをうっとりと噛み締める。

カップ麺一個では足りなくて、再びお湯を沸かした。今度はとんこつ味にしよう。ニンニクの独特の香りが食欲をさらに煽《あお》り立《た》てる。もちろん、鹿肉チャーシューも忘れずに投入した。

「んんー……。とんこつラーメンも美味しい。え、嘘でしょ、鹿肉チャーシューがもうない……」

「ああ、ほら落ち込まないの。代わりに、この煮玉子をあげるから」

「半熟煮玉子もおいしい。カナさん女神さまですか？」

「あいにく現在無職のアラサー男よ」

「う……カナさん、そのワードは私も抉《えぐ》られそうなのですが」

無職というか、農家見習いか。野菜の販売は、相変わらず順調だ。

今では、フリマアプリ販売をやめて、自分たちで用意したネットショップでの販売に切り替えている。販売数が減るかもしれないと心配だったが、ありがたいことにうちの野菜を気に入ってくれたリピーターのおかげで、つつがなくアプリ販売から移行できたのだ。

口コミで野菜を購入してくれるお客も増えて、売り上げはかなり良い。

特に最近はレストランなどの飲食店からの指定注文も増えており、嬉しいかぎりだった。

「それを言うなら、私も無職じゃないです？」

「いや、アキラさんは立派に作家活動で稼いでいるでしょ」

晶の作品の販売も好調だ。野菜販売とは別に、個人の販売サイトを立ち上げている。

スキルレベルの上がった【錬金】のおかげで、大抵の素材を自由に加工できるようになったのだ。可愛らしいデザインのアクセサリーを手頃な価格で販売しているので、よく売れていた。

それとは別に、ダンジョンで手に入れた素材を使った雑貨類も販売している。

特に人気なのはワイルドディアの皮を使った、鞄《かばん》製品。大量の在庫に困った美沙が相談したところ、試しにと晶が作ってくれた鹿革のリュックの使い心地が最高に良かったのだ。

絶対に売れるから、と全員で彼女の背を押して、販売サイトに追加した。

これが予想以上の大人気商品となった。

「鹿革があんなに軽いなんて知らなかったよね。何と言っても、この手触り！　新品なのに、すごく肌に馴染んで、使いやすい。もうこれ以外の鞄は持てないわ」

ワイルドディア革のリュックサックは美沙の一番のお気に入りだ。しなやかで柔らかくて、見た目よりもかなり軽い。甲斐も少し大きめなサイズのリュックを作ってもらい、通勤用に使っていた。

ちなみに製作者である晶はショルダーバッグ、奏多はトートバッグを愛用している。

職人が手掛けた鹿革リュックはネットで調べたところ、およそ四万円で販売されていた。そこは素人だから、と晶は二万から三万円ほどの値付けにしている。

デザインも出来栄えもとても良い物だと思うが、仕入れが無料だからと安価で提供することにしたのだ。品物はすこぶる良い——何せ普通の鹿革ではないので。

値段に釣られて購入した人はそのまま固定客になった。リュックサック、トートバッグ、ショルダーバッグ、ポーチにブックカバーなど。思いつくままに晶は鹿革を加工した。

どれも販売サイトに掲載するや即完売の人気商品だ。

ダンジョンで得た素材は他にもある。特に在庫が多いのが、アルミラージの毛皮。これはラビットファーと銘打って、様々な雑貨類に姿を変えて売られている。

手に取りやすい価格の、ふかふか毛玉型のストラップやアクセサリーが売れ筋だ。

ポーチやマフラーも需要があるが、我がシェアハウス内での一番人気はアルミラージ毛皮を使った、ふわもこクッションだった。

「抱き心地が最高なのよね。顔を埋めると天国」

アルミラージは凶悪なうさぎ型モンスターだが、その毛皮は最高品質。たとえるなら、ふわふわの猫ちゃんの柔らかなお腹の毛に匹敵する、素晴らしい魅惑の毛並みだった。

あまりの触り心地の良さにオンライン販売サイトでの紹介文章が荒ぶり過ぎてしまったことは反省している。が、それで興味を掻き立てられた人がぽつぽつと購入してくれ、おかげさまで素晴らしいレビューをいただいてしまった。ありがとうございます、いっぱい売れました！

お値段は少々上がってしまうが、ラビットファーのラグも人気だ。これはアルミラージの毛皮二十四分で、晶が【錬金】スキルを駆使して仕上げた逸品である。

クッションと同じく、その触り心地は抜群なので、買ってくれた方からの評判はすこぶる良い。ただし、同じ色の毛皮でそれなりの数を必要とするため、頻繁には作れないのがネックか。

「オーダーのお仕事も幾つか入っているし、アキラさんも大忙しだよね」

「忙しいけど、すごく楽しいです。あと、ドロップアイテム素材は魔力をまとっているからか、【錬金】と相性が良いみたいで。同じ商品はあっという間に作れちゃうんですよ」

「ええっ？　何それ、どういうこと？」

詳しく聞き出したところによると、ダンジョン素材は一度、晶が作品を造形すると、二度目からは素材を手にして、【錬金】スキルを発動させるだけで、全く同じ品が瞬時に出来上がるらしい。

「コピー能力って言うのかな。結構便利です。だから、鹿革製品やラビットファー商品はたくさん作っても、そんなに負担はないんですよね。ダンジョン以外の素材ではひとつひとつ手作りしないといけないから、そっちの方が大変かも」

「……すごいこと聞いちまったな」

「うん。とりあえず、アキラさん。ダンジョン素材品をたくさんコピーして稼ごう！　楽に！」

「ひとの妹に何てことを教えるのって注意したいけれど、同意だわ。素材集めは任せて」

そんなわけで、空いている時間はこれまで以上に積極的にダンジョンに潜ることになった。

◇◆◇

「ポーションはこのくらいで大丈夫そうですね」

「そうね。じゃあ、後は二階層でうさぎちゃん狩りをしましょうか」

「人気すぎてアルミラージ毛皮の在庫が心許ないって、アキラさん言っていましたもんね」

「そうそう。それに、ラビットフットもなるべく手に入れておきたいし」

「宝くじ高額当選金をゲットするために必須ですもんね。頑張りましょう」

三階層の鹿肉も食いたい、と甲斐からお願いされていたが、今日のところの優先順位はうさぎさん狩りです。

「なんだか、あの二人ばっかり忙しそうで申し訳ないんですが」

「あら？　うちで安定して稼いでいるのは貴女じゃない。ミサちゃんの魔法の水とポーションがなければ、こんなに稼げないわよ？」

「そうかもしれないですけど、もうちょっと役に立ちたいと言うか」

「それを言われたら、私なんてどうなるのよ？　スキルを使って一円も稼いでいないわよ」

弓を連射する、奏多。茂みに隠れていたアルミラージが三匹まとめてドロップアイテムに変化した。

「カナさんのスキルを使って稼ぐとすると、やっぱり【鑑定】ですよね？」

「蚤《のみ》の市《いち》に出向いてお宝を安価に手に入れるとか？　でも私、せどりには興味がないのよね」

眉を顰める奏多の気持ちは分かる。どうしても転売屋のイメージが強いのだ。

「でも、最近は【鑑定】スキルのおかげで良い買い物ができているのよ？」

生鮮食品はより新鮮な物を選べるし、くじに限らず、当たりを見抜ける。

当たり付きのお菓子を【鑑定】で判別できると聞いて、甲斐は奏多をコンビニに誘っていた。

「あれ？　だったらカナさん、賭け事に挑戦したら、ものすごく強いんじゃ？」

「うふふ。実はちょっと試してみたのよねぇ。あいにく日本じゃまだカジノはないから、パチンコだけどね」

自由時間中、ふらりと立ち寄ってみたパチンコで「当たりの台」を探したらしい。

たまたま一台だけ見つけて、一時間ほど打ってみたら、それなりに儲けを出したようで。

「お金に換えるのはどうかと思って、全部お菓子やお米なんかに交換してもらったの」

「そういえば、大量のお菓子のお土産をいただいた日がありましたね……」

また何かのくじを当てたのかと思ったが、まさかパチンコの景品だったとは。

「ミサちゃんが前に挑戦した、キャラくじ？　あれも直接くじ券を見たら鑑定で内容が分かるわよ。A賞はもちろん、狙った景品を取り放題ね」

「カナさん最強じゃないですか！　あっ、じゃあトランプとかも？」

「じっと眺めて鑑定したら、何の札か、分かるのよねぇ、これが」

「うん、カナさん。宝くじ当てたら、そのお金で海外のカジノに行きましょう！」

「落ち着きなさいな。中身が分かっても、こっちに良いカードがくるとは決まっていないし、賭け事にも興味がないのよね」

「残念です」

「まあ、たまに楽しむ分には悪くないけどね？」

にこりと笑ってウインクする様がとんでもなく似合っている。

きっとまたパチンコで大量のお菓子をゲットしてくれるのだろう。そういえば、景品を並べていた売店前には、巨大なぬいぐるみや精巧なフィギュアも置いてあったことを思い出す。

「カナさん、今度私も連れて行ってください。当たりの台で挑戦してみたいです」

「そうね、自由時間にちょっとだけ遊んでみましょうか。女の子はビギナーズラックも多いみたいだし、楽しいかもしれないわね。ほどほどに遊ぶ分には」

ガッツポーズついでに、渾身《こんしん》の水魔法をアルミラージに叩き付ける。レベルが上がって覚えた新しい魔法、ウォーターカッターは使う水の量は少ないのに、攻撃力はとても高い。

「毛皮と魔石に、お肉もたくさん！　今日は残念ながら、ラビットフットは出ないですねー」

「レアドロップアイテムだから仕方ないわよ。休憩して帰りましょうか？」

魔法やスキルを使うと、お腹が空く。セーフティエリアまで戻って、二人仲良く、おにぎりを頬張った。鹿肉の時雨煮入りのおにぎりが美味しい。最近、ビニールハウスで作り始めたばかりの、とうもろこしの味も良い。綺麗に揃った粒が美しく、糖度が高いので、人気商品になりそうだ。

「焼きとうもろこし、すごく美味しい。甘みが強いからそのままでも良いけど、香ばしい醤油味だといくらでも食べられそうですよ、カナさん」

「腹持ちもいいから、焼きとうもろこしはたくさん作っておきましょうか」

冷たい麦茶で口の中をさっぱりさせると、二人は休憩を終えた。

あと三十分ほどはダンジョンに滞在する予定だったので、一階層でスライムを狩ることにする。ポーションは幾つあっても困らないのだ。

「最近ノアさん、すごく元気になりましたよね？」

「ええ。たまに庭で日向《ひなた》ぼっこを楽しんでいるわ。以前はずっとベッドで寝ていたのに。先日診てもらった獣医さんには、毛並みや内臓の状態がすごく良いって褒められたのよ」

なんて事ないおしゃべりを楽しみながら、のんびりと一階層に戻った二人は、そこに広がる光景に言葉を失って立ち尽くすことになる。

「これは――……」

「何があったの……？」

二人で呆然と立ち尽くす。一階層の洞窟内はスライムエリア。一分ごとに一匹ずつ湧いてくるボーナスステージだが、これまで見たことのない光景が広がっていた。

「地面に大量の魔石とポーションが落ちているわね」

「こんなにたくさんのスライム狩り、いったい誰が……」

地面に転がっているのは、水色の魔石とポーション入りの瓶だった。

これだけの数があるということは、二時間以上はここで戦闘を頑張った者がいるということで。

「ミサちゃん、ダンジョンに潜る前にちゃんと蔵に鍵を掛けてきたわよね？」

「鍵は、掛けてきたはずです。でも、だったら誰が」

混乱する二人の足首にふわりとした柔らかな温《ぬく》もりが寄り添った。覚えのある温もりだ。慌てて足元を見下ろせば、ふわふわの毛並みの美しい三毛猫が二人を見上げて「にゃあ」と鳴いた。

「ノアさん？　どうして、ここに」

「……まさか…」

「ミャオン」

三毛柄にしては珍しい長毛猫のノアが上機嫌で奏多に体を擦り寄せている。

ゴロゴロと喉を鳴らして甘える姿はとても可愛らしかったが。

「カナさん、まさかなんですけど、この一階層でスライムを狩ったのは……」

「待って。だって、この子は可愛い猫で、ちょっと前まで弱々しく寝込んでいた——……」

「ニャッ！」

「あ、」

混乱した奏多が額に手を当てて何やら呻いている間に、三メートルほど離れた場所にスライムが現れた。比較的冷静だった美沙が薙刀を振る前に、奏多の愛猫が動いた。タン、と身軽くジャンプしてスライムの傍《そば》に跳び降りると、手慣れた様子で前脚を素早く振り上げた。

ぱちん、と良い音を響かせての猫パンチだ。可愛らしいピンクの肉球にそんな威力があるとは思えなかったが、スライムは呆気《あっけ》なく弾き飛ばされ、すごい勢いで岩壁にぶつかった。

「すごい。ノアさん、一撃！」

ぱちぱちと拍手しながら褒め称えると、ノアは満更でもなさそうで、ふかふかの胸元の毛を見せつけるように胸を張った。とても可愛らしい。

「しかも、ポーションがドロップしたよ！　ラッキーキャットだね、ノアさん」

「にゃおん」

「待って。本当にこれ全部、ノアが……？」

途方に暮れたような表情の奏多がそっと手を伸ばすと、三毛猫はとととっと歩いてその腕の中に収まった。抱かれ慣れているのだろう。楽な体勢でだらりと寛《くつろ》いでいる様は、いかにも猫さまで。

「私たちがダンジョンに入るのに、ついて来ちゃったんですかね？」

「そうね……。ここしばらく庭で日向ぼっこを楽しんだり、周辺を散歩していたから」

齢《よわい》十七歳のご長寿猫『ノアさん』はとても頭が良い。ポーションで癒やされるまではずっと寝たきり状態だったが、若い頃は自分でドアを開けることができるほどに器用で賢かったのだとか。

「一緒に蔵に入ったことに気付かずに私が鍵を掛けてしまったんですね。で、ダンジョンへの扉を器用に開けて、私たちを追い掛けて来てしまった、と」

「その可能性は高いわね。もともと好奇心旺盛で悪戯が好きな子だったから」

でもまさか、最弱モンスターとは言え、スライムを簡単に倒してしまうとは。

「カナさん、もしかして、ノアさんにも特別なスキルがあったりしません？」

「待って、待って。鑑定してみるわね。……ああ、もう！　どうして猫に魔法やスキルが与えられちゃっているのよ、ダンジョン管理人！」

「やっぱり……」

どうやら、このダンジョンへの扉を潜った者には、人でなくとも恩恵が与えられるようだ。

「レベルは3ね。一匹でこの数を殲滅したからか、成長が早いわ。【土属性魔法】と【テイム】のスキル持ちみたい」

「えっ、【土属性魔法】？　私がずっと欲しかったやつ！　いいなー」

農業で稼いでいる身としては、喉から手が出るほどに欲しい属性の魔法だ。本気で悔しがっていると、何とも言えない表情で奏多がこちらを眺めてきた。

「カナさん？」

「何でもないわ。驚くよりも羨ましがるミサちゃんの素直さに、癒やされただけよ」

「？　よく分からないけど、ありがとうございます？」

当のノアも、何やら面白そうな表情でこちらを眺めている。翡翠色《ひすいいろ》の瞳がとても綺麗だ。

「普通は、猫なのにスキルが【テイム】なの、って突っ込むと思うのよ」

「そうなんですか？　そもそも、テイムの意味があまりよく分からなかったんですけど」

「なるほど。説明――の前にドロップアイテムを回収して、家に戻りましょうか」

「そうですね。これ全部回収かぁ……」

げんなりしながら、周囲を見渡す。洞窟中に散らばっている魔石やポーション。アイテムボックスのスキルは収納する物に触れていないと使えないので、地道に拾っていくしかない。

「私も手伝うから」

「はい、すみません。カナさん」

「にゃっ」

「ノアさんも手伝ってくれるの？」

返事は再び現れたスライムへの猫パンチで返された。どうやら、回収作業中のボディガードを務めてくれるようだ。お礼を言うと、どういたしましてとばかりに小さく鳴いてくれた。

何となく会話が通じているようで面白い。

そうして、猫にガードされながら、二人は黙々とドロップアイテムを拾い集めた。

◇◆◇

「えー、何だそれ！　そんな面白い事があったなんて！」

「そうですよ。ずるいな、二人とも。カナ兄もミサさんも呼んでくれれば良かったのに」

四人と一匹が揃った夕食時、代表して奏多がダンジョンでの出来事を説明すると、二人から文句を言われてしまった。まあ、愛らしい彼女の猫パンチ姿はとても凛々しくて、ドヤ顔は大変可愛らしかったから、その気持ちは分からないでもない。

「まさか、ノアさんもスキルや魔法が使えるようになるなんて」

「ビックリだよね。それも憧れの土魔法！　ノアさん、畑弄り手伝ってくれないかなぁ」

「いや、ミサ。違うだろ。そこはノアさんの【テイム】スキルを羨むところじゃね？」

「そうなの？　その、テイムとやらを知らないからなー」

「ファンタジー作品でよく見かける、モンスターや魔物を支配して操るスキルだよ」

「猛獣使い的な？」

「そうそれ！　たぶん！」

「説明ありがとね、カイくん。支配まではいかないけれど、ある程度の掌握は可能みたいね。動物、モンスターのどちらも言うことを聞かせることができるみたい」

「ええー。ノアさん、すごいね！」

専用のスツールに横たわった三毛猫が誇らしげに喉を鳴らす。

「それは良いとして。いや、本当は良くないわよ？　でも、今更スキルをなくすこともできないから、仕方ないのよね……」

問題は魔法とスキルについてだろう。いくら賢いとは言え、猫相手に説明をするのは難しい。

スライムについては、単におもちゃ扱いで戯れていた可能性が高いだろうし。

「ノア。貴女が得た新しい力はとても厄介なものなの。特に【テイム】スキルね。これは人に対しては絶対に使ってはいけない。分かる？」

「ニャ？」

首を傾げる三毛猫は言葉を理解しているのかどうか。だが、奏多は淡々とした口調で続けた。

「もちろん、土魔法も人に向けて使ったり、私たち以外の人前で使ってはダメ。ダンジョン内なら存分にスライムたちにぶつけてもいいから。……できる？」

「ニャオン」

こくり、とノアが頷いた。たまたまとは思えないほどのタイミングだ。やはり、彼女はきちんとこちらの話を理解しているのだろう。

「カナ兄、それって」

「もしかしてノアさんもダンジョンに連れて行くつもりなのか、カナさん」

「ええ、そのつもりよ。本猫もその気だし、それにレベルが上がってステータスが強化されたら、それだけノアも強くなれるから」

「ああ……」

ポーションで命を繋ぎはしたが、猫の寿命は短い。

ならばレベルを上げて肉体を鍛えさせようと、飼い主である奏多は考えたのだろう。

たしかに、自分たちもダンジョンアタックを始めてから体力がつき、かなり強くなったと思う。

山登りの最中、崖から転がり落ちたはずの甲斐が無傷でけろりとしていたように、物理的にも肉体が強固になっているのだと思う。

それと、ダンジョンに潜り始めてから、風邪ひとつ引かなくなった。

怪我だけでなく、ウイルスにも打ち勝つ肉体に変化しているのかもしれない。

（レベルが上がって病気だけでなく、怪我とも無縁になったら、ノアさんの寿命もかなり延びてくれそうだもんね）

良い考えだと思う。不安なのは、モンスター相手に怪我をしないかどうかだが。

「一階層のスライム相手なら危険もないし、実際に余裕で倒していたわ。ノアの運動不足解消にもちょうど良い相手だと思うの」

奏多が慎重に言葉を紡ぐ。美沙は大きく頷いた。

「私は賛成。ノアさんなら大丈夫だと思う。それに、ちゃんと教えてあげたら、もしも怪我をしたとしても、自分でポーションを飲めそうだよね。ノアさんなら」

ドアの開け閉めができる天才猫なのだ。そのくらいは平気でこなしそうだ。

「俺も賛成。最近忙しいからな。猫の手も借りたい」

「ノアさんがスライム狩りを手伝ってくれたら、私も助かります。でも、無茶したらダメだよ？」

そっと顔を覗き込んで心配そうに囁く晶の鼻先を、三毛猫が優しく、宥めるように舐めた。

全員一致で、意見が揃う。

「じゃあ、これからもよろしくね、ノアさん」

みゃおんと愛らしい返事が返ってくる。

上機嫌に喉を鳴らしながら、ふかふかの胸を張る様は何とも頼もしい。

こうして、可愛らしくも頼もしい、三毛猫の『ノアさん』がダンジョン攻略仲間になった。

第十二章◆猫の手を借りました

「ノアさんが優秀です」

テーブルいっぱいに並ぶご馳走に舌鼓を打つ皆に、美沙《みさ》は業務報告をする。

ちなみに本日の夕食メニューは鹿肉ハンバーグに目玉焼きとニンジンのグラッセ付きがメイン。春キャベツのサラダとほうれん草のお浸し、お味噌汁は新玉ねぎをたっぷりと使っている。ブロッコリーはゆで卵とマヨネーズを和えたもので、甲斐《かい》が美味しそうに食べていた。

「一階層のスライム狩りか？　そんなに？」

「うん、とっても優秀。今日は午前中に三時間ほどダンジョンに潜ったんだけど、ちゃんと良い子にして一階層で待っていてくれたし」

待ち合わせた奏多《かなた》と一階層に戻ると、大量のドロップアイテムが地面に転がっていた。誇らしげに胸を張って二人を出迎えてくれた可愛らしい三毛猫を二人がかりで大仰に褒め称えたのは言うまでもない。

ダンジョン内ではドロップアイテムや外から持ち込んだ物は十時間ほど放置すると、ダンジョンに吸収されてしまう。三時間だとロストせずに拾えるので、彼女の参戦はありがたかった。

「一日の収穫物にしては充分な量よ。ありがとう、ノア」

「ニャア」

「しかも、疲れたらセルフでポーションを飲んでいたのよね。ノアさん天才すぎない？」

「すげぇな、ノアさん」

アンプルの形をした初級ポーションは上部の細くなった箇所を指で折って飲む。

不思議なことに、飲み終わると容器は消えてなくなるのだ。

そのポーションを彼女は器用に前脚で抱え込み、奥歯でアンプルを折って、中身を舐めていた。

容器は空気に溶けたように消えるので、破片を飲み込む心配もない。

「いつも飲んでいるお薬って知っていたんですね、ノアさん」

ほっこりした表情で晶《あきら》がよしよしと愛猫を撫でている。喉を鳴らす猫ともども可愛いが過ぎる。

「そういや、ノアさん。最近、俺が鶏小屋に行く時もついてきてくれるんだよな」

「私が鶏小屋に掃除に行く時も付き添ってくれますね」

鶏の餌やりと卵を回収するのは甲斐の担当だ。有精卵を見分けるのは【鑑定】スキル持ちの奏多がしているが、基本的には甲斐が鶏の面倒を見ている。晶は光魔法の浄化《クリーン》スキルを上げるために、積極的に鶏小屋の掃除を手伝ってくれていたのだが。

「ノアさんが睨みを利かせてくれているおかげか、最近は卵の回収中、鶏に突《つつ》かれなくなった」

「鶏さんたち、温厚になりましたよね。私が掃除をする際も退《ど》いてくれるようになりました」

「それはノアさんがテイムしたからでは？」

ちらりと奏多を横目で確かめると、額を指で押さえていた。うん、やっぱり。

「一応、ちゃんとカナさんとの約束を守ってくれているようですね？」

「そうね。人はテイムしていないし、私たちの前でしか使っていないものね……？」

割り切ることにしたらしい。考えすぎるのはストレスもたまるし、それが一番だと思う。

「頑張ったノアさんには特別に高級おやつを進呈しましょう」

「そうね。うさぎ肉も好きみたいだから、後で茹でてあげるわ」

大抵の猫さまが大好きな液状のおやつは、彼女も大好物だ。腎臓が悪かった時期には貰えなかったので、健康になった現在、たまのご褒美として大喜びで舐めている。

高級猫おやつがノアさんへのお給料だ。今度、特製の鹿肉ジャーキーを作ってあげるわ、と奏多が微笑んでいる。それはとても美味しそうなので、ぜひとも人間用の物もお願いしたい。

夕食後のお楽しみは、デザートのラズベリーパイ。さくさくのパイ生地の焼き上がりは完璧だ。手作りのラズベリージャムとカスタードクリームも最高に美味しかった。

◇◆◇

そうして、新たに三毛猫のノアが仲間に加わってから、数日後のダンジョン一階層にて。

いつもは地面に大量に転がっていたはずのドロップアイテムが、なぜか一箇所に固まっている。

どうやら一匹のスライムがせっせとドロップアイテムを拾い集めているようだった。

「もしかしてあの子、ノアさんがテイムしたの？」

「ニャッ」

「わぁ、良い返事ぃ」

我が家の鶏さんたちでテイムを練習した成果か。スライムも余裕でテイムができたらしい。

「うちの子、天才すぎ……？」

考えることを放棄した奏多が手放しで愛猫を褒めている。素敵な笑顔でその頭を撫でているのは、妹の晶だ。もちろん美沙も盛大に称えておいた。ドロップアイテムを拾い集めるのは、とても面倒な作業なので、お手伝い要員は大歓迎なのだ。スライムだろうが、気にしない。

新メンバーのもふもふとその従魔組には一階層のスライム討伐とドロップアイテムの収集をお願いした。二階層はラビットフット狙いの晶が担当し、大物のワイルドディアが出没する三階層は、二人組で挑戦することに。

鹿肉が手に入るようになってからは、アルミラージ肉はご近所さんへ定期的にお裾分けをするようにしている。うさぎ肉は嫌がられるかもしれないと少し不安だったが、田舎暮らしのお年寄りたちはジビエ肉には慣れたもので、とても喜んでもらえた。むしろ、市販のうさぎ肉よりも美味いと大好評で、お礼だと言って大量のお米や卵、乳製品が回ってきた。

「ますますエンゲル係数が低くなっていくよ？　ありがたいけど」

「そういや、スライムって飯食うのか？　スライムに限らず、モンスター全般だけど」

うさぎ肉の差し入れに、ご近所行脚をした甲斐が、お駄賃に貰った豆菓子を摘みながら、のんびりと聞いてくる。

「食べていたでしょ、ワイルドディア。三階層のラズベリーを」

「そうだった。そう言えば餌場だったもんな、あそこ」

ラズベリーは大きなツノを持つ鹿型モンスターの好物だ。ラズベリーの群生地で待ち構えていたら、のこのこと油断して現れるため、狩り放題だったことをすっかり失念していたようだ。

「じゃあ、スライムも食べることはできるんだね。物語では何でも消化するイメージだけど」

「とりあえず、野菜クズをあげてみましょうか」

キッチンで黙々と野菜の下処理をしていた奏多からの提案だ。根菜類の皮をスライムにそっと差し出してみた。薄い水色のスライムは戸惑ったように揺れて、主であるノアを窺っているようだ。

にゃう、とノアが欠伸まじりに鳴いた。

「あ、食べた。体内に取り込んで、消化しているみたい」

シュワシュワと小さな音を立てながら、野菜の皮が消えていく。不思議な光景だが、面白い。

スライムも何となく嬉しそうだ。意外と可愛いかもしれない。そっとスライムに触れてみたが、ひんやりしており気持ち良い。水風船に似た弾力があって、面白い触り心地だ。

このスライムには「シアン」と名付けた。体の中央にある核石がシアンブルーだったので、そこから採用した名前だ。呼ぶと嬉しそうに震える彼の好物は、ポーション水で育てた野菜の切れ端だ。

魔力を含んだ食べ物を好むらしく、モンスター肉も喜んで食べてくれる。

「生ゴミも処理してくれるから、とっても助かるわ。シアンちゃん、よろしくね？」

テイムしたとは言え、モンスター。夜の間はダンジョン内で待機してもらうつもりだったが、皆すっかり情が湧いてしまった。居間にカゴを置いて、そこを仮のベッドにして寝かせている。

主であるノアの仲間だと、きちんと理解しているようで、大人しく言うことを聞いてくれた。

◇◆◇

鹿肉のヒレカツは絶品だった。濃いワイン色の肉は麺棒で叩いて伸ばし、下拵《したごしら》えをしている。塩、胡椒を叩き込み、醬油と生姜、砂糖とガーリックのタレに漬け込み、パン粉でからりと揚げた。

奏多はパン粉に香草――バジルやオレガノを混ぜた物を使って揚げたり、チーズを挟んでみたりと、様々な味付けのカツを作ってくれた。どれも美味しくて、うっとりと舌鼓を打つ。

「チーズ味のカツ、うめぇ！　これ、サンドイッチにしても絶対に美味いと思う」

「私は醬油ダレに漬け込んで揚げたやつが好きかも。ちょっと竜田揚げっぽくてご飯がすすむ。タルタルソースとの相性も抜群だよー」

「カレー味のカツも美味しい。これは定番メニューにして欲しいな、カナ兄」

かなりの量を奏多は揚げてくれたけれど、ぺろりと平らげてしまった。

「それだけ喜んでもらえたら、作りがいがあるわね。ほら、野菜もちゃんと食べなさい」

我が家の野菜は美味しいので、もちろん誰も残したりはしない。春キャベツを使ったコールスローサラダ、新玉ねぎを丸ごと使ったクリーム煮。アスパラとうさぎ肉のバター炒めも美味です。

トマトとモッツァレラのカプレーゼはシンプルだけど、お酒がすすむ神メニューだ。タケノコの土佐煮とふきの煮付けはご近所さんからの頂き物。しゃきしゃきとしており、とても美味しい。冷えたビールをお供にした、賑やかな晩餐《ばんさん》。一人暮らしも気楽で良いが、気の合う仲間とのシェア生活は最高に楽しい、とあらためて認識した一夜となった。

◇◆◇

一階層で手に入る初級ポーションは少しの傷や内臓疾患にじわりと効果のある、ありがたいお薬だが、実は疲労回復や睡眠不足解消にもかなり効く。あまり褒められた使い方ではないが、勤労青年である甲斐は、どうもこっそり使っている疑惑があった。

「野菜の注文も大口客が増えたし、畑を広げたいけど。忙しそうなんだよなー、カイ」

ノートパソコンで注文履歴を確認しながら、美沙はため息を吐いた。

力仕事と言えば、甲斐。畑の拡張お手伝いや山の手入れに薪割り諸々を担ってくれている。とても頼もしい人材だが、牧場仕事以外でもご近所さんに便利屋よろしく声を掛けられて、多忙を極めていた。やはりどこも山の管理が難しいらしく、フットワークの軽い甲斐は大人気なのだ。気は優しくて力持ち、頼まれたら断らない性格なので、つい周囲が甘えてしまうのだろう。

「お願いしたら睡眠時間を削ってでも手を貸してくれそうだから、むしろ頼めないんですよね」

「そうねぇ。あの子ったら、こっそりポーションを飲んでドーピングしそうだもの」

聞き役に徹してくれていた奏多が傍らで丸くなっている愛猫にふと視線を落とした。

ラビットファーのクッションを独占し、気持ち良さそうに眠っていたノアが片目を開けて、ちらりとこちらを一瞥《いちべつ》する。

「それ、適任な子がココにいるんじゃなくて？」

「え？　……あっ、土魔法！」

そう言えば、彼女は【土属性魔法】をダンジョン侵入時に授かっていた。

物言いたげなノアの様子に気付いて、慌てて【アイテムボックス】から高級おやつを取り出した。

高級魚ノドグロの猫用削り節。酒の肴になりそうな、良いお値段がした上物を捧《ささ》げ持つ。

「ノアさん、畑作りを手伝ってくれませんか？　お駄賃はこの削り節で」

「ふみゃあああん」

欠伸まじりの返答だ。ゆったりと尻尾を振りながら、ノアがクッションから立ち上がる。

ご主人が行くなら我も、とばかりにスライムのシアンもカゴハウスから飛び出してきた。

「ありがとう、ノアさん。シアンも手伝ってくれるの？」

「面白そうだから、私も一緒に行くわ」

そうして二人と二匹で畑に出掛けたのだった。

「で、こんなに一気に畑を広げられたのか。ノアさんすげぇな」

牧場から帰宅した甲斐が、綺麗に均《なら》された畑を前に目を丸くしている。

「私もビックリだよ。土魔法は本当に便利だし、最高だよね！」

「しかも、明日の分の野菜の収穫、シアンが一匹で終わらせてくれたって？」

「そうなのよ。私が収穫をしているのを見て覚えたみたいで。二匹とも天才すぎない？」

つい興奮気味に仕事帰りの甲斐を捕まえて、大いに語ってしまったのは申し訳ない。なにせ、それほどに二匹の活躍は素晴らしかったのだ。

「ノアさんにね、ここらへんの土を畑にできるように、ふかふかにしてくれたら嬉しいなーって、ふんわりとお願いしたら、この出来栄えだよ？」

可愛らしい前脚をぽてりと地面に置くや否や、硬く踏み締められていた土が膨れ上がり、まるで生きているかのようにダンスを踊ったのだ。ひとしきり、うねうね蠢いていた土が落ち着いた頃には、畑が仕上がっていたのである。ふかふかの土具合はもちろん、頼んでもいなかったのに畝まで綺麗に整っていた。ノアさんは天才。知ってた。

調子に乗ってお願いした結果、畑の広さが二倍になってしまった。せっかくなので、【アイテムボックス】に収納していた野菜の種を奏多と二人で植えてみた。ポーション水のシャワーでたっぷりと地面を湿らせておいたので、明日には芽を出すと思う。泥まみれになったついでに、明日発送する予定の野菜も収穫していると、シアンが手伝ってくれた。

「うちの子たち、有能過ぎない？　ノアさんは狂暴な鶏もきちんと躾《しつ》けてくれたし、ダンジョンアタックも手伝ってくれた上に土魔法で畑作りまで！」

「シアンもダンジョンでドロップアイテム集めを手伝ってくれているし、生ゴミ処理に野菜の収穫もできるようになったんだもんな。特別手当がいるな、これは」

からりと笑う甲斐の足元にいた有能な三毛猫が当然だとばかりにニャアと鳴いた。スライムのシアンも触手のような両手を二本上に突き出して、可愛らしいおねだりポーズを披露する。

「そうだね、シアンにもご褒美がいるよね。じゃあ、カナさんにお肉を貰ってこようか」

「俺も小腹が空いたから、何か食いたい」

シアンを抱っこして家へ向かう。ノアは甲斐の背を器用に駆け上がり、どっしりと肩口で丸まっている。可愛いけれど、重そうだ。キッチンに向かおうとしたところ、シアンに引き留められる。

「ん、どうかした？　靴箱の上のそれが気になるの？」

伸ばした触手が靴箱の上に飾っていた、スライムの魔石入りのガラス瓶をつん、と突いている。

「ひょっとして、その魔石が欲しいとか？」

「シアン、頷いているね。え、ほんとに？　これが欲しいの？」

ポーションは重宝しているが、魔石は実は持て余している。そのうち、何かに利用できるかも、と取って置いてあるだけで、今のところはシーグラス代わりに飾っているだけで。

「スライムの魔石なら大量に余っているし、あげてもいいよね？」

「いいだろ。たぶん数千単位は在庫があるんじゃないか」

「きちんと数えてはいないけど、そのくらいはあると思う。じゃあ、この魔石はシアンにあげるよ。今日は畑仕事を手伝ってくれて、ありがとね」

にゃう、と後から歩いてきたノアが鳴くと、シアンは嬉しそうにガラス瓶を受け取った。そうして、中身の魔石を床にぶち撒《ま》けて、ゆっくりと取り込み始めたのである。

「ええっ？　シアン、大丈夫なの！　魔石取り込んじゃった……」

「こういうの、共食いになるのか？」

呑気《のんき》に首を捻っている甲斐は放っておいて、困った時の奏多だ。

ヘルプの叫びを聞きつけた奏多と晶が、調理の手を止めて玄関まで来てくれた。魔石を体内に取り込んでは消化しているスライムの姿を目にして、奏多は何とも言えない表情を浮かべる。

「……現状は理解したわ。取り込んだのが同族の魔石だとすると――……」

じっとシアンを凝視する。【鑑定】スキルを使っているのだろう。甲斐と二人で固唾《かたず》を呑んで見守っていると、シアンは全ての魔石を綺麗に消化してしまった。満足そうに左右に揺れている。

「大丈夫どころか、おめでたいわね。シアンが進化したわよ」

ふ、と奏多が端正な顔を笑みで綻ばせた。とんだ爆弾発言に、二人の反応は少し遅れてしまった。

「進化？　スライムが？」

「私たちで言うところのレベルアップね。新しいスキルを覚えたみたいよ、ほら」

慌ててシアンを見下ろすと、ふるるっと大きく震えて、みよんと二つに分裂した。

「えええ？　シアンが二匹になった？」

「ミサちゃん、落ち着いて。まだまだ増えるわよ」

宣言通りにスライムがどんどん増殖していく。元のシアンらしきスライムはそのままの大きさで、増殖した方は一回りほど小さく見える。十四ほどミニスライムがシアンから生まれた。

「生んではいないわね。同じ個体よ。たぶん、元の一匹にも戻れるんじゃないかしら」

奏多が優しくシアンに訊ねると、嬉しそうに上下に揺れた。

「じゃあ、これはシアン二号、三号……？」

「ややこしいな」

「スキルは【分裂】ね。新たにテイムしなくても、シアンが統率してくれるみたい」

「え、じゃあ……」

期待の眼差しでシアンを見詰める。気付いたシアンがぽよんと上下に力強く揺れた。

「やった！　畑仕事のお手伝い要員が増えた！」

ついついい、飛び上がって喜んでしまった。最近は野菜の大口注文も増えて、収穫と発送の作業に時間を取られていた。ダンジョンで鬱憤ばらし——もとい、ドロップアイテムを得る時間もなかなか取れなくて、忸怩《じくじ》たる思いを抱えていたので、とても嬉しい。感謝しかない。

「魔石を食べて十四増えるなら、もっと食べたら、もっともっと増えるのかな？」

わくわくしながら訊ねると、シアンに少し引かれてしまった。追加のスライム魔石を二十個ほど吸収し、分裂できたのは全部で最大、十五匹。これが今のところの限界のようだった。

「それでも、すごく助かる。畑の水やりだけ私が担当すれば、収穫と箱詰め作業をスライムチームにお願いできるんでしょう？」

細かく指示を出す必要はあるが、広げた畑を縦横無尽に飛び跳ねて野菜を収穫してくれるスライムたちは、とても頼りになる。収穫はもちろん、運搬もできる即戦力だ。

「かなりの時短になりそう。その分、ダンジョンに潜れるし」

「いいなー。俺も鹿肉を狩りたい……」

「とか言って、カイ。こっそり夜中にダンジョンへ通っているでしょ？」

「うっ……バレてた？」

「バレるに決まっているでしょ。冷蔵庫や冷凍庫内の鹿肉があんなに増えていたら」

キッチンの主である奏多も呆れ気味だ。ストレス発散とレベル上げも兼ねて、こっそり夜のダンジョンに潜っていた甲斐のことは北条《ほうじょう》兄妹にたっぷり叱ってもらおう。どうやら予想通り、ポーションをエナジードリンク代わりに服用して、短時間睡眠でも元気にやり過ごしていたらしい。

「あまり他人のことは言えないのよねぇ、それについては」

「そ、それはそうかも……？」

北条兄妹がそっと視線を逸らした。そう言えば晶には、物作りが佳境に入ると完徹で集中する癖があった。兄である奏多も配信用の動画編集に夢中になると、明け方まで作業をしている。

「似た者兄妹でしたね」

「すみません……」

「気分が乗っている時に、一気に編集したくなっちゃうのよね。ごめんなさい」

「反省してください。でも、夜の空いた時間に少しだけダンジョンに潜るのは、悪くないかも」

美沙の農業関連の仕事は事務作業も合わせて、午前中でほぼ終わる。

野菜の収穫と発送業務はこれまで北条兄妹と三人がかりで頑張っていたけれど、スライムチームが参加すれば美沙一人でもこなせるようになるだろう。

　ハンドメイド作品の販売が好調な晶はそちらに集中したいようだし、奏多の動画配信業も順調。甲斐は朝の四時起きで、五時から十五時まで牧場で働いているので、とっくに畑仕事からは卒業していた。が、副業としてご近所さんのお宅の力仕事を手伝って、お小遣い稼ぎもしている。

「牧場仕事の後で、庭の草刈りとか山の手入れの手伝いとか、色々しているからなあ、俺。ダンジョンに潜るのが、どうしても夜中だけになっちまう」

「時給二千円で二時間お手伝いしているんだっけ？　きつくない？」

「いや、全然。プラスで現物支給もあるし、色々と勉強になって、結構面白いぞ？」

　にかりと笑う甲斐は、こういう性格だから皆から可愛がられるのだろう。

「四人揃ってダンジョンでの夜活、悪くはないと私も思うわよ？　でも、最低でも夜の十二時には寝ましょうね。ポーションで回復するとしても、五時間以上の睡眠は絶対必要よ」

　我がシェアハウスの頼れるお母さん――もとい、奏多からも釘を刺されて、三人はこくこくと頷いた。この面子《メンツ》だと、いちばん晶が怪しいが、美沙も甲斐も夜更かしは嫌いではない。

「シアンのおかげでドロップアイテム集めの手間も省けたし、一人でワンフロアの担当もできそうなのよね。ある程度のアイテムを確保したら、そろそろ次の階層を目指してみる？」

「カナさん、それって……」

「四階層か！」

第十三章◆四階層へ

四階層も三階層に引き続いての森林フィールドだった。新しいフロアに挑戦する際には四人が揃ってからと約束していたので、今夜は全員で四階層に挑戦する。ちなみに猫のノアと従魔のシアンは一階層でお留守番。甲斐《かい》は下層へ続く階段を降りるなり、うきうきと周辺を見渡している。

「二階がうさぎ、三階が鹿。四階層は何が出るんだろうな。他に森に生息する動物と言えば……ん？」

【身体強化】中の甲斐は五感が飛び抜けて鋭い。何かに気付いたらしき彼は、【気配察知】スキルを併用して周辺を探っている。しばらく静かに耳を傾けていたが、ふと顔を上げて刀を構えた。

「来るぞ」

慌てて美沙《みさ》は薙刀を構えた。晶《あきら》も油断なく短槍を握り、奏多《かなた》は後方で矢を番《つが》える。その頃になると、他の三人にもその音は聞こえていた。枯れ枝や地面を踏み締める、荒々しい足音。

緑深い木々の間から、そいつはぬっと鼻先を突き出した。

「来た！　でかいイノシシだ！」

ヒュッ、と鋭い風を切る音が背後からして、巨大なイノシシの魔獣が悲鳴を上げた。

「ワイルドボアね。鑑定によると、すっっっごく美味、らしいわよ？」

素晴らしい腕前でワイルドボアの片目を射抜いた奏多が、悪戯っぽくウインクしてくる。

すっっっごく美味、と復唱した甲斐がそれはそれは熱量を込めた眼差しを怒り狂っているワイルドボアに向けた。

「っしゃあ！　やる気でた！」

気合いを入れて叫び、同時に駆け出す。ワイルドボアも怒りのままに突進してきた。

迎え撃つ甲斐とは別に、他の三人はイノシシの魔獣の進路からパッと身を翻す。

散り散りに逃げる三人が視界に入ったのか、ワイルドボアが一瞬だけ戸惑ったように見えた。

その隙を見逃さず、甲斐は巨大なモンスターの頭上に刀を叩き付ける。ガツン、と硬い音が響き、ワイルドボアは駆け出した勢いのまましばらく突進し、やがて前のめりに倒れた。

「肉！　出ろ、肉！」

一撃でワイルドボアを倒した甲斐は、今は祈るような眼差しで死骸を見据えている。

「お肉……！　美味しい美味しいシシ肉、カモン！」

「牡丹鍋。いえ、まずは焼肉で味を確かめるのが良いかしら……」

「美味しいお肉！　ダメでも毛皮や牙は欲しいです！」

不純ながらも強い願いが届いたのか。

ワイルドボアは、ひと抱えはありそうな大きさの肉と魔石をドロップして消えた。

「やったー！　肉だー！」

「すごいね、おっきいね！　こんな立派なシシ肉が食べられるなんて！　今日は宴会だよー！」

キャッキャと甲斐と二人で喜び合う。ドロップした肉を拾い上げて真剣な表情でメニューを考えている奏多。どことなく残念そうなのは晶だ。肉よりも新素材が気になっていたのだろう。

「これまでドロップした中でも、とびきり大きな魔石ね」

黄土色の魔石を拾い上げて、感嘆のため息を吐く。べっこう飴とよく似た色の魔石だ。舐めたら甘そう、と同じイメージを抱いたらしい甲斐の感想に、奏多が呆れた表情を浮かべる。

(口にしないで良かった……)

甲斐を生贄《いけにえ》にして、美沙は賢く口をつぐんだ。肉と魔石を【アイテムボックス】に収納する。

あれだけ大きな魔獣とは正面からはぶつかりたくないなと思いながら、甲斐を先頭に森の中を進むことにした。

本日の予定は四階層の下見がメインだ。森は地図を作りにくいが、おおよその方向と距離を把握するために探索する。甲斐が方位磁針を手に進み、美沙が地図を書く担当、晶はその護衛役だ。奏多は油断なく最後尾から目を光らせてモンスターの突進を警戒してくれている。

ふいに、甲斐が鼻を鳴らした。足を止めて、注意深く周囲を見渡した。

「カイ、どうしたの？」

「甘い匂いがする。どっかで嗅いだことがあるんだけど、何の匂いだったかな」

「三階層のラズベリーみたいに、甘い果実が実っているとか」

嗅覚も鋭敏化している甲斐と違って、美沙たちには甘い香りは分からない。

「たぶん、そうだ。匂いからして、美味そうだし。その果樹の傍で見張っていたら、またボアが狩れるんじゃないか？」

「悪くない考えね。待ち伏せ作戦でいきましょうか」

「私は倒せるか不安だから、木の上で待機します」

先ほどのワイルドボアが晶は怖かったようだ。たしかに、普通のイノシシでも恐怖を覚える対象なのに、ワイルドボアはさらに巨体で、二メートルを超すサイズなのだ。

「たしかに不安かも。私もなるべく、すぐに逃げられる位置を確保しとこう」

「ミサちゃんは水魔法で攪乱《かくらん》したら良いんじゃない？　とりあえず、あのイノシシが現れたら、私が目を潰すから安心して」

「心強いです。カナさん、ますます弓の腕が上がっていません？」

「ふふっ。実は風魔法で少しばかり軌道修正のズルをしているのよ。威力も上がるし、武器と属性魔法は相性によっては巧《うま》く使えそうよ」

そんな技があったとは。薙刀と水魔法では全く思いつかないが、何か考えておこう。

「じゃあ私も目潰しの光魔法を頑張る。見えない相手なら攻撃し放題だし」

少し落ち着いた様子の晶が、ぎこちなく笑顔を浮かべる。目潰しと攪乱なら、非力な女子組でもどうにか頑張れそうだ。余裕があれば、薙刀で切り裂いて経験値を稼ぎたい。

「なんだか物騒な会話だな」

「作戦会議って言って。……で、甘い匂いの方角は分かった？」

「おう、分かったぞ。あっちだ」

甲斐が指さした方向へ警戒を緩めずに進んで行く。

身長より高い木々が鬱蒼と茂る森の中は、いつワイルドボアが現れてもおかしくない雰囲気だ。

歩くこと五分、甲斐の言う甘い匂いがようやく皆の鼻先にも届いた。懐かしい匂いだ。もうすぐ旬の美味しい果実。我が家でも小さな木があるが、裏山にも野生の木が植わっている。

「ビワの実だったんだ」

黄橙色《きだいだいいろ》をした卵型の果実は今がちょうど食べ頃のようだ。甘く蠱惑《こわく》的な芳香を放っている。

「たしかに、いい匂いがする。これならワイルドボアも釣れそう。熟して落ちた実を狙ってやって来るのかも……」

「お、さっそく来たみたいだ」

「わわ、ちょっ、待っ……!」

慌てて水球《ウォーターボール》を作り出して、ビワの木の陰に隠れて待機する。晶は素早く手近な木によじ登った。

奏多は甲斐が指さす方向に矢を向けて待機している。響く足音は――ひとつじゃない?

「二頭だ」

「右をやるわ!」

「じゃあ俺は左!」

「皆、目を閉じてください」

冷静な晶の一声に、慌てて目を閉じた。目蓋ごしにも分かるほどの、激しい閃光が炸裂《さくれつ》する。

「ピギャアアア!」

渾身《こんしん》の光魔法が直撃したワイルドボアたちは、刺すような痛みに悲鳴を上げている。その隙に真っ先に立ち直った奏多が弓を連射した。両目を深く射抜かれた右側のワイルドボアが地面に倒れたところで、美沙は水球《ウォーターボール》をぶつけた。虫の息を完全に止めるため、頭部を水で覆って窒息を狙う。

ビクン、と痙攣《けいれん》した後でワイルドボアはドロップアイテムに変化した。

「っしゃ！」

ワイルドボアの四肢を切り裂き、地面に倒れたところで首を落とす甲斐。相変わらずの力技だ。

「あ、毛皮と牙がドロップした！」

「こっちは肉だぜー」

ドロップアイテムにひとしきり盛り上がった後は、ビワ狩りだ。男性陣が見張り役で、女子組の二人でせっせとビワの実を収穫していく。最近ではすっかり値上がりした高級果実のビワである。

我が家のビワは小ぶりだし、熟すのはまだまだ先の話なので、先取りで楽しめるのは嬉しい。

もちろんイノシシ料理も楽しみだ。あいにく今は午後十時過ぎ。この時間から肉料理を用意するのは大変なので、明日を期待することにした。我が家のシェフも腕を振るってくれることだろう。

「ビワのゼリーも作っちゃいましょうか？」

「賛成！　贅沢に丸ごと使っちゃおう」

嬉しそうに晶が耳打ちしてきたのに、美沙は大きく頷いた。

その日は朝から皆、浮き足立っていた。

「楽しみですね、ボア肉」

「ね！　どんな味なんだろうね、ボア肉」

畑のど真ん中で、晶とにこやかに話し合う。甲斐が鶏小屋で餌を与えている隙に、卵を回収している。回収作業が終われば、鶏小屋を光魔法で綺麗に浄化する予定の晶。回収してきた卵は、美沙が一個ずつ【アイテムボックス】に収納していく。これは最近気付いた有精卵の判別方法。【アイテムボックス】には生き物を入れることができないので、収納ができるのは無精卵だけ。それに気付いてからは、奏多の鑑定に頼ることなく、美沙が判定を担当している。

「今日の有精卵はこの三つね。カイ、お願い」

「了解！　ノアさん、ボディガードよろしく！」

有精卵をこっそり巣に戻す作業が、実は一番襲われやすい瞬間らしい。鶏たちをテイムしたノアのおかげで、最近はどうにか生傷を作らずに作業を終わらせることができていた。

「シアン、箱詰め作業は終わった？　うん、ありがとう。じゃあ、余った野菜は私が預かるね」

統率しているシアンにお願いすれば、それらの指示は全て十五匹のスライムに伝わる。

庭の畑で育てている野菜を十五匹のスライムが収穫し、発送分を箱詰めしたことを確認すると、美沙はビニールハウスに移動した。ビニールハウスでは夏野菜やいちごを栽培している。

シーズン先取りの夏野菜はもちろんのこと、我が農園のいちごもかなりの人気を誇っていた。

「んー、すっごく甘いです。幸せ」

一粒摘んで口に放り込んだ晶が、うっとりと微笑する。美沙も艶々に実っている、いちごを指先

で摘んだ。宝石みたいにぴかぴかのいちごは馨《かぐわ》しい。ヘタを摘んで、赤い果肉を頬張ると瑞々しい果汁が口中に溢れた。ほんのりとした酸味とそれを塗り替える甘さに自然と顔が綻んでいく。

これが野菜扱いだなんて、いまだに信じられない。

「ほんと美味しいよね。水分たっぷりで糖度も高い。ノーブランドのいちごなのに」

いちごの実はかなり大きく育っている。一口では食べきれないサイズで、贈答用のブランドいちごとして開発された物と比べても遜色のない出来栄えだ。

一粒が五百円クラスと言われるブランドいちごによく似た大きさの我が農園のいちごは、五粒入った1パックを千円で販売している。

甲斐などはもっと高く売ればいいのにと文句を付けてくるが、向こうはブランド品。こっちはホームセンターで投げ売りされていた、ノーブランドの苗から育てた庶民派いちごなのだ。

ポーション水と、晶の光魔法、ノアの土魔法のおかげで元気に育っている。

しかも収穫した後に再びポーション水を浴びせてやれば、収穫をダメージ判定したいちごは再び実るのだ。完熟した状態で。オールシーズン、毎日いちご採り放題の夢のような農園の完成だ。

最初に買った苗の代金なんて秒で取り戻せた自慢の逸品です。

「元手もほぼ掛かっていないのに、これ以上の高値をつけるのは申し訳ないよ」

「ふふふ。ミサさんは優しいですね。私は美味しいいちごをたくさん食べられて満足ですけど」

甘いミルクを舐める子猫のように晶は幸せそうに好物を味わっている。

この笑顔を見たくて、いちご畑を三倍に拡張して良かった、としみじみ美沙は思う。

栄養たっぷりで美味しい野菜の売れ行きは順調だし、口コミでかなりの評判を呼んでいる自慢のいちごも同じく大人気。初期投資のみで稼げているので、うちの農園は安泰だ。

「ほぼ自給自足生活で仕事は楽しい。遊ぶ暇もないから、貯金はどんどん増えていくし」

嬉しいけれど、ちょっと怖い。反動で無駄遣いをしないように気を付けなければ。

甲斐に呼ばれて、晶が鶏小屋に向かう。鶏小屋ではノアが甲斐の肩に乗って彼女を出迎えていた。甲斐は喜んで『ノアさん』の足代わりに使われている。幸せな下僕一号だ。

「さて、箱詰め作業も終わったし、自分たち用のいちごも収穫済み。ポーション入りの水やりを済ませたら、カナさんのお手伝いに行かなきゃね！」

本日の昼食は、たくさん狩ったワイルドボア肉がメインのバーベキューなのだ。

◇◆◇

お待ちかねの昼食時間。待ちきれない四人は少し早めに庭に出揃った。

本日は牧場が休みの甲斐は、昼から飲む気満々だ。午前中の間に皆、それぞれの仕事を片付けてあるので、午後からは完全フリー。これはもう宴会をするに決まっている。

ボア肉は四階層で三時間以上ねばったおかげで、塊肉だけで二十個以上は確保していた。この日のために購入した業務用のバーベキューコンロでたっぷりと焼肉を堪能する予定である。

「炭火とガス兼用のコンロだけど、せっかくだから炭火で食べることにしましょう」

「賛成！　炭火で焼いた肉はめちゃくちゃ美味いんだよなー！」

火加減は立候補した甲斐に任せて、美沙はお酒の準備をする。

今日はバーベキューの予定なのでビールをたくさん【アイテムボックス】から取り出した。タライいっぱいの氷の山に瓶ビールを次々と突っ込んでいく。

「福引きで当てたクラフトビールの詰め合わせを初出しだよ。どんな味か、楽しみ」

「缶ビールは納屋の冷蔵庫にもあるわよ。カクテルが飲みたくなったら、注文してね？」

久々に腕を振るってくれるつもりなのか。本日の奏多の装いは『宵月』時代のバーテンダー姿だ。

「カナさんのカクテル？　もちろん飲みたいです！」

納屋ではノアがソファでゆったりと寛いでいる。彼女の前には、もちろん特製のボア肉料理が捧げられていた。猫用の減塩かつおぶしで出汁を取り、じっくりと茹でたボア肉を食べやすいようにカットしてある。足元ではスライムのシアンがボア肉入りの野菜炒めを美味しそうに消化していた。

「他にも、豚汁ならぬボア汁を用意しているわよ。野菜も肉もたっぷりの味噌風味で」

「もう匂いだけで美味しいって分かるやつ」

「デザートのビワゼリーも冷蔵庫に入れておいたよ、カナ兄」

「ありがと、アキラちゃん。もっと時間があったら色々作ったんだけど……」

残念そうにしているが、充分だと思う。なにせ、メインはイノシシの焼肉なのだ。汁物があるだけで上等だろう。奏多のことだから、締めのご飯物にも凝っているはず。

「おーい、肉が焼けたぞー！」

甲斐に呼ばれて、慌ててビール瓶を抱えて庭に向かう。楽しいバーベキューの宴《うたげ》の始まりだ。

炭火で焼くお肉は美味しい。メインはワイルドボア肉だが、味比べも兼ねてアルミラージ肉とワイルドディア肉も用意している。もちろん、我が家自慢の野菜もたっぷりと添えて。

「シシ肉うめぇな！」

「うん、普通のイノシシ肉よりも食べやすいかも？」

甲斐と晶がさっそくボア肉を味わっている。好評なようなので、美沙もビールで口の中をさっぱりさせて、まずはタレなし塩胡椒のみで、ボア肉を食べてみた。

「ん、ほんとだ。食べやすくて、美味しい。臭いもきつくないし」

「そんなに違うもの？」

「時期とかオスメスの違いもあるんですけど。普通のイノシシ肉の方が、クセが強い気がします」

二枚目は市販の焼肉のタレで食べてみたが、やはり美味しい。

「猪豚《いのぶた》のお肉を昔、食べたことがあるんですけど、ちょっと似ているかも。野生のイノシシ肉よりも柔らかくて甘みが強いんですよ」

「本当ね。これは癖になりそうな美味しさだわ。脂身が甘くて、意外と重くないし」

「焼肉もいいですけど、この肉質はしゃぶしゃぶにも向いてそう」

「ああ、しゃぶしゃぶ！　いいわね、今度はボア肉しゃぶしゃぶにしましょう。たしかに甘い脂身部分を湯通しして食べるのも良さそうだわ。水菜や大葉をお供に食べても美味しそう」

想像するだけで、口の中に涎《よだれ》が溢れそうだ。慌ててビールで飲み込んで、炭火で焼いた野菜で口直しする。自家製の玉ねぎとピーマンがとても美味しい。シャキシャキしていて、生でも甘く感じる自慢のお野菜たちだ。甲斐はひたすら肉を焼いては口に放り込んでいるので、こっそり取り皿に野菜を放り込んでやった。ビタミン大事。

「焼いただけのキャベツがこんなに美味しいのも不思議よねぇ。焼きニンニクは罪の味だし」

「スライスしたカボチャもほっこり甘くて美味しいですよー」

肉の合間にちゃんとお野菜も堪能している。野菜の切れ端は足元で揺れながらおねだりしているスライムのシアンにお裾分け。ちなみに猫のノアは野菜どころか猫草にも興味がないタイプだ。

「ミサさん、とうもろこしも焼けました」

「ありがとう。良い匂い。んんん、あまーい！」

晶が笑顔で焼きとうもろこしを差し出してくれる。ありがたく受け取り、がぶりとかぶりついた。焦げた醤油味も良いが、うちの畑のとうもろこしは何もつけなくても甘くて美味しい。

「ボア肉最高！」

「全くだ。いくらでも食える」

「カイくんはちょっと他の物も食べなさい」

呆れた奏多が甲斐の皿に鹿肉を放り込んでいく。アスパラとニンジンも追加してやろう。

「あー！　ミサ、余計な真似をっ」

「あー、じゃないでしょ。うちの野菜は美味しいの！」

「今日は肉だけで腹を満たしたかったのに……」

文句を言いながらも、甲斐の咀嚼《そしゃく》スピードは衰えない。三種類のダンジョン産のお肉はどれも美味しかったようで、満面の笑みを浮かべている。とは言え、美沙たちも他人のことは言えない。

女子力なんて遠い彼方《かなた》へ放り投げ、セルフでお肉を焼いて美味しく消費するのが最高に楽しくて幸せなのだから。この場では誰もサラダを取り分けろなんて言わないいし、シェアを強要されることもない。お酒も好みの物を好きなだけ飲めるし、お酌も不要。手酌がいちばん！

「お家バーベキュー最高！　また、やりたいね！」

ふわふわした気分で美味しいビールとバーベキューを楽しんだ。途中から奏多新作のボア肉の腸詰が出されてからは、さらにテンションが上がったように思う。

（だって、腸詰だよ？　ソーセージ！　あれって自宅で作れる物だった？）

「すごーく美味しいです、カナさん。パリじゅわっ、て感じで止まらない…おいしい……」

「何が言いたいかは何となく伝わってきたわ。ありがと」

ふふっと奏多が笑う。ボア肉のソーセージを齧りながら飲むカクテルも最高だ。

久々のバーテンダー衣装を身にまとった彼は相変わらず麗しい。

すらりとした長身に贅肉《ぜいにく》は皆無で、スマートな佇《たたず》まいにはうっとりと見惚れてしまう。キラキラした綺麗な色のカクテルが彼の手の中で生まれる様子は何度見ても飽きそうにない。

長く器用な指先は意外と節くれだっている。爪は短く、けれど形良く整えられていて、料理が大好きな人の手だなぁ、と思う。

「迷ったけど、買って良かったわ。業務用のミートスライサー」

「ダンジョンのドロップは、塊肉だもんな。たしかに切るのは面倒そうだ」

「ミンサーも大活躍しているよね、カナ兄」

「時短よ時短。皆、よく食べるもの」

自炊率が高い我が家では、着々と便利な調理器具が増えてきた。どれもとても便利なので重宝している。特にミートスライサーは色々な薄さにドロップした塊肉を切り分けることができる優れものだ。ステーキからすき焼き、しゃぶしゃぶ用の薄切り肉まで、何でもござれだ。

「もしかして、今日の自家製ソーセージも？」

「そうよー。ソーセージメーカーって便利な道具があって、割と簡単に作れちゃうのよね」

調理動画を撮影するので、きちんと経費として計上しているらしい。うちの食事作りにも使うので、シェアハウスの経費にしても良いのだが、自分が欲しい物だからと遠慮されてしまった。

今度、電気圧力鍋を進呈しよう。便利な家電はどんどん導入するべきだ。

「そう言えば最近の動画、ほぼジビエ肉料理だけど、大丈夫なんすか、カナさん？」

「それが不思議と好評なのよね」

「もう様式美ですよね、あれ」

奏多のお料理動画は人気のコンテンツだ。オネェ言葉のイケメンがお酒を飲みつつ、慣れた手付きで料理をするだけでも面白いのだが、どれも酒に合うメニューだと、密《ひそ》かに人気だった。

最近は「今日のメニューはまず新鮮なうさぎ肉を用意してね？」などと初っ端《しょぱな》から飛ばすので「用意できねぇよ」「無理すぎ」などと、お約束のツッコミコメントが入るらしい。なるほど、様式美。

「まぁ、一般家庭はなかなか鹿肉やうさぎ肉は用意できねぇよな」

「ちゃんと最後に鶏肉や他の肉でも代用できるわよ、ってフォローしているのよ？」

最近では調理したメニューを、顔を隠した甲斐が美味い美味いと叫びながら食べる、おまけの試食コーナーも最後にあって、それも好評らしい。食べっぷりが良いので、分かる気はする。

「この自家製ソーセージのレシピ動画も撮るんです？　んんっ、パリッじゅわっ」

「裏庭のハーブや変わった調味料を使っているから、オリジナルレシピになるかしら？」

「なると思う。ボアだけじゃなくて他の肉のソーセージも食べてみたいな、カナ兄」

「そぅお？　じゃあ、考えてみるわね」

「やった！」

試食が目当ての甲斐は大喜びだ。おこぼれを期待して、撮影も協力するつもりのようだ。

用意しておいた肉や野菜は綺麗に完食され、タライで冷やしておいたビールも飲み干された。四階層でボア肉と共に採取したビワのゼリーは口当たりも良く、なかなかの出来栄えだったと思う。

皆にも好評で、これはぜひとも大量に確保しなければ、と盛り上がった。

自分たちで消費するのはもちろんだけど、余分があれば販売も視野に入れておきたい。

「下の階層に行くほど、肉が豪華になるよな。先に進むのが楽しみになってきた」

「その気持ちは分かるけど、命大事に、だよ？」

とは言え、お肉は美味しいし、ダンジョン産の果実も絶品だ。まだ見ぬ五階層はどんなお肉――もとい、モンスターがいるのだろうか。期待に胸を弾ませながら、この日の宴は幕を下ろした。

◇◆◇

意外にも猫は早起きだ。

特に北条《ほうじょう》家の愛猫ノアの若い頃は、早朝四時前からご飯を求めて騒いでいたらしい。

優しく耳元で鳴き、それでも起きなければ前脚でちょいちょいと頭を撫でてみる。起きる様子がないと分かると、ざらざらの舌で顔を舐め、眠っている人間の胸の上で香箱を組むらしい。

長毛種の血が混じっているノアは、和猫と比べても体格が良い。太っているわけではないが、体重は七キロ近くあるので、上に乗られるとじわじわとダメージが蓄積されるようだ。

（しかも、それでも起きなければ、今度は飾っている雑貨や置物を一つずつ床に落としていくんでしょ？　猫さま賢すぎる……）

まあ、起きない下僕――もとい、人間が悪いのだが。

「今日もたくさん卵を産んでくれているねー」

早朝のお散歩を楽しむノアと一緒に美沙は鶏小屋を覗き込んだ。

現在、我が家の鶏は三十羽。雌鶏が十九羽に雄鶏が一羽。残りの十羽はここで生まれたヒヨコちゃんたちだ。有精卵から孵《かえ》した黄色いふわふわの生き物はとても愛らしい。

ピヨピヨと可愛い声で鳴きながら、なぜかノアの腹の下に潜り込もうとする。

少し迷惑そうな顔をするものの、器の大きな三毛猫はヒヨコたちの好きにさせていた。

「こっち側に産み落としているのが無精卵。で、さっそく温めているのが有精卵？」

「ニャーン」

ノアがそうだと教えてくれる。最近は鶏たちも賢くなったのか、採卵しやすいように、産み分けてくれていた。有精卵は奥の巣で、無精卵は拾いやすいよう小屋の手前で産んでいる。

「うちの子が賢いのはポーションのおかげかな。それとも、ノアさんがテイムしたから？」

何にせよ、手間が省けたのは嬉しい。卵を回収し、新鮮なポーション水と餌をあげた。いつもは甲斐の仕事だが、あいにく昨夜飲み過ぎたらしく、まだ起きてこないので代理でお世話する。

「今日の卵は十六個。朝ご飯は卵かけご飯にしよう」

毎日新鮮な卵が手に入るので、朝食には必ず玉子料理を出している。今日は和食の日なので、出汁巻き玉子と迷ったが、せっかく新鮮な卵なので、生で食べようと思う。

「朝食のメニューを決めるのは、朝食当番の特権だよねー。おかずは野菜たっぷりのお味噌汁と新鮮サラダ、鮭の西京焼きにしよう」

鮭は野菜やダンジョン産のビワ、鹿肉をお裾分けした際にご近所さんから貰った。魚介類はダンジョンでは手に入らないので、お魚のお礼は嬉しい。ご近所さんもそのあたりを何となく把握しているのか、最近のお返しはお米と魚介類が多かった。

昨夜は昼間のバーベキューの余韻のまま、夜もたくさん飲み食いしたので、美沙以外の三人はまだ起きてこない。眠る前にポーションをしっかり飲み干した美沙だけは、二日酔いから逃れることができたようだった。仕方がないので、全員分の朝食を用意することにした。

鼻歌交じりに冷蔵庫の中身を探る。タッパー入りのお惣菜《そうざい》は『ご自由に』とのメモ付きだ。

「あ、カナさんの作り置きがある。ごぼうのキンピラ、ニンジンしりしり、ほうれん草の胡麻和えかな。美味しそう。ああ、半熟卵の醤油漬けもある……！　これ、ご飯泥棒なんだよねー」

うさぎ肉を使ったミートボールは絶品だし、酢豚ならぬ酢鹿はここでしか味わえない。蓮根《れんこん》入りの肉団子にした鹿肉は、シャキシャキの食感と甘酸っぱい餡《あん》との相性が抜群の逸品。

「そうそう、カナさん自慢の糠漬けも切り分けとかなきゃね！」

糠漬け作りの天才である、ご近所のおばちゃんから分けてもらった糠床から野菜を掘り出した。ご機嫌窺いが難しい糠床を大事に育てて、美味しい糠漬けを作れるようになったのは、奏多の頑張りが大きい。おかげで、美味しい漬物がいつでも味わえる。

「大根とニンジン、キュウリとナスを切っておこう。どれもよく漬かっていて美味しそう」

一杯目は卵かけご飯、二杯目は漬物を添えた白飯で。鮭の西京焼きもお米泥棒だから、三杯は軽くいけそうだな、と美沙は頷いた。

お味噌汁の具材を切っているところで、晶が起きてきた。少し眠そうにしていたので、ポーションを手渡してあげると、笑顔で飲み干した。腰に手を当ててのドリンクスタイルだ。

「頭がスッキリしました。ポーションがあると、二日酔い知らずですね」

「おかげで、ついつい飲み過ぎちゃうよね」

美味しいお酒を水みたいに飲むのはもったいない。普段は飲み過ぎないようにとセーブしているが、宴会時はどうしても過ごしてしまう。ご飯が美味しいと、お酒が進んでしまうのも困りもの。

「サラダ、作りますね」

「アキラさん、ありがと。助かる。冷蔵庫にカナさん作のドレッシングがあったと思う」

「グレープフルーツ味の！　あれ美味しいですよね。市販して欲しいくらい」

「仄《ほの》かに苦い風味が不思議と癖になるよね」

女子二人でのんびり朝食を作り、テーブルに皿を並べたところで甲斐が起きてきた。

「悪い。爆睡していた。鶏に餌をやらないと」

「おそよう。何て顔なの、ほらポーション。あと、お水と餌はあげておいたよ。卵も確保した」

「助かったよ、さんきゅ」

そういえば昨夜の甲斐は調子に乗って、ビールの他にも焼酎をたらふく呑んでいた。

「鶏小屋は先に掃除しておきましたよ」

「さすがアキラさん。カイ、お返しは山の手入れの手伝いで良いよ？」

「ううう、借りがデカい……分かったよ……」

面倒な仕事を押し付けることができて上機嫌でいると、愛猫に先導されて奏多がキッチンに現れた。いつもは綺麗に整えられた髪が、今朝は何と寝癖付き！

ポーションを放ると、寝ぼけ眼ながら、しっかりと受け取ってくれた。

「カナさんも二日酔いなんです？　珍しい」

「ポーションありがと。効くわー」

一息でポーションを飲み干した奏多が笑顔になる。うん、いつものキラキラだ。寝癖は付いているけれど。あと、妹と全く同じ、腰に手を当ててのドリンクスタイルには笑ってしまった。

「久々のバーテンダー業が楽しすぎて、色々と作り過ぎちゃったのよね」

「ああ、なるほど。分かります。私も楽しすぎて、飲み過ぎたから。どれも美味しかったなぁ」

シェアハウスの住人が全員揃ったので、手を合わせて朝食だ。

炊き立てご飯に生卵の組み合わせは、とてもテンションが上がる。いつもはお味噌汁から手を付ける皆も、今日ばかりは真っ先に卵を割った。卵かけご飯と一言で言っても、好みはそれぞれ。黄身と白身を分けて混ぜる派。黄身だけで食べる派。どれも有りだと思う。

ちなみに美沙は生卵を割り入れ、胡麻油とお醤油を垂らし、味付け海苔を散らして食べるのが好きだ。わしゃわしゃと混ぜながらワイルドに食べるスタイルだ。明太子《めんたいこ》や納豆などを入れるのも大好きだが、なぜかいつもシンプルに食べてしまう。きっと卵が美味しいからだろう。

皆も鰹節《かつおぶし》や高菜を載せたり、黒胡椒とチーズで食べる強者もいる。奏多は最近、イカの塩辛載せという贅沢メニューに凝っているようだ。まあ、美味しければ何でもいい。

本日は全員、午後からはフリー。甲斐の牧場での仕事もお休みだ。

「午後から夜まで、たっぷりとダンジョンにこもろうぜ！　せっかくの休日だし」

朝食を平らげて上機嫌の甲斐からの提案に、皆は苦笑まじりに頷いた。いつの間にか輪に加わっていたノアも参加するつもりらしく、ゆらりゆらりと優雅に尻尾を揺らしている。

「じゃあ、お弁当をたくさん作らないとね」

午前中の予定に、お弁当作りが追加された。

第十四章◆ダンジョンキャンプ

「なあ、今日はダンジョンで一泊してみないか？」

午前中の仕事を終わらせ、ダンジョンで食べるお弁当やおやつを何にしようか、と楽しく北条《ほうじょう》兄妹と相談していた美沙《みさ》は唐突な幼馴染みの提案に驚いた。

「ダンジョンに一泊？　え、泊まるつもりなの、ダンジョンに？」

「おう、ダンジョンキャンプ。各階層にセーフティエリアもあるし、楽しそうじゃね？」

「それは楽しそうかもとは思うけど。私、テントとか寝袋、持っていないよ？」

牧場のバイトから正社員へと昇格した甲斐《かい》は本日午前勤のみ。明日は休日なので、ダンジョンキャンプとやらを思い付いたのだろう。

が、サバイバルキャンプを趣味にしている男とは違って、他の三人はアウトドア未経験者なのだ。

初めてのキャンプがダンジョン。ハードルが高すぎないか。

「ミサは【アイテムボックス】でベッドを持ち歩けるから、平気だろ」

たしかにベッドは収納スキルで持ち歩けるが、ダンジョン内でマイベッドを使いたくはない。

きっぱりと断ろうとしたところで、意外なところから反応があった。

「面白そうだから、やってみたいです。ダンジョンキャンプ」

「えっ？　アキラさん本気？」

「素材ならたくさんあるから、作れそうなんですよね。色々と」

悪戯っぽく笑う妹の隣で、兄の奏多《かなた》がやれやれ、という風にため息を吐く。

「素材って、もしかして」

「裏山のお手入れで間伐した材木です。あとはドロップアイテム素材を使えば、たぶんキャンプ用品も作れると思います。試してみたいなぁって思って……ダメ、ですか？」

おずおずと期待に満ちた眼差しを向けられて、断れるわけがない。

「サンプルを見せてもらえたら、作れると思います。細かい調整は必要ですけど」

「すげぇな、アキラさん！　キャンプギアの雑誌があるから、持ってくる！」

途端に顔を輝かせて語り出す二人。こうなっては割って入るのは難しい。キャンプに必要な道具作りは彼らに任せることにして、美沙は奏多とダンジョンに持ち込む食材を相談することにした。

「昼食を食べてからダンジョンに行った方が良いのかな。カナさん、どうします？」

「せっかくだから、昼食も向こうで食べましょうか。夕食のメニューに悩むわね」

「うーん。キャンプなので、それっぽいメニューが嬉しいかも」

アウトドア未経験の身ではバーベキューやカレーくらいしか思い付かない。

「ふふ。せっかくミサちゃんから貰ったことだし、ホットサンドメーカーで色々作ってみたいわ」

そういえば、くじで当たった猫ちゃんホットサンドメーカーを奏多に進呈していた。

「ホットサンドいいですね。食パンあったかな……？」

お米と食パン、パスタや焼きそばが【アイテムボックス】に収納されているか、ざっと確認する。

土鍋やスキレット、バーベキュー用のコンロや卓上のガスコンロなど、思い付いた物を片端から収納していった。野菜やダンジョンで得た肉は売るほど【アイテムボックス】内にある。

奏多が愛用しているスパイスボックスも忘れずに収納した。

野外調理用のテーブルは蔵で眠っていた物で代用する。調理後は食卓に使えば良い。古いベンチを収納内で発見したので、これも使うことにした。蔵の中の不用品が役に立つのは嬉しい。

黙々と準備をしていると、晶《あきら》がキッチンに顔を出した。

「ミサさん、錬金作業をしたいので素材を出してくれませんか」

「いいよ。庭でいい？　何がいるのかな」

頑張ってレベルを上げたため、実は美沙のスキルレベルはかなり上がっている。

最初は我が家の蔵二棟ほどの容量しか収納できなかったが、今では首都にあるドームサイズの収納量を誇っていた。

二人で庭に出て、ご所望の木材やドロップアイテムの毛皮やツノ、牙などを広げたブルーシートの上に置いた。ついでに不用品の家具類も。蔵で眠っていた古いソファや壊れた炬燵などだ。

そこへ甲斐がキャンプ道具を抱えてやって来た。手早く、テントや寝袋を並べていく。

「寝袋を【錬金】スキルで作るの？」

「アウトドア慣れしていないし、寝袋よりもコットの方がいいかもな」

「コット？」

「これ。簡易ベッドみたいなやつ」

折り畳み式のベンチに似た道具がコットと言うらしい。寝返りは打てそうにないけれど、地面に横になるよりは快適に眠れそうだ。ベッド以外にもベンチや荷物置きとしても使えるらしい。

「うん、これなら作れると思います。少し大きめのサイズで錬金してみますね」

使えそうな材料を素材化する晶。スキルを使う姿は、何度目にしても不思議な光景だ。

今回はパイプ椅子とアルミラージの毛皮を使うようだ。

浄化魔法《クリーン》で汚れを落とすと、それらに手をかざし、スキルを発動する。金属部分が形を変えてコットの骨子を形作っていく。身を横たえる部分はアルミラージの毛皮を張り付けて。

ラビットファーの寝床とは、贅沢なベッドだ。

「できました。こんな感じでどうですか」

「相変わらず見事だね。寝心地を確認してみても良い？」

折り畳めるようになっているのがすごい。元のコットよりも幅が広く、眠りやすそうだ。

「ちゃんと横になれるし、背中も痛くないよ。寝心地も良いし、すごいね！」

枕とブランケットを用意すれば、充分に立派なベッドだと思う。羨ましそうな顔をしている甲斐に気付いて、晶は四人分の特製コットを【錬金】のコピースキルで作ってくれた。

この簡易ベッドがあれば、マットやシートを用意する手間も省ける。

「蔵の中の不用品が再利用できるのがありがたいな。アキラさんに感謝だね！」

「私も練習になるし、楽しいです」

いずれ邪魔になったら【アイテムボックス】内のゴミ箱に捨てる予定だった物が、こんなに素敵に再利用されるなんて！

「アキラさん、もしかして、でっかい天幕とか作れる？　モンゴルのアレみたいな」

コットの出来栄えを目にして、興奮した甲斐が晶に詰め寄っている。

「モンゴルのアレ？　ああ、ゲル？」

首を捻りながら、美沙がぽつりと呟くと、勢いよく頷かれた。

「そうそれ！　せっかくだから、あれに泊まりたくないか？」

「まあ、たしかにゲルにはかなり心惹かれるかもだけど」

「モンゴル、ゲル……」

スマホで検索したゲルの画像を眺めて、晶は何やら考え込んでいる。

「できないことはない、ですね。ミサさん、ワイルドボアの毛皮、大量に余っていましたよね？」

「あ、うん。売るほどある。買い手は今のところないけど」

鹿皮はバッグやリュックなどの革製品として大人気だが、イノシシの毛皮はいまだ使い道を決めかねている。お肉欲しさに狩りまくったため、在庫は大量にあった。

【アイテムボックス】からありったけのボアの毛皮を取り出すと、破顔する晶。

「うん、できそうです。あとは木材も使いますね」

木材を支柱にして、テント生地はボアの毛皮を加工して使うのだと言う。

完成形のまま【アイテムボックス】に収納すれば、面倒な組み立て作業は不要になる。

これだけのサイズの物を錬金するのは初めてなので、晶は少し緊張しているようだ。

それ以上に楽しそうなのは、物作りを好む職人ならではの性分なのだろう。

「いきます。……錬金」

ぱあっと辺りに柔らかな黄金色の光が放たれる。晶が使う光魔法と同じく、まぶしいけれど優しい、暖かな光だ。目を閉じて、ゆっくりと目蓋を押し上げた先には、既に完成した天幕があった。

「すごい。ちゃんとゲルになっている。立派なドームテントだね」

「かっけぇ！　アキラさん、ほんとすげーな！」

ワイルドボアの毛皮を使ったはずなのに帆布のような手触りの天幕なのがとても不思議だったが、六角形のゲルの中は広くて快適だ。テントとは思えない、十二畳くらいの広さがある。

「四階層のセーフティエリアは広いから、この天幕も余裕で張れそうだね」

地下に降りる階段の前、森林フロアにあるセーフティエリアなら、キャンプ気分も満喫できるだろう。深い緑の森の中なので、のんびりするのも悪くはないかもしれない。

「セーフティエリアでこのドームテントを設置したら、快適に過ごせるようにブルーシートを敷きましょう。土足厳禁にしたいです」

「いいね！　可愛いスリッパをお揃いで使おうよ、アキラさん」

キャッキャと盛り上がる女子組と憧れのゲルテントを観賞することに余念のない甲斐。様子を見に来た奏多が呆れたように叱りつけてくれて、ようやく解散となった。

◇
◆
◇

一泊二日のダンジョンキャンプなので、猫のノアと従魔スライムのシアンも参加する。

鶏小屋の世話だけが心配だったが、晶が【錬金】スキルを使って、何の変哲もなかった水甕《みずがめ》を自動給水器に改造してくれた。

水甕いっぱいに水魔法で作った水を満たし、ポーションを一本混ぜてやれば完成。

ポーションを毎日飲んでいるおかげで、うちの鶏は病知らず。その上、ノアがテイムしている関係か、知能も高い。この見慣れない自動給水器にも、すぐに慣れてくれた。

鶏小屋の掃除も晶が念入りに浄化《クリーン》で綺麗にしてくれたし、餌はたっぷりと準備した。

一泊二日ほど留守にしても充分な備えを終えると、ようやくの出発だ。とは言え、玄関を出て徒歩三十秒の場所である。自宅の固定電話には留守録機能が付いているし、親しいご近所さんには外出する旨を伝え済み。家と蔵の鍵をしっかり確認して、いざダンジョンへ！

「ミャオン！」

今日のノアはやる気満々だ。一階層でのスライム叩きはもう飽きたようで、下へ降りたいと切々と訴えられてしまった。結局、飼い主の奏多が折れて、無茶をしないことを約束して二階層に一緒に降りて行く。一階層はシアンの分裂体が数匹、受け持ってくれるようだ。

(同じスライム同士なのに、いいのかな？)

ポーションは大量に確保しておきたいので、戸惑いながらも、お願いした。

二階層にはアルミラージがいる。額に捻じ曲がったツノを生やした、巨大なうさぎのモンスターだ。ノアよりも大きな個体ばかりなので、得意の猫パンチが効くかどうか。

そんな不安を一掃するかのようにノアは堂々とした様子で地面に降り立つ。突進してくるアルミラージを一瞥すると、その可愛らしい前脚で地面をトン、と踏んだ。

「ギャウッ！」

アルミラージが悲鳴を上げる。地面から突き出た、尖った石の先端に貫かれていた。唖然《あぜん》とする四人の前で、アルミラージの姿が消え、肉と魔石と毛皮が地面に落ちてくる。

「今の、ノアさんの土魔法？」

「にゃあ」

「え、強すぎない？」

「ノアさん、すげぇな」

土魔法とは畑を耕すだけの魔法ではなかったようだ。石の槍《ストーンランス》は硬く、先は鋭利に尖っている。殺傷能力はかなり高そうだ。なかなかに凶悪な使い方をする。さすが、お猫さま。

「ノアさんなら、二階層も余裕だね……？」

「じゃあ、私がノアさんと二階層でうさぎ狩りをします！」

晶が嬉々として、立候補。念のためにポーションを多めに渡しておく。

スライムのシアンもドロップアイテム回収役として、二階層に残ることを決めたらしい。

「一時間ごとに休憩は必ず入れるのよ？　スマホのアラーム設定を忘れずに」

「カナ兄、心配性。過保護だよ？」

「当然でしょ。妹なんだから」

「うん、ふふっ。ありがと」

皆の鹿革リュックにはお茶と軽食を詰めてある。

アラーム設定をしたスマホはダンジョンアタック用に作った服のポケットに入れた。

これはスマホ専用のポケットで、衝撃で壊れないように保護してある。ワイルドボアの毛皮には強い物理耐性の効果があるので、晶が【錬金】スキルで合成してくれたのだ。電波は届かないが、時計代わりには使えるし、カメラ機能もお役立ちなので、スマホはダンジョン内でも手放せない。


三階層はワイルドディアとラズベリーの宝庫だ。ここは美沙と奏多の二人組で担当。

甲斐は一人で四階層に挑戦する。ワイルドボアの肉が目当てだ。ドロップアイテム回収担当として、シアンの分裂体が三匹ついていく。スライムの魔石をせっせと食べさせてあげたので、分裂体とは言え、かなり育っている。簡単にボアに潰されることはないだろう。

「カイ、採れるようならビワもお願いね」

「なるべく頑張るけど、あんまり期待するなよ？　メインはイノシシ肉なんだ」

「分かっているけど。あのビワ、評判が良いんだよね。さすがダンジョン産」

個数限定で販売したビワは大好評で、もう売らないのか、と問い合わせが何件も入っている。

「スライムたちが採取できたら良いんだがなー。……ん？　できるって？」

ぺたぺたと触手を伸ばしたスライムが甲斐に何やら訴えている。そういえば、彼らは野菜の収穫に箱詰めまでこなせる、スーパースライムだった。

「カイ、一匹こっちに譲って！　ラズベリー狩りも手伝ってもらう」

「だってさ。どいつか、ミサのところに行ってもらえるか？」

言葉もある程度理解しているスライムたちは大きく頷くように揺れると、一匹がこちらに飛び跳ねるようにやって来てくれた。

「ありがと。ラズベリーの収穫を手伝ってくれる？」

ふよん、と揺れるスライムが可愛い。ほんのり冷たくて、すべすべした表面をひと撫でして、甲斐を笑顔で四階層に送り出す。

「無茶したらダメだよ？　一人なんだから」

「分かっているって。命大事に、だろ？」

「当然よ。ちゃんとポーションは持った？　十二時に四階層のセーフティエリアに集合だからね」

ランチタイムに集合して、野営の準備と昼食を済ませる予定だ。

それまでは各自レベルアップとドロップアイテム狙いでモンスターハントをする。

「じゃあ、私たちも移動しましょうか」

「そうですね。とっておきの狩り場に行きましょう！」

奏多と連れ立って森を歩いていく。目的地は、ラズベリーの群生地。

ラズベリー狩りはもちろん、美味しい果実を狙って寄ってくる鹿狩りも兼ねている。ヘラジカ並みの巨体を誇るワイルドディアは、図体《ずうたい》の割に小さくて甘酸っぱいベリーが大好物なのだ。

「あのラズベリーはすごーく美味しいから、気持ちは分かるんですけどね」

「この二日でたくさん収穫しましょうね」

「ラズベリージャムを作りたいし、果実酒にも挑戦したいから、頑張ります！」

庭の梅が実ったら、梅酒を漬けるついでにラズベリー酒も作りたい。美沙が提案すると、奏多も乗り気になってくれた。ビワも漬けてみたいわね、との一言で結局色々と試してみることになった。

我が農園自慢のいちご酒もそのうち作る予定。

「どんな味になるのか、今から楽しみですね」

「ふふ、そうね。美味しくできたら、カクテルに使わせてもらおうかしら？」

「カナさんオリジナルカクテルですね。楽しみです！」

ウキウキしながらも、しっかり水魔法で立ちはだかるワイルドディアを倒していく。

水の刃《ウォーターカッター》は殺傷力の高い、強い魔法だ。多少外しても、かなりのダメージを与えることができる。

こちらに突進してくる寸前に奏多が目を射てくれているので、首を落とすのは簡単だった。

「残念。お肉じゃなかった。でも、綺麗な毛皮と魔石をゲットですよ」

しっかり回収して【アイテムボックス】に収納する。

ワイルドディアのドロップは、肉が当たり、毛皮は嬉しい、ツノは残念、というイメージだ。ツノの使い道が少な過ぎて、大量のドロップ品が【アイテムボックス】内で眠っている。

一応、晶の【錬金】スキルで合成はできるのだが、皆の武器はもう上限まで合成が済んでいた。

「包丁やハサミに至るまで、アキラちゃんが合成してくれたから、切れ味抜群よね」

「ですね。このツノが売れたら良いんですけど、さすがに難しそう……」

オブジェにしたら格好良さそうだが、いかんせん場所を取る。物好きな人が買ってくれるかもしれないが、出処を説明できないし、発送するのも大変そうなので諦めた。

「まぁ、そのうち使い道もできるわよ、きっと」

「アキラさんのレベルアップに期待ですね」

他愛ないお喋りを楽しんでいる間に、目的地に到着した。ラズベリーの群生地だ。大きめのカゴを取り出して、さっそくラズベリーを採取していく。その間、奏多は弓を構えて周囲の警戒だ。

ワイルドディアがベリーを堪能しようと、木々の隙間からひょっこり顔を出そうものなら、いつでも矢を叩き込めるように。

頼もしいボディガードに見張りを任せて、美沙はスライムと共にラズベリーを摘んでいく。あるだけの実をさらえても、しばらくするとリポップする光景は、何とも不思議で見惚れてしまう。

こっそり一粒、口の中に放り込んで味を見たが、相変わらずの美味しさだ。ワイルドディアも順調に狩れている。四頭目がようやくお肉を落とした。これはモモ肉だ。かなり大きい。

「カイくんの火魔法でこんがりローストにできないかしら？」

見事なモモ肉を前に、奏多が思案顔。立派な肉だったので、気持ちは痛いほど分かる。

「たぶん、炭になるので試さない方がいいかと。お肉がもったいない」

我に返った奏多がそうだったわね、と諦めた。

魔力の微調整が苦手な甲斐は、全力で火魔法を使うのだ。

「ワイルドボアで焼き加減の練習をしてくれていたら良いんだけど」

ともあれ、今は採取だ。美味しい果実酒のために、美沙はせっせとラズベリーを摘んでいった。

◇◆◇

約束の十二時の十分前にアラームが鳴った。ラズベリーを摘んでいた手を止めて、スマホをタップする。奏多も同じようにスマホを操作しながら、こちらへ歩いて来た。

「ちょうど十五頭を倒して、キリ良くお肉をゲットできたところよ。撤収できそう？」

「私はいつでも。あ、荷物預かりますね」

奏多からドロップアイテムの鹿肉と魔石、毛皮を預かる。採取したラズベリーを入れたザルとバスケット類は既に【アイテムボックス】に収納済みだ。

ぽよぽよと揺れながら寄ってきたスライムを抱っこする。

「ラズベリー狩りのお手伝い、ありがとね。あとでおやつをあげよう」

言葉が分かるスライムは嬉しそうに上下に揺れている。二人前後に並んで三階層を進んで行く。

次の階層への入り口は北だと分かっているので、今は全員が方位磁針を持っていた。

「イヤねぇ。階段の前に大きいのが陣取っているわ」

ちょうど四階層へ続く階段の手前に、大きめの個体のワイルドディアがいた。あれを倒さないと先に進めない。無言で弓を構える奏多を制して、美沙はその腕にスライムを預けた。

「カナさん、ここは私が。ずっとラズベリー係だったから、魔力があり余っているんです」

「そぅお？　じゃあ、お願いするわね」

指先に魔力を集中させ、薄く鋭い水の刃《ウォーターカッター》を作っていく。魔法はイメージが大事！　鋼鉄をも切断する強く鋭い水の刃《ウォーターカッター》を、美沙は目前の大鹿のモンスターに放った。ワイルドディアは見事なツノでそれを弾こうとして、立派なツノごと頸《くび》を地面に落とした。

「よしっ！」

「ミサちゃんの水魔法、威力が上がった？」

「毎日の水やりで使いまくっているから、制御が得意になったのかも？　温存していた魔力を思いっきり込めたおかげもあるのかな。それはともかくとして、お腹が空きました！」

「もう、この子ったら！」

優しくデコピンされてしまった。でも、魔力はたくさん使った方が良いと思う。美味しいご飯はお腹を空かせてたくさん食べたい派です。

「あ、ドロップ！　すごく大きくて綺麗なお肉が落ちましたよ」

「お腹のお肉ね。ロースとヒレ？　いいわね。柔らかくて美味しい部位よ。あばらのロースは脂肪が多くて硬めだけど、しっかり煮込んだら旨味たっぷりで絶品よぉ」

「その説明だけで涎が溢れそうです…っ」

くすくすと軽やかに笑う奏多から肉を預かり、【アイテムボックス】に収納する。後は魔石と皮と小さめの巾着が落ちていた。鹿革で作られた十センチほどの大きさの巾着袋だ。

「これもドロップアイテムです？　素材以外が落ちているのは初めて見ましたね。……カナさん？」

じっと巾着袋を見詰めていた奏多が、瞠目《どうもく》する。

「ミサちゃん、この巾着袋。鑑定によると、マジックバッグとなっているわ」

「マジックバッグ……？」

「貴女のスキル【アイテムボックス】と同じく、大量に物を入れることのできる、魔法の巾着袋ね」

「ええっ！　それ、大当たりのレアアイテムじゃないですか！」


約束の十二時、四階層のセーフティエリアに全員が集まった。

色々と報告をしたかったが、まずは拠点作りと昼食の準備が大事。美沙は皆の荷物をせっせと【アイテムボックス】内から取り出して、地面に並べていった。

「じゃあ、私はアキラさんとテント担当ね。カイはカナさんの言う事をちゃんと聞くこと！」

「ハイハイ。分かっていますって」

「じゃあ、テント以外の設営と荷物運びはお願いするわね？　それが終わったら、料理の手伝い！」

「えー……俺、料理なんもできないっすよ」

「刺すくらいはできるでしょ？　ほら、食べたかったら、さっさと働く！」

「うぇぇ」

男子と女子で分かれて、それぞれ忙しく立ち働く。ちなみに同じ女子組のはずの猫のノアは、甲斐が置いた折り畳み式のチェアに飛び乗り、優雅にお昼寝中だ。スライムのシアンは自身の分裂体を回収して合体。今はのんびりと揺れながら、ご主人さまの足元で寛いでいる。

「アキラさん、テントはここに設置でいいかな？」

「うん、なるべく階段寄りの場所がいいと思います。安心して眠れそうだし」

セーフティエリアとは言え、ギリギリの場所に設置するのは落ち着かない。

場所を決めて【アイテムボックス】からゲル風の大きなドームテントを取り出して設置する。

狙った場所にピタリと置けると気分が良い。

ちゃんと庭で組み立てた状態で出し入れが可能だと分かり、美沙はホッとする。この大きさの天幕をダンジョンキャンプの度に組み立てるのは、いかにも大変そうだったので。

「ゴージャスなテントに泊まるの、楽しみだね」

ドームテントの中は広々としているが、下は何もない。地面が見える。簡易ベッドのコットで眠る予定なので、別に下が地面でも問題はないが、どうせなら寛げる空間にしたい。

「防水を兼ねて、ブルーシートを先に敷きますね」

ブルーシートは大量にある。蔵の中に折り畳まれて眠っていた。花見の際や田植えの後に集まって宴会をする際にレジャーシート代わりに使っていた年代物だ。

親戚やご近所で集まり、庭や空き地などでご馳走とお酒を持ち寄って騒いでいた時代の名残。若い人が田舎から離れ、親戚やご近所さんで集まることも減って、使われなくなってしまったブルーシートをダンジョンキャンプで再利用する。

「この上に毛皮でも敷きます？　ラビットファーだと座り心地最高ですよ」

「売り物だからもったいないけど、たしかに座り心地は最高だよね、ラビットファーのラグ」

「ちゃんと浄化《クリーン》で新品同様に綺麗にできるので、気にせず使っちゃいましょう！」

誘惑に負けて、ラビットファーのラグを使うことにした。入り口の靴を脱ぐスペース以外はブルーシートとラグを重ねて敷いていく。

ドームテントの中央には、こちらも蔵で眠っていた年代物のソファを置いた。

「ソファにクッションは必須ですよね」

笑顔の晶がラビットファーをカバーにした、贅沢なクッションを四つ並べていく。

「フカフカで気持ち良い……」

撫でると、とても心が落ち着く。寛ぎスペースだから、これはありかもしれない。ぼんやりとクッションを撫でていると、いつの間にかノアが寄って来てニャアと鳴いた。

「ノアさん？」

ちらりとこちらを一瞥すると、ひょいっとソファに飛び上がり、ラビットファークッションにどっしりと寄り掛かってお昼寝の体勢だ。

「さすがノアさん。快適な場所を見つけるのが得意な天才ニャンコ」

「あのクッションがお気に入りなんですよね。そのうち、ラビットファーでキャットタワーでも作っちゃいましょうか？」

「高額なキャットタワーになりそうだけど、ノアさんは喜ぶだろうね」

いっそ猫ブームに乗っかって、高級キャットタワーで売り出すとか？

「ミサさん、全員分のコットを並べましょう。四隅に離した方が落ち着いて眠れますよね」

「だね。さすがに距離は欲しいかも。あと、着替えとかは交代でテントを使う？」

「その問題がありましたね……。目隠し用のパーティションをすぐに作ります」

それは、すぐに作れるレベルの品なのだろうか。美沙が疑問に思っている間に、請われるまま渡した素材を使って、晶は宣言通りに見事なパーティションを四つ、さくっと作ってしまった。

「うん、ちゃんとコットも隠れているね。寝顔や寝相を気にしなくて済むし、着替えもできる。さすがアキラさん、ありがとう」

「ついでに外にトイレも作ってきます」

「あっあっ、それは大事……！」

慌てて晶の後を追いかけて、テントからも調理場からも離れた場所に仮設トイレを設置した。

これは農作業用の簡易トイレで、納屋の裏に放置されていた物を再利用している。

浄化《クリーン》でピカピカに磨き上げ、錬金スキルで壊れた箇所も直しているので、きちんと使えるようになった。下水道がない場所にも設置ができる、洋式の簡易水洗トイレだ。

「トイレの隣に手洗い場もあった方がいいかな？」

「ああ、私は浄化《クリーン》が使えるけど、皆は手洗い場が必要でしたね」

晶が木材で簡易シンクを作り、美沙は水道代わりのウォータータンクを置いた。二十リットルは入るサイズなので、手洗いには充分。タンクの中身をいっぱいにして、トイレと洗面所は完成だ。

トイレットペーパーを補充し、ウォータータンクの側に手拭き用のタオルを何枚か重ねて置く。

「うん、いい感じ。設置も終わったし、料理の手伝いに行こうか？」

「……はい」

あれだけ器用な晶だが、料理だけは不得意なのが不思議で仕方がない。

「アキラさん、お皿を並べてくれる？　私はセンスがないから、盛り付け担当もお願い」

「！　はい、がんばります！」

ぱっと顔を輝かせる晶の笑顔が眩しい。

奏多の助手は自分が頑張ろうと考えながら、美沙は二人で仮の炊事場に向かった。


「調理台、もう少し増やしますね？」

「了解。こっちに木材を出しておくよー」

炊事スペースが狭いことに気付いた晶が、さくさくと木製テーブルを錬金する。

（錬金ってＤＩＹも含まれるとは思わなかったよね……）

木材や布類、合金類を素材化し合成し直して、晶は様々な物を作り出す。テーブルや収納棚はもちろん、男子組が住んでいる母屋の和室を洋室にリフォームしてくれたのも、彼女だった。

古民家の壁を補修し、お散歩用のキャットウォークも取り付けた。屋根裏部屋もドロップアイテムを使って合成補強の上、綺麗にリフォームをしてくれた。今では立派な書斎になっている。

すっかりＤＩＹにハマった彼女の次の狙いは、蔵のリフォームらしい。

大量に押し込められていた荷物は既に【アイテムボックス】に移動させているので、今はダンジョン入り口のドアがぽつんと置かれているだけなのだ。

ダンジョンへのドアが下手に目立つのもどうかと思うので、蔵の中をもう一つの隠れ家として改装しようと皆で相談していた。いっそ、作業部屋にリフォームするのも良いかもしれない。

最近の彼女の一番の大作は庭に作ってくれたウッドデッキだ。

母屋の廊下、昔は縁側があったのだが、木が腐って撤去したのだ。それと同じ場所に、晶が新しく立派なウッドデッキを作ってくれた。

根腐れしにくいよう処置をして、さらに屋根付きの豪華なウッドデッキに。椅子とテーブルセットも設置しているので、畑仕事に疲れた際にのんびり休むことができる。

日向ぼっこにもベストな場所らしく、ノアやスライムたちも気持ち良さそうにお昼寝していた。

「こんなにたくさん作ってくれてありがたいけど、アキラさん疲れてない？」

「全然。むしろ色々と作れて、すごく楽しいですよ。スキルも上がって嬉しいし」

兄譲りの美貌を悪戯っぽく綻ばせて、ウインクひとつ。クールな美女なのに仕草や表情が可愛いとか、そりゃあお兄ちゃんも妹に甘くなるよねと納得した。

「鹿革リュックやバッグ類も、材料さえあれば五分もかからずに作れるようになりました。ラビットファーの小物やクッションなんて、一瞬ですよ。スキルの影響か、普通の素材を使ったお裁縫も倍のスピードでこなせるようになりました」

「アキラさんがいつの間にか製作系チート能力者に」

「いえ、さすがにそれは。一度、ちゃんと自分の手で作ったことのある物に限られますし。それなりの制限はありますよ？」

「充分すごいと思う。私も【アイテムボックス】のスキル、たくさん使っているつもりだったけど、いつレベルアップするのかな……」

「え、ミサさん、かなり収納量が増えていませんでした？」

「収納量は増えたけど、こう、他にも便利な機能が付いたら嬉しいなーって」

もだもだとおしゃべりしながらテーブルに食器類を並べていると、奏多に叱られてしまった。

「ほら、いつまでおしゃべりしているの？　暇ならこっちを手伝って！」

「はーい。ごめんなさい、カナさん」

業務用のバーベキューグリルでは、ワイルドボアの串焼きが炙《あぶ》られている。せっせと串打ちをしているのは甲斐だ。奏多は卓上コンロを使い、ホットサンドメーカーで調理中。

「適当にあと二品くらい作ってくれる？　アキラちゃんはサラダをお願いするわね」

「サラダなら……？」

「了解です！　アキラさん、サラダ作り、手伝うよ。あと一品は主食系がいいかな」

午前中に奏多が仕込んでいたミネストローネは【アイテムボックス】に収納しているので、食事の直前に配膳しよう。自慢の野菜をたっぷり使ったミネストローネは絶品だ。市販のトマトジュースやホール缶ではなく、うちで作ったトマトを使っているので濃厚な味が楽しめる。

「コールスローサラダにしようか。キャベツにキュウリ、ロースハムの代わりにアルミラージ肉のハムを使ったら美味しそうだし」

「あ、鶏ハムならぬ、うさぎハムですね。いいかもです！」

アルミラージ肉は定期的にご近所さんに配っているが、まだまだ大量に在庫がある。

山盛りの唐揚げを四人がかりで大量に揚げて、作り置きとして【アイテムボックス】に収納しているが、それでも使い切れなかった。

最近はサラダハム作りでどうにか消費している。塩と砂糖と胡椒を肉にすりこんで寝かせ、くるくるとラップで巻いた物をアルミホイルに包んでお湯を通すだけなので、とっても簡単。

鶏の胸肉を使ったサラダチキンと変わらぬヘルシーさで、しかも鶏肉よりしっとり柔らかくて美味しいと、ご近所さんでも大好評のうさぎハムの出来上がりだ。

「コールスローサラダのキャベツは千切りですか……？」

「あ、ざく切りでいいよ！　食感を楽しもう。キュウリは私が切るねー」

ザクザクと気持ちの良い音を立てながら、晶が慎重にキャベツを刻んでいく。

ボウルに入れたキャベツにはほんの少し塩をまぶして寝かせ、その隙にキュウリを細切りにする。

うさぎハムは指でほぐして、そのままボウルに入れ、あとはマヨネーズとお酢と黒胡椒で味を調える。コールスローサラダは簡単だけど美味しくて、もりもりキャベツを食べられるので、我が家では定番のサラダメニューだ。

「あとは焼きおにぎりにしようかな。串焼き肉の隣で焼けるし」

「いいですね。具は何にします？」

「えーと、収納内にはそぼろ肉と、あ、肉味噌があった。これにしよう」

「肉味噌！　いいですね。鹿肉と味噌味って合うんですよね」

二人して、うっとりとしてしまう。奏多が考えたレシピで作った鹿の肉味噌はとても美味しい。

長ネギにニンニク、生姜、大葉のみじん切りも入っており、味噌は出汁入りの合わせ味噌。

他にも豆板醤《トウバンジャン》や胡麻油など、色々とブレンドされていて、お米泥棒だ。こちらも大量に作り置きしてあるので、心置きなく使うことにした。

「お米は炊き立てがいつでも食べられるように、収納しているからね」

艶々の炊き立てご飯が詰められたお櫃《ひつ》を取り出して、二人並んでおにぎりを握っていく。具はもちろん鹿肉を使った肉味噌で。握ったおにぎりには胡麻油を塗りつけて、串焼き肉の隣に並べた。

炭火の網焼きはフライパンで焼いた物より断然美味しいと思う。

「カイ、こっちの焼き加減も見ておいてね」

「おーう、了解。任せとけ」

火の番は甲斐が適任だ。もともとキャンプ好きで焚《た》き火《び》が趣味なのだ。

火魔法も使えるので、加減を任せるにはちょうど良い。焚き火などの調整は得意なのに、どうして攻撃用の魔法の調整があれほど苦手なのか、不思議で仕方がないが。

焼き上がった肉やおにぎりは大皿に盛り、冷めないように【アイテムボックス】に収納しておく。

「こっちも調理は終わったわ。昼食にしましょう」

奏多の一言で腹を空かせた三人はわっとテーブルに集まった。張り切った晶が大きめに作ったので、木製のテーブルには大量の料理が載せられる。収納から取り出した大皿を置き、ミネストローネ入りの大鍋はテーブル中央に。スープ皿は各自の席の前に並べ、セルフでお願いする。

「いい匂い。カナさん、何を作ったんですか？」

「ふふ。ホットサンドメーカーを使ったおかずばっかりよ。鹿肉ソーセージを大葉とチーズで巻いて、春巻きの皮で包んで焼いたのとか。イノシシの薄切り肉でアスパラとチーズを巻いたのとか」

「なにそれカナ兄。すごく美味しそう……」

「カナさん、すぐにいただきます、しましょう！」

「忙《せわ》しないわねぇ」

「この状況で「待て」は拷問だぜ……」

お腹を減らした子犬のような上目遣いで切々と訴えられた奏多が、苦笑まじりに「召し上がれ」を言ってくれた。「いただきます」の唱和がセーフティエリアに響き渡る。

「これ！　これ、すげぇ美味い！　チーズと肉が絡み合って絶妙」

「ソーセージの春巻きなんて初めて食べたけど、皮がパリッとしていてすごく美味しい」

「アスパラとイノシシ肉も合いますね。ビールが欲しくなる……」

「アキラさん、それは禁句。今はまだ昼間だし、せめて夜ご飯の時に飲もう！」

「飲むのは確定なのね。まぁ、良いけど」

「だって、こんなに美味しいキャンプ飯にビールなしとか拷問ですよ、カナさん！」

「まぁ、それもそうね。酔っ払っても、ポーションでお酒は抜けるし」

ミネストローネにサラダ、焼きおにぎり、ボア肉の串焼き、どれも美味しい。奏多は思いついたキャンプ飯をたくさん作っていたようで、皆で感想を言いながら、賑やかに昼食を楽しんだ。

甘辛く煮付けた厚揚げにボア肉の薄切りを巻いて、胡麻油を塗りつけたホットサンドメーカーでじっくり焼いた料理は特に気に入って、黙々と食べすすめてしまった。

晶はアルミラージ肉を鶏皮風に使った、うさぎ皮餃子が気に入ったようだ。具にもうさぎ肉の挽《ひき》肉《にく》を使い、ニンニクとニラがたっぷり入っており、食欲を掻き立てられる。うさぎ皮餃子ヤバい。

「どれも美味いけど、俺はこのミニピザが気に入ったかな。生地が薄くてパリパリしていてすげー美味い！」

「それは餃子の皮をピザの生地代わりにしたのよ。鹿肉の生ハムとキノコ、アスパラにチーズたっぷり。うちの畑産のトマトソースに、うちの鶏の新鮮卵入り」

これもホットサンドメーカーで作ったらしい。ピザの真ん中で割り入れられた卵はちょうど良い半熟目玉焼き状態で、かぶりつくと、チーズと卵の黄身がとろりと溢れてくる。

行儀悪く手づかみで食べると、最高に美味しいご馳走だ。

「んー、キャンプ飯最高！」

午後からもダンジョンアタックに集中するはずだったのに、お腹いっぱい食べてしまい、しばらく食休みする羽目になったのは反省している。

食後のお茶を堪能しながら、特殊個体らしきワイルドディアが落としたマジックバッグを甲斐と晶に披露する。鹿革の小さな巾着だ。奏多の鑑定によると、容量は二十平方メートルほど。十二畳くらいの部屋の広さを思い浮かべたら分かりやすいだろうか。

「結構、詰め込めそうだな？」

「ですね。三時間ダンジョンでこつこつ狩ったモンスター素材も余裕で収納できます」

「シアンの分裂体スライムたちもドロップ品を集めて持って来てくれるけど、収納力はそんなに無いから、便利そうだよね？」

スライムオンリーの一階層は魔石とポーションしかドロップしないので、テイムしたシアンの分裂体スライムに任せておけば大丈夫だろう。

二階層はアルミラージ。ドロップするのは魔石と肉、毛皮と稀《まれ》にラビットフット。ここもそれほど大物はないので、スライム収納に任せたいところ。

「三階層のワイルドディアのドロップアイテムは大物が多いのよねぇ。鹿皮は折り畳めるけれど、あの大きなツノは厄介だわ。お肉のブロックもありがたいことにビッグサイズだし」

「魔石はビー玉サイズで可愛いんですけどね。それに三階層ではラズベリー狩りも大事なお仕事だから、収納スキル持ちか、マジックバッグは必須です」

「それを言うなら、四階層のワイルドボアだろ！　何せ、肉がデカい。ドロップする牙もかなり重いし、荷物持ちかマジックバッグは欲しいぞ」

結局、五階層へ本格的に挑戦するまでは、四階層でボア狩りに集中したい甲斐がマジックバッグの巾着を使うことになった。腰のベルト部分に吊るせば、収納するにも便利そうだ。

巾着袋は口も小さいし、どうやって大きな品を収納するのかと疑問に思っていたが、収納したい物を近付けるだけで、するんと飲み込んでしまった。

「え、ちょっと怖い……？　間違って、誰かが吸い込まれちゃったりしない？」

「鑑定では、植物以外の生物は収納できないらしいから大丈夫よ」

「あ、そうだった。そこらへんは私の【アイテムボックス】と変わらないんだ」

結局、午後からも同じ組み合わせでモンスターを狩り、採取を頑張ることになった。

◇◆◇

三時のおやつ時間を目処に、美沙は二階層へ向かうことにした。

そろそろ小腹が空く時間なのでおやつの配達とドロップアイテムを回収するためだ。

三階層に奏多を一人残していくのは不安だが、本人に適当に休んでいるから平気よ、と微笑まれてしまったので、後をお願いしてきた。冷静な彼のこと、無理はしないだろうという信頼もある。

行きで目指すのが「北」なら、帰りは「南」の方角だ。

方位磁針で方向を確認すると、美沙は小走りで三階層を駆け抜けて行く。

遠くの気配は無視し、向こうから襲いかかってくる相手だけ水魔法で倒して、ドロップアイテムを拾い集めた。そうして辿り着いた二階層。

「あ、いた。アキラさんとノアさん、シアンも！」

草原なので、目当ての人物も見つけやすい。

巣を見つけたのだろう。珍しく群れでいるアルミラージを、晶と二匹のチームが狙いをつけていた。先に動いたのは、三毛猫のノアだ。

土魔法でアルミラージを攻撃する。土で作られた槍は三匹のアルミラージを串刺しにした。

跳ねて攻撃を逃れた二匹が晶を目掛けて突進していくが、軽々と短槍に貫かれて、消えていく。

ドロップした品をシアンが意気揚々と回収を始めたところで、美沙は皆に声を掛けた。

「アキラさん、ドロップ品の回収に来たよー」

「ミサさん！　かなりの量になっていたので、助かります」

「あらら、ほんと。シアン、お腹がたぷたぷだね……」

二階層のアルミラージは小柄な草食のモンスターだからか、やたら数が多い。

その分、ドロップアイテムは大量に入手ができて美味しいけれど、持ち帰るのは大変だ。胎内に荷物を「入れて」おくことができるスライムとは言え、さすがに今回は量が多すぎたようで。

「シアン、ここで出していいよ？　私が引き取るから」

歪《いびつ》に膨らんだスライムを撫でてやると、とぷりと胎内のドロップアイテムを吐き出してくれた。

一番多いのは魔石で、次は毛皮。お肉もそれなりの数がある。晶が笑顔でアイテムを指さした。

「なんと今日はラビットフットが二つもドロップしたんですよ！」

「それはすごいね！　アキラさん、こつこつと頑張っていたもんね」

「大量にうさぎを狩りましたからね。ソロで集中して狩ると、レアドロップが出やすいのかもしれません。今回みたいなダンジョンキャンプ、定期的にやりたいかも」

「結構楽しいから、週末ごとにやっちゃう？」

「ぜひ！」

冗談のつもりの提案だったが、食い気味に賛成されてしまった。あとで皆にも聞いてみよう。

ドロップアイテムを【アイテムボックス】に収納し、晶には軽食を手渡した。

「ラズベリークッキーとローストディアのサンドイッチだよ。こっちは冷たい麦茶ね。塩飴もおまけで。ノアさんにはカナさん特製のジャーキー。シアンもほしい？　じゃあ、これをどうぞ」

「わ、美味しそう。ミサさん、ありがとう」

「いえいえ。じゃあ一階層にも寄って帰るね」

軽く手を振って、美沙は草原フロアを全力で駆け抜けて行く。レベルが上がったおかげで基礎体力はかなりついた。疲れにくくなったし、何より走るスピードも確実に上がっている。

行きの半分以下の時間で一階層に到着し、無事にドロップアイテムを回収することができた。

「お疲れさま。いつも、ありがとね」

おやつのジャーキーをシアンの分裂体スライムたちにお裾分けしていると、別のスライムが魔石をおねだりしてきた。特に使い道のない魔石なので、欲しがるスライムには与えている。大量に魔石を食べたシアンは【分裂】スキルを覚えたが、もともと分裂体のスライムたちは大きく変化した。

「普通の野良スライムの倍くらいの大きさになったね。強そう！」

スライムはスライムからドロップされる魔石しか食べない。テイムしたモンスターがアルミラージだったならば、やはりアルミラージの魔石を食べて強化されるのだろうか。

「まぁ、ノアさんがアルミラージを嫌がっているから、テイムはないかな」

今のところ、ノアはスライムのシアンとうちで飼っている鶏しかテイムしていない。

二階層での狩りを楽しんではいるが、肝心のアルミラージには興味がないらしく、見つけたら瞬殺している。

「目付きが凶悪で可愛げがないからかな？　ふわふわな毛皮以外、可愛くないもんね」

それでいくと巨大な鹿とイノシシもテイム対象外になりそうだが。

「五階層にノアさんが気に入りそうな、可愛い子がいたら良いんだけど」

できれば、一人でワイルドボア狩りに精を出す甲斐の相棒になれるようなモンスターだと、なお良い。強くなった彼なら大丈夫だとは思うが、何かあってからでは遅いのだ。

「このポーションが効かないような怪我をしたら大変だもん。中級、高級ポーションが欲しいな。あと、治癒魔法的なもの！」

光魔法を持つ晶が、治癒魔法を覚えることを、皆はこっそり期待している。

スライムたちをひと撫ですると、一階層を後にした。

今はちょうど午後三時のおやつ時。キャンプ地への集合時間は二時間後の、午後五時の予定だ。

北を目指して、美沙は颯爽と駆け出した。

◇◆◇

「夕食はカツカレーよ」

厳かな口調で奏多が宣言すると、わあっと歓声が上がる。

（みんな大好きなカレー、しかもカツ付き！）

キャンプ場で食べるとなお美味しいと聞くので、皆のテンションも最高潮だ。

「アキラちゃんはサラダ担当、ミサちゃんは適当に何か摘めるものをお願いしてもいい？」

「ん。サラダ、がんばる」

「はーい！　酒の肴系がいいですよね？　んっふふ。ビール解禁だー」

「カナさん、俺は？」

「カイくんは野菜の皮剝《かわむ》きね。はい、ピーラー」

「おう！　カレー用だな？　ここにある分、全部剝けばいいんだよな」

夕方五時にセーフティエリアの拠点に集合し、皆で手分けして夕食の準備に取り掛かった。

奏多はワイルドディア肉のカツを大量に揚げている。ミートスライサーで薄切りにした鹿肉の間にチーズと大葉を挟んで重ねていく、ミルフィーユカツだ。

「それは絶対に美味しいやつ」

ただでさえ美味しい鹿肉のカツをチーズと大葉入りのミルフィーユカツに進化させるのだ。

しかも、サクサクに揚げたものをカレーに載せる豪華版。

甲斐は真剣な表情でジャガイモとニンジンの皮を剝いている。以前に包丁を手渡してお願いしたら、皮を剝くというよりも、実を削る惨状だったので、奏多はピーラーを渡したのだろう。

さすがにピーラーでの皮剝きはできるようで安心した。

晶はネットで見かけたレシピで、簡単サラダを作るようだ。調理しながら美沙が横目で見ていると、トマトを一口サイズに切り、千切りにした大葉とオリーブオイルで和えている。

最後に回しかけたのはポン酢だ。さっぱりとして美味しそう。

さすがにその一品だと物足りないと考えたのか、晶は白菜を取り出して細かく刻んでいった。

ビニール袋に切った白菜を入れて塩を振り、しばらく放置。その間にうさぎハムをほぐしている。

ツナの代わりにうさぎのハムを使った白菜のマヨ和えサラダの完成だ。

麵つゆをほんの少し隠し味に使うと味に深みが出て、飽きずに食べられる。

（アキラさん、成長しているね……！）

一人でちゃんとサラダが作れたし、材料を変えてのアレンジまでできるようになっている。

これは負けていられない。美沙は薄くスライスしたジャガイモを重ねて、ホットサンドメーカーで焼くことにした。焦げ付かないようにオリーブオイルを塗り込んで、味付けは塩胡椒で。

両面がパリパリに焼けてガレットのようになったら、皿に盛り付けてバターを載せる。ガレット風のじゃがバターだ。蒸したイモを使った、シンプルなじゃがバターも好きだけど、ビールに合うのは断然こちらだと思う。完成した料理は熱々のまま【アイテムボックス】に収納した。

「これ、バターの代わりにチーズを載せても美味しそうだよね」

思いつくままに、ジャガイモのチーズ焼きを作ってみる。味見をしてみたが、バターに比べて味にパンチが足りなかったので、塩胡椒の代わりにカレーパウダーで味付けを試してみた。

少し焦げついた端っこの部分を味見すると、こちらもかなり美味しい。笑顔で収納する。

「お野菜だけじゃ物足りないから、次はお肉料理にしよう。たしか、ワイルドボアのドロップ肉にトロ部分があったから、あれを使っちゃおうかな」

豚《トン》トロならぬ、猪《ボア》トロだ。スライスしてくれているので、使いやすい。網焼きで食べても美味しいけれど、今回はせっかくのキャンプなので、ホットサンドメーカーで焼いてみることにした。

焼き色がつくまでボアトロに火を通し、途中でタレを投入する。タレはネギ塩。みじん切りにした長ネギに胡麻油とニンニク、生姜をほんの少しと粉末のコンソメに塩を混ぜたものだ。

ボアトロを焼くとジュウジュウと賑やかな音が弾ける。豚《トン》トロもそうだが、ボアトロも焼くと脂がすごい。シャクシャクとした歯応えが堪らない肉のトロ部分はもちろんビールと相性が良い。

「こってりの脂をビールで洗い流して、また噛み締めるのが良いんだよねー」

深皿にたっぷりのボアトロ塩ダレ炒めを盛り付けて、【アイテムボックス】へ収納した。

「美味しそうな匂いがするわね」

「カナさん。カツ揚げ、終わったんです？」

「ええ。熱々のうちに収納してくれるかしら？」

「もちろん喜んで！」

大型バットに山盛りの、見事なミルフィーユカツ。当然、シンプルで王道な普通のボアカツも揚げている。さくさくで味わいたいので、すぐに【アイテムボックス】送りにした。

食べやすいように切らずに、敢《あ》えてそのままカレーライスに載っけるのだと、奏多が笑顔で教えてくれた。こういうのはワイルドにかぶりつく方が美味しいので、全面的に同意する。

「そういえばカイは……」

「ああ、ちゃんと揚げ物をする傍らで指示したから、大丈夫よ。市販のルーを使うし」

「それなら失敗のしようがないですね」

ちゃんと言われた通りの量を忠実に守っていたので、カレー作りは順調そうだ。

寸胴鍋の中身が焦げ付かないよう、甲斐は真剣な表情でお玉をくるくる回している。

うちの自慢の野菜とボア肉をたっぷり使ったカレー。あまり煮込む時間はなかったけれど、これが不味《まず》いわけがない。

ハンモックでゆったりと微睡《まどろ》む猫のノア以外、皆が忙しく働いていた。スライムのシアンも調理の際に出た生ゴミを積極的に消化してくれている。サラダ作りを終えた晶は笑顔で氷を満たしたタライに缶ビールや瓶ビールを突っ込んでいた。うん、お酒を冷やすのは大事です。

抽選景品で貰ったクラフトビールは、今日のカレーによく合いそうだ。

「カナさん、もう良いかな、カレー？」

「どぉれ？　うん、良い感じ。カレーも完成したし、食べましょうか」

「やったー！」

ご飯が食べられる、お酒が飲める！　ともなれば、うちのメンバーはとても仕事が早い。

美沙がせっせと【アイテムボックス】から取り出した料理を綺麗に盛り付け、鮮やかな手付きでテーブルをセッティングしていく。

全員で冷たい缶ビールを手にしたところで、宴の開始だ。

テーブルを囲んで、一斉に「乾杯！」と唱和する。お疲れさま、とか今日の反省とか、そんな堅苦しい話題は放り投げて。ただただ欲望のままに缶ビールを掲げて乾杯し、プルタブを引くのももどかしく、黄金色の素晴らしい飲み物を喉の奥に流し込んだ。

キリリと冷えたビールの苦味が心地よい。弾ける泡まで美味しい。

半分ほどを一息に流し込まれたビールに、胃のあたりがカッと温まるのが分かった。

「ぷはーっ、美味しぃー！」

「労働の後のビールはうめぇなー」

甲斐はビールを一気に飲み干して、満面の笑みでカツカレーを頬張っている。

どこで見つけたのか、使うのは懐かしの先割れスプーン。カレーライスはスプーン部分で食べられるし、カツは先端のフォーク部分に突き刺せるので、ちょうど良いらしい。

「うんまっ！　なに、このカツすげぇ！　とろっとろのチーズもだけど、鹿肉がめちゃめちゃ柔らかいな？」

「んんっ、ホントすごく美味しい、ミルフィーユカツ。嚙み締めると幸せすぎる」

「ワイルドディア肉がこんなに柔らかく味わえるんだ……。どうやったの、カナ兄」

「んっふふ。良い部位の肉を選んだから、赤身だけど柔らかくて味わい深いでしょ？　それだけだと、ちょっと物足りないからチーズで底上げしたのよ。美味しく仕上がったなら良かったわ」

さくさくの衣の中身はとろりとしたチーズと鹿肉。こってり感が抑えられているのは、間に挟んである大葉の仕事だろう。これはいくらでも食べられそうだ。具沢山のカレーも美味しい。市販のルーを二種類投入しただけで、他の隠し味は何も追加していないと聞いたが、充分な出来栄えだ。

「チョコとかソース、ケチャップやコーヒーなんかの隠し味、色々聞いたことがあったからさー。入れてみようとしたんだけど、カナさんにすごい形相で止められたんだよ」

「カナ兄、英断です」

「グッジョブ、カナさん」

「キャンプカレーはレシピ通りの家庭の味でも充分美味しいもの。カイくん、アレンジレシピはもっと料理の腕が上がってからよ？」

「うぃーす」

しおしおと項垂《うなだ》れつつも、甲斐がカレーを食べるスピードは衰えない。あっという間に完食し、ウキウキとおかわりをよそいに向かっている。

おかわりには心が惹かれたが、せっかく作ったので美沙は他の料理にも箸を伸ばしてみた。トマトと大葉のサラダはさっぱりとしており、カレーとの相性は抜群だ。オリーブオイルとポン酢が意外と合っていて美味しい。白菜とうさぎハムのマヨ和えサラダも無限に食べられる。シャキシャキした歯触りが楽しい。くぴくぴと缶ビールで流し込みながら、黙々と食べてしまった。

「このジャガイモのガレット？　美味しいわ、ビールが進んじゃう」

「それ、実はじゃがバターなんですよー。カナさんのお口に合って良かったです」

「このチーズとカレー味のジャガイモ、絶品です、ミサさん」

「うん、美味いな。これ、明太子味にしても合いそう！　ビールもう一本飲もう」

「明太子味？　それも美味しそう」

「待って。明太子が合うなら、塩辛もイケるんじゃなくって？」

「それも絶対美味しいやつー！」

「このボア肉の塩ダレのやつも、めっちゃ美味い。白米欲しくなる」

「ボアトロだよ。豚《トン》トロより食べやすいよね」

「ボアトロか。炭火で焼いて七味マヨで食ってみたくなる肉だな！」

「カイは料理しないくせに、プレゼンうますぎない？」

「ダテに賄い目当てに居酒屋バイトしてねぇぞ」

「そうだった。舌はたしかだったね……」

缶ビールや瓶ビールが見る間に消費されていく。わいわい賑やかに騒いでも、ここはダンジョン。誰にも迷惑は掛からない。

（ヤバい。ダンジョンキャンプ超楽しい）

ご飯もお酒もいつでも美味しいが、キャンプ飯はまた格別だ。こんなに楽しいなら毎週末開催したいかもと、フルーツの香りのするクラフトビールを舐めながら美沙は真剣に考え始めていた。

◇◆◇

「空に月が見える。満天の星も綺麗」

アウトドア用のチェアに深く腰掛けて、夜空を見上げる。都会から離れた田舎の古民家暮らしなので星空は見慣れているが、ここまで見事な月はそう拝めないだろう。

「不思議よね。ここはダンジョンの中なのに、空があるなんて」

そう、奏多の言う通り、ダンジョン内部には空があり、外の世界と時間が連動しているのだ。だから、夕方になると陽は沈み始め、深夜にはこれほどに見事な星空が広がる。

「一階層は洞窟で二階層は草原。三から四階層は森の中だから、自然を満喫できて良いよな」

アウトドアが大好きな甲斐は久々のキャンプとダンジョンアタックが楽しめて、上機嫌で缶ビールを傾けている。ダンジョン内を自然と定義できるのかは謎だが、キャンプが楽しいのはたしかなので、そこは受け流した。

「そうねぇ。ダンジョンだから鬱陶しい虫はいないし、騒音を撒き散らす迷惑なグループもいないし。たしかに快適かもしれないわね？」

「あー…。まぁ、人気のあるキャンプ場だと仕方ないっスよ。マナーがなってない連中が一気に増えたから、俺ももっぱら人の少ない場所に避難したし」

「今、キャンプがブームなんでしょ？　人の少ない場所とかあるの？」

不思議に思って訊ねると、設備があまり整っていないキャンプ場やガチめの場所などはブームに釣られたグループキャンパーはあまり訪れないのだと教えてくれた。

「トイレが古くて汚いとか、風呂やシャワーの設備がないとか。そういうところは女子や家族連れは嫌がるからな」

「なるほど。たしかに、それは嫌かも」

古い和式のトイレは何となく怖い。キャンプ地では汗や汚れが気になるから、せめてシャワーは浴びたいのが女子心。

「あとはソロキャンプ中に知り合った人が、自分で山を買ってキャンプ場にするとかで誘ってもらったことがあるくらい？」

「何それすごい。でも、それならうちの裏山でもキャンプできない？」

「もうちっと開けた場所があればなぁ、できるかもだけど」

「なら、伐採と整地をして広場を作っちゃえば、毎日でもキャンプが楽しめるんじゃない？」

酔っ払った奏多が、甲斐の脇腹を肘で突いている。こうまでご機嫌なのは珍しい。頬を酔いでほんのりと赤らめた晶もビールを舐めながら、くすりと笑う。

「そんな面倒なコトしなくても、毎週末ここでキャンプすれば良いんじゃ？」

「ふふっ。たしかに。アキラさん、良いこと言う」

そうなのだ。わざわざ遠方に出向いたり、裏山を開拓しなくても、敷地内のドアを開ければサバイバルなアウトドアを嫌と言うほど体験できるのだ、我が家は。

「だなー。たしかに、景色も空気も良いし、俺ら以外に人もいなくて、快適なんだよな、ここ。セーフティエリアを出ればモンスターに襲われるけど」

「セーフティエリアにさえいれば、安全ってコトでしょ？　キャンプ場によってはヘビやイノシシ、クマが出るところもあるんだし、それを考えれば良いキャンプ地よねぇ、ダンジョン」

「いやいや。モンスターの方がクマより凶悪じゃね？」

レベルも上がり、魔法も使える今、もはや現代日本の野生のイノシシやクマは余裕で倒せる。

「でも、ダンジョンで皆とキャンプするの、すごく楽しいです」

「そうね、楽しいわ。アウトドア料理も結構奥が深いわよね」

「なら、また来ようぜ。皆でさ」

「それ！　皆に予定が無かったらで良いんだけど、今日みたいなダンジョンキャンプ、毎週末にやらない？」

皆が乗り気な今、ここぞとばかりに美沙は提案してみる。

せっかくの休日をダンジョンアタックで潰すのは申し訳なく思いつつの誘いだったが、三人とも少しの間だけきょとんとした後に、笑顔で頷いてくれた。

「おう、俺は喜んで！　キャンプもダンジョンも同時に楽しめるの、最高だよな」

「良いわよ、私も。どうせなら、セーフティエリアでアウトドア料理の動画を撮影しようかしら？」

「私も賛成です！　集中して素材を手に入れたいし、レベル上げも頑張りたいので」

まさか全員に賛成されるとは思わなかったが、皆同じ気持ちだったことが、素直に嬉しい。

もう一度皆で乾杯して、この夜の宴はお開きとなった。

◇◆◇

スマホのアラームで、目が覚めた。一瞬、どこにいるのか分からなくて混乱したが、すぐにダンジョンキャンプ中だったことを思い出す。普段使っているベッドよりもかなり狭いコットだが、どうやら気持ち良く熟睡していたようだ。のそりと起き上がり、小さく伸びをする。

パーティションのおかげで、堂々と着替えができるのはありがたい。パジャマ代わりのTシャツとハーフパンツを脱ぎ、【アイテムボックス】から取り出した衣服に着替えていく。

お気に入りのキャミソールにチェック柄のシャツ、ゆったりとしたデニム。アウトドアっぽい服を何となく選んでみた。ダンジョンアタック用の装備には朝食後に着替えれば良い。

「二日酔い、まではいかないけど。ちょっとだけ体が怠いからポーションを飲もうかな」

【アイテムボックス】から取り出したポーション。先端部分を親指の先で折ると、一息で飲み干した。さっぱりとした甘さに目を細める。しゅわしゅわと喉をくすぐる炭酸の感触が爽快だ。

「うん、良し。今日も元気！」

コットと枕やブランケットを片付けて、パーティションと一緒に【アイテムボックス】に収納する。北条兄妹はまだ眠っていたので、起こさないように、そっとテントの外に出た。

「お、ミサ。はよ」

「おはよ、カイ。相変わらず早いね。またジョギングでもしていたの？」

うちでは鶏と同じくらいの時間に起きる幼馴染みは、ダンジョンキャンプ中でも早起きだった。

「日課の走り込みついでに一階層まで行って、往復してきたとこ」

「元気過ぎない？」

「いつも、このくらいは走っているぞ？　ついでにポーションをゲットしてきた」

甲斐も昨夜の酒の影響を気にしていたらしい。昨日、三階層で倒したワイルドディアの特殊個体からドロップした巾着型のマジックバッグがさっそく役に立ったようだ。

「うさぎ肉も鹿肉もイノシシ肉も狩ってきたぞ」

「あー、じゃあドロップアイテムは預かるね」

マジックバッグには決まった容量があるので、こまめに回収しなくては。

気を利かしてくれたのか、朝摘みのラズベリーとビワも採取してくれていたようだ。

「つやつやのベリーが美味しそうね」

「朝イチの収穫、朝採れだからな！　美味いぞ」

しっかり味見は終えていたようだ。笑顔に釣られて、美沙もラズベリーを摘んで口に入れる。

「ん、美味しい。これはジャムにするのがもったいないかも」

「だな。朝食のデザートにしようぜ」

「そうね。カナさんたち、まだ寝ているから、今のうちに朝食の準備をしておこうか」

「おう。じゃあ、俺はテーブルをセッティングしておく」

「もうちょっと手伝いなさいよ」

軽口を叩きながら、朝食を用意する。昨日から大活躍のホットサンドメーカーを使い、具沢山のサンドイッチを作ることにした。とは言え、内容はシンプルに。半熟の目玉焼きとロースハムのホットサンドとうさぎハムとチーズのシンプルなホットサンドを焼いていく。

「俺、ベーコンエッグがいい！　フライドポテトを挟んだやつ！」

「何それ美味しそう。ちょうど【アイテムボックス】に冷凍ポテトがあるから使おう」

「あ、あれは？　ポテサラをロースハムに包んだやつ。マヨネーズたっぷりで」

「絶対美味しい。作る。ツナマヨとたまごのフィリングも挟んで焼きたいね！　間に野菜も挟んじゃおう。キュウリやレタスなら、シャキシャキで美味しいし、ヘルシーだよね」

料理が苦手な甲斐でも、材料を切ったり挟んだりくらいはさすがにできる。ホットサンドメーカーも具材が焦げないように気を付けさえすれば、使うのは簡単だ。張り切ってメニューを考えてくれたグルメな食いしん坊のおかげで、豪華な朝食を用意することができた。

「ホットサンドは温かいうちに食べたいから、収納しておくね」

野菜は茹でて、サラダボウルいっぱいに盛りつけた。ディップ用の各自ソースも並べてセルフ形式に。ラズベリーとビワも綺麗に水洗いしておく。冷えたヨーグルトに添えると美味しそうだ。

スープはギフト商品の解体セールでゲットした、高級レストランのレトルト製品を用意する。

「ちょうど四人前あるわね。カイはコーンポタージュとパンプキンスープ、どっちがいい？」

「俺はコーンポタージュ！」

「私はパンプキンスープが飲みたいです……」

ほわほわした声は、晶だ。眠そうな表情で歩いてくる。ちゃんと着替えていたのでホッとした。ポーションを手渡すと、腰に手を当てて美味しそうに飲み干す。

「ぷはっ……！　ありがとうございます、スッキリしました。おはようございます」

「アキラさん、おはよ。じゃあ、パンプキンスープを用意するねー」

美沙はどちらのスープも好きなので、二種類を二個ずつ湯煎で温めることにした。スープの準備中、それぞれのカップに好みの飲み物を満たしていく。甲斐は牛乳、晶はアイスレモンティー。奏多はアイスコーヒーで、美沙はオレンジジュースが好きだった。見事に皆、好みがバラバラだ。

ちょうどスープが温まった頃、奏多も起きてきた。【アイテムボックス】から取り出したホットサンドを慎重に切り分けて盛り付ける。なかなかに豪華な食卓になった。

「今日は五階層に挑戦で良いんだよね？」

ダンジョン産フルーツをデザートに摘みながら、あらためて確認する。

「もちろん！　せっかく四人揃ったんだから、五階層へ降りてみたい」

一番張り切っているのは、予想通りに甲斐だった。やる気に満ちた表情で瞳を輝かせている。

一方、北条兄妹は、一見落ち着いて見えるが。

「新しいフロアで手に入る素材が楽しみです。錬金に使える鉱石だと嬉しいんだけど」

「私は美味しいお肉かどうかが気になるわ。うさぎに鹿、イノシシとジビエ肉が続いたから、次は豚とか牛だと嬉しいわね」

もう既にドロップアイテムに思いを馳せているのはさすがと言うべきか。たしかに、錬金に使える鉱石や素材がドロップするのはありがたい。物作りの幅も一気に広がるだろう。

美味しいお肉のドロップもものすごく楽しみなので、奏多の意見には同意しかない。

「皆、意外と武闘派？」

「何を今更」

ぽつりと呟くと、きょとんとした甲斐に首を傾げられてしまった。

「最初はゲーム感覚でダンジョンに潜っていたけど、強くなると楽しくなってきたんだよな」

「私も最初は美味しいお肉狙いではあったわね。レベルが上がると【鑑定】スキルや魔法も強くなるし」

「私は素材集めが目的なので。【錬金】スキルで色々と作り出せるのが、単純に楽しかったから」

意外と皆、積極的にダンジョンを楽しんでいたようだ。かく言う美沙も、今では水魔法や薙刀でモンスターを倒すことが楽しみで仕方なかったりする。

「なんとなく、あと少しで【アイテムボックス】スキルが進化しそうな予感があるんだよね。だから、私も五階層がすごく楽しみ」

どんなモンスターがいるのだろう。奏多が期待しているように、美味しいお肉をドロップしてくれると嬉しいのだけど。晶が用意したキャットフードを食べていたノアが、お皿から顔を上げてニャアと鳴く。寄り添っていたスライムのシアンも楽しそうに上下に揺れている。

「貴女たちも乗り気みたいね」

「ふふっ。ノアさんに新しい従魔ができるかもですよ？」

くすくす笑いながら、晶がノアを撫でた。

額から耳の裏まで優しくマッサージされたノアは気持ち良さそうに喉を鳴らした。


モンスターからのドロップアイテムはそのまま放置していると、十時間ほどでダンジョンに吸収されてしまう。外から持ち込んだ荷物がセーフティエリアではどうなるかは不明だったが、せっかくのアウトドアグッズを失うのは惜しいので、きちんと【アイテムボックス】に収納した。

「お昼休憩時にまたテントを設置しないとね。とりあえず、魔力の使い過ぎでお腹が空いた時用の軽食とポーションは渡しておくから」

「おう、ありがとな」

「一緒に行動はするけれど、万一はぐれた時用にね？」

「良い考えね。はぐれた場合の待ち合わせ場所はここ、四階層のセーフティエリアにしましょう。皆、方位磁針はしっかり持ったわね？」

「はーい」

良い子の返事をして、装備を確認する。

晶が作ってくれたダンジョン用の衣装は【錬金】スキルで上限まで強化してくれているので、今ではアルミラージやワイルドディアのツノが掠《かす》めても、傷ひとつ付かない。

同じく、晶が作ってくれた、それぞれの武器も万全の状態だ。いつも休憩時に浄化《クリーン》で綺麗にしてくれ、傷や刃こぼれがないかも、彼女がこまめにチェックしてくれている。

「じゃあ、行くか」

先頭を歩くのは、甲斐だ。セーフティエリアの奥。下の階層に続く階段を気負いなく降りていく。

美沙は晶と並んでその後に続き、最後尾は奏多。何とも心強い布陣だ。

「お、五階層も森林エリアなのか。森の雰囲気が違うけど」

「整えられた針葉樹林みたい」

「立派な木が多いわね。杉、ヒノキ、松の木。色んな種類があるみたい」

しっかり鑑定した奏多が感心したように呟く。見慣れた木々に囲まれて、美沙は何となく森林浴気分で深呼吸してしまう。うん、気持ちが落ち着く、良い香りだ。

「これはイチイ、あれはアスナロ？　あら、モミの木まであるわね」

「どれも良い木材になりそう……」

うっとりと木の幹を撫でているのは、晶だ。

甲斐が笑顔で「じゃ、切って持って帰るか！」などと提案している。

「ちょっと、カイ！　ダンジョンの木を伐採する気？　さすがに無理でしょ」

「何でだ？　ラズベリーやビワは持って帰れたんだから、木もいけるんじゃないか」

「たしかに、持ち帰り禁止の旨は鑑定でも見たことがないわね」

「カナさんまで！」

「ミサさん、ミサさん。実は先日、斧《おの》を作ったんです。ドロップしたワイルドディアのツノで強化したので、とっても切れ味が良くなっています。ちょっとだけ試してみたいかなって」

普段は無口な晶が瞳を輝かせながら、饒舌《じょうぜつ》にお願いしてくる。こんなの、断れるはずがない！

「……じゃあ、とりあえず一本だけお試しで切ってみる？　ちゃんと周囲の気配にだけは、気を付けておいてよ？」

「おう、分かっているって！　任せとけ」

チェーンソーの騒音よりはマシだが、斧を使うと音や気配でモンスターが集まってくるかもしれない。甲斐が狙いをつけた大木をぽんと叩いている間に、そこから距離を取る。その木を中心に円を描くように皆で位置取りし、いつ襲われても対処ができるように武器を構えた。

「じゃあ、斧を入れるぞー？」

「はいはい」

「よっ、と」

何とも気の抜けた声音が聞こえた、ほぼ同時に。コーン、と腹に響く音が耳朶《じだ》を震わせた。

ありゃ、と甲斐が戸惑う様子に、嫌な予感がして振り返った。

「ちょっとカイ。何が……」

「ミサちゃん、危ない！」

「ふぇ……っ……？」

なぜか、甲斐の一振りで綺麗に切断された大木がゆっくりとこちらに倒れてきて——慌てて転がるように横に逃げた。ズシン、と腹まで響く重い音。

「あー、ビックリしたぁ……！」

甲斐が両手でしっかり大木を受け止めていた。【身体強化】のスキルを使ったのだろう。

美沙が無事なのを確かめると、甲斐はよいしょ、と地面に大木を置く。

相当な重さがあるはずだが、まるで木の棒を振り回しているような気軽さだ。

「ミサちゃん、大丈夫？　怪我はない？」

「たぶん、大丈夫です。すり傷ひとつないです」

心配そうに覗き込んでくれる奏多に、美沙はどうにか笑顔を向けた。

両脇からすくい上げるようにして立ち上がらせてくれる奏多、マジ紳士《ジェントリ》です。

「カナ兄！　カイさん！　モンスターが来ました！」

「あら、やっぱり音や気配に聡いわね」

「あれはオオカミ……？」

漆黒の毛皮をまとったオオカミらしきモンスターが五匹、こちらを目指して駆けてくる。

「ワイルドウルフね。五階層は残念ながら、美味しいお肉は無さそうだわ」

さりげなく美沙を背後に隠しながら、奏多が苦笑する。その手には既に弓が構えられている。晶が目潰しの光魔法をワイルドウルフたちに向けて放った。ギャンと悲鳴を上げたところで、奏多の放った矢が一匹の額を貫いた。もう二匹はノアの魔法、石の槍《ストーンランス》で地面に縫い付けられている。

「っしゃ、貰った！」

甲斐が素早く近寄り、虫の息の二匹を刀で切り裂いた。残り二匹。出遅れたが、美沙も魔力を練り上げて水の刃《ウォーターカッター》を放ち、ワイルドウルフの胴体を真っ二つにした。

「ラスト！」

土魔法で作った穴に落ちた、最後の一匹の腹を晶の短槍が貫き、最初の戦闘は終わった。

「はー、焦った……。オオカミはそう言えば集団で行動するんだったっけ」

「五階層は地味に面倒そうだな。倒せないことはないけど」

甲斐が索敵するが、今のところ他の気配はないようなので、一息つく。

「あ、ドロップアイテムに変わりました」

「これは毛皮と牙と魔石ね」

「こっちも同じく」

「これも毛皮と牙と魔石だなー」

「あれ？　このフロア、もしかしてハズレ……？」

倒すのが大変な割には、ドロップ品が貧相すぎる。悲嘆に暮れかけたが、嬉しい報告があった。

「レアドロップ、ありました！」

高々と晶が掲げるそれは、鈍い光を放つ美しいナイフだった。

◇◆◇

ワイルドウルフが落としたナイフは、奏多の鑑定によると、肉屋《ブッチャー》ナイフという代物らしい。

「これはすごいわね。このナイフでダンジョンモンスターを仕留めると、ドロップアイテムが肉に固定できるみたいよ？」

「マジで？　めちゃくちゃ良い物じゃないっスか！」

甲斐が大喜びしているドロップアイテム、三十センチほどの長さのナイフは食肉加工用の包丁によく似ている。骨スキと皮剝《かわは》ぎの両用で使える万能型の包丁が、ブッチャーナイフだ。

「このダンジョン産のブッチャーナイフは、魔道具《マジックアイテム》の一種のようね。肉ドロップを確定できる効果の他にも、魔力を流して動物の屍《しかばね》を刺せば解体できるみたい」

何とも言えない表情で奏多が説明してくれる。四人で思わず顔を見合わせてしまった。

「えっ、と。それは、たとえばダンジョン外で絞めた鶏をそのナイフで刺したら、その場で解体できるってコトなのか？」

代表して、甲斐が疑問を口にしてくれる。神妙な面持ちの奏多がこくりと頷いた。

「そういうことね。……試してみる？」

「いやいやいや！　さすがに無理！　アイツらはもうペットみたいなもんだしっ」

「最初は増やして食べるかーって豪語していたくせに」

「そうだけど、もう無理！　だって可愛いヒヨコ時代見ちまったら、もう絶対に食えねぇ！　市販の鶏肉は美味しく食うけどもよ」

胸を張っての主張はある意味、潔い。薪割りと鶏の世話をするのは甲斐の担当だ。たまに親鶏に突かれながらも、せっせと小屋を管理して、餌やりや水替えなどを頑張ってきたのだ。

彼がヒヨコや鶏たちに情を覚えるのも当然のことだろう。

「じゃあ、他の生き物で試してみませんか？」

「他の生き物って？」

「解体しやすい、魚介類」

晶からの思いも寄らない提案に、三人は感心する。魚ならば気兼ねなく存分に試せそうだ。

「いいわね。でも、試すのは帰ってからになるわよ？　夕方まではここで過ごす予定だし」

「じゃあ、お肉ドロップ固定の効果だけ、試してみませんか。オオカミ肉は要らないから、四階層のワイルドボアで」

「おう、いいな、ミサ。そうしよう。今夜はイノシシ肉パーティだ！」

気が早すぎる甲斐の宣言に呆れつつも、ちょっと楽しみだったりする。

セルフで楽しむバーベキューにすれば準備も楽だし、美味しくビールが飲めるはず。

「じゃあ、四階層へ！」

ワイルドボアは巨体のイノシシなので、甲斐以外の三人はなるべく遠方から攻撃する。

基本はそれぞれの属性の魔法を使う。晶は光魔法で目潰し、奏多は弓を放ち、或いは風魔法のひとつ、風の矢《ウインドアロー》で急所を狙うことが多い。美沙はもっぱら水の刃《ウォーターカッター》でボアの頭部を攻撃した。

そんな中で甲斐は堂々と正面から刀一本で立ち向かう。

「ノアさん、落とし穴お願い！」

晶が叫ぶと、ミャと鳴いて、愛らしい前脚が地面を二度踏み締めた。

甲斐目掛けて突進して来ていたワイルドボアの足元に大きな穴が開き、その巨体が地に沈む。

「ノアさん、さんきゅ！」

甲斐が笑顔でノアに片手を振り、身軽く落とし穴に飛び降りた。

刀を掲げ、体重を掛けてワイルドボアの首元に刃を突き刺す。悲痛な叫びを上げて痙攣するボアの喉に、甲斐は収納機能のある巾着から取り出したブッチャーナイフを素早く差し込んだ。

「ワイルドボアの体が光った？」

ドロップする瞬間、柔らかな光に包まれて消えるモンスターの死骸は見慣れていたが、光の色がいつもと違って見えた。赤に近いピンク色の光だ。瞬いて消えた後には、いつもより大きな肉の塊がドロップした。鑑定の通り、ブッチャーナイフを使うと、肉ドロップが確定するようだ。

「すげぇ！　本当に肉がドロップした」

「可食部が八割？　ちゃんと落としてくれたわね。これは嬉しいわね」

いつもは部位ごとのドロップなのが、ブッチャーナイフを使うと、色んな部位の枝肉が手に入るようだ。しかも、いつもより大きめ。倍以上の量はドロップしている。

肉の他には、魔石もドロップしていた。これはいつも通り。

「でも、このブッチャーナイフを使うには、すぐ傍で獲物を倒さなきゃいけないから、カイくらいしか使えなさそう」

「だなー。じゃあ、しばらくは俺が預かっていてもいいか？　肉狩ってくるからさ」

「そうねぇ、基本はカイくんがブッチャーナイフとマジックバッグを持つので良いと思うわ。魚の解体を試す時には借りたいけれど」

「いいっスよ、カナさん」

今夜はシシ肉を堪能することに決まったので、魚は明日捌くことになった。

魚介類を試した後は、裏山の鹿を捕まえて試してみるのも良いかもしれない。

「アルミラージはラビットフット狙いだし、ワイルドディアは鹿皮と肉の両方が欲しいから、しばらくはワイルドボア狩りだな」

「五階層がオオカミだったから仕方ないよね。オオカミの毛皮と牙がドロップしたけど、アキラさん、これ何かに使えそう？」

「まだ何とも。毛皮のコートやカーペットに使えそうなんですけど。何かを作っても、販売は無理じゃないでしょうか」

「えっ、どうして？　あ、ワシントン条約……？」

希少動物であるオオカミの取引きはたしか、原則禁止だったように思う。詳しくは調べてみないと分からないが、まさか「オオカミの毛皮」と銘打って販売するわけにはいかない。

「うーん、自分たちで使うしかないのか。残念だけど、仕方ないよね」

「毛皮自体はとても良い物なんですけどね」

「ほんとだ。意外とふわふわしているんだね。これは絨毯《じゅうたん》にしたら気持ち良さそう……」

オオカミの毛皮と言えば、落語だったたか。その昔、猫のノミ取りに使っていたと言う小噺《こばなし》があった気がする。だが、うちではその用途で使うことはない。

「ノアさんには、ノミなんていないもんね？」

「ミャオン」

シャンプー嫌いなノアさんのために、晶が毎日、浄化《クリーン》で綺麗にしてあげているので、彼女はノミ知らずだ。自慢の三毛柄の毛皮は艶めいており、とても美しい。

それから夕方まで、それぞれ目当てのモンスターを狩り、ラズベリーやビワの収穫に励んだ。

昼食は以前に作り置きしていた餃子を焼いて食べた。甲斐がホットサンドメーカーで餃子を焼いている横で、奏多が豪快にフライパンを振る。ボア肉焼豚入りの炒飯は絶品だった。

美沙はキャベツと鹿肉で回鍋肉《ホイコウロウ》を作り、晶は玉子スープを作った。たっぷり動いて、お腹はぺこぺこ。最強の調味料でもある空腹も手伝って、中華キャンプ飯を皆で美味しく完食した。

◇◆◇

「疲れたけど、楽しかったね。ダンジョンキャンプ！」

午後四時には撤収し、自宅で一息ついた。順番にお風呂に入り、綺麗に汗を洗い流すと、のんびりおしゃべりを楽しみながら、バーベキューの準備をする。

甲斐は上機嫌でバーベキューコンロやテーブルを庭に設置している。奏多は業務用のミートスライサーでボア肉を食べやすいサイズにカット中。美沙は野菜を使った副菜を作ることにした。晶だけは二日弱お留守番をお願いしていた鶏たちの世話に向かってくれている。ノアとスライムのシアンがお供だ。鶏小屋の掃除と餌の追加。【錬金】スキルで作った自動給水機式水甕《みずがめ》の様子は気になるが、そこは彼女に任せることにした。

肉料理の次に楽しみな冷えたビールは納屋の冷蔵庫からセルフ方式で飲む予定だ。『宵月』から回収してきた海外産のフレーバービールに最近ハマっているので、今夜はそれを飲むつもりだった。フルーティなビールは口当たりが良くて、特に柑橘《かんきつ》系の香りがするゴールデンエールが美沙のお気に入りだ。

「せっかくだから、グラスで飲もう。雰囲気は大事よね」

とっておきのビアグラスを【アイテムボックス】から取り出して、冷蔵庫で冷やしておく。もちろん、これも『宵月』から回収してきたお宝のひとつだ。チューリップ型のグラスにパイントグラス、ピルスナーグラス。甲斐は気分で選ぶ美沙とは違って、いつも大振りのジョッキを選ぶ。

ビールの種類によって、或いは泡や味を楽しむ時用などと。奏多はグラスについて詳しく説明してくれたが、酔っていたので美沙はあまり覚えていない。つい、見た目で選んでしまう。

聖杯型とチューリップ型のビアグラスが可愛いので、特にお気に入りだった。

晶のお気に入りのグラスは小さめの切子グラスだ。沖縄の琉球《りゅうきゅう》ガラスを切子職人がカットをあしらった品で、深い青が美しい逸品。中身を酒で満たして、ゆらりとグラスを揺らす。そうすると、まるで、てのひらの中で小さな海が揺らいでいるようで楽しいのだと、瞳を細めていた。

気に入りのグラスやジョッキで飲む酒は、ことのほか美味しいものだ。

「カナさん、大物を用意しているよね？　何を作っているのか、すごく気になる」

帰宅してからキッチンで何やら肉を仕込んでいた奏多。気になってはいたけれど、美沙も下拵えに忙しく、手伝えそうにない。食べるのを楽しみに、自分の担当仕事を頑張ることにした。

「塩胡椒オンリーで食べるか、タレ味がいいか」

焼肉のようにタレやソースを後付けにしても良いが、せっかくのバーベキュー。どうせなら、串のまま豪快にかぶりつきたい。なので、面倒でもバーベキュー用のソースに肉や野菜をしっかりと漬け込むことにした。本日はボア肉パーティなので、使うのはメインのボア肉オンリーだ。

甲斐が畑から採ってきてくれた夏野菜も炭火でじっくりと網焼きにする。

とうもろこし、ピーマン、パプリカ、玉ねぎにオクラ、ナス。どれも彩り鮮やかで美味しそう。

「ジャガイモとニンニク、カボチャも収穫してきたぞ。ホイルで包んで蒸し焼きにするか」

「いいね、ホイル焼きにしよう。カボチャはスライスして網焼きでもいいんじゃない？」

野菜より肉を偏愛する甲斐だが、ジャガイモとニンニクにかぎっては好物らしく、積極的に収穫してきたようだ。

ジャガイモは蒸して食べても美味しいが、今回は皮付きのまま軽く洗ってホイルに包んで網焼きにすることにした。火が通ったら、バターを添えるか、ツナマヨをディップして食べるつもりだ。

『宵月』から頂戴してきた瓶詰めの塩辛を添えて食べるのも美味しいはず。

ちなみにニンニクはバターと塩胡椒で味付けし、丸ごとホイル焼きにする。気分によってはバターを胡麻油にチェンジして焼くのも悪くないと思う。何なら、両方試すのでも良い。

「多少のニンニク臭は気にしないで、お腹いっぱい食べちゃおう」

ほくほくのニンニクを夜食にする時の背徳感と言ったら、堪らない。ビールがすすむ。

焼きナスはフライパンで皮ごと焼く。蒸らしてから皮を剝き、ポン酢と鰹節でシンプルに仕上げてみた。ネギや大根おろしを薬味にすると、いくらでも食べられそう。

鶏小屋から戻ってきた晶はトマトを抱えていた。真剣な表情で輪切りにスライスして、冷やしトマトを作っている。和風ドレッシング味とカプレーゼの二種類を用意して、冷蔵庫に放り込んだ。

「バーベキューの合間に食べると、いつもの倍美味しいよね、冷やしトマト」

「さっぱりしていて、意外と癖になるんですよね。単純に私が好きなだけなんですけど」

「私も好きだから嬉しい」

井戸水で冷やしたトマトにかぶりつくのも最高に贅沢な食べ方だが、手間を掛けたトマトもまた格別。お肉の脂を落とすのはビールだが、さっぱりしたい時には冷やしトマトだと思う。

あらかたバーベキューの準備が整ったところで、奏多が大きな寸胴鍋を抱えて庭に出てきた。かなり重そうだったので、甲斐が交代している。ずっと格闘していた鍋の中身なのだろう。

「お待たせー。煮込むのに時間が掛かっちゃった」

「カナさん、カナさん！　何ですか、それ！　ボア肉のブラウンシチューとか？」

「んっふふふ。ずっと作ってみたかった、ボア肉のビール煮よ」

「ビール煮？」

テーブルの真ん中に置かれた大鍋の中を皆で覗き込む。

見た目は美味しそうな煮込み料理だが、たしかにビールの香りがほんのり鼻先をくすぐった。

「ベルギー料理のひとつで、カルボナードっていうのよ。缶ビールたっくさん使っちゃったわー」

香味野菜で茹でこぼしたボア肉に小麦粉をまぶし、フライパンで焦げ目がつくほどソテーして玉ねぎとニンニク、コンソメとビールでひたすら煮込んだ料理なのだという。

とろとろに煮込まれたボア肉はフォークの背で押すと、ほろりとほぐれた。

「これも絶対に美味しいやつ」

「間違いないわね」

甲斐と二人で真剣な表情で頷き合う。先を見込んでか、奏多が寸胴鍋いっぱいに作ってくれていたので、どうにか戦争は回避できそうだ。

「じゃあ、そろそろ始めます？」

晶が冷えた缶ビールを人数分持ってきてくれた。テーブルには既にグラスが幾つも並べられている。それぞれ好みのグラスを選び、プシュッと良い音を立てて開けたビールの中身を注いだ。

シュワシュワと心地よい音。細かな泡が黄金色を引き立てる。自然と皆の喉が鳴った。

「ダンジョンキャンプ、おつかれさまでしたー！」

甲斐のでたらめな乾杯の挨拶を皮切りに、バーベキューの宴が始まった。

「ボア肉のビール煮、肉の臭みが完全に消えているな。あまじょっぱくて、すげー美味い！」

皆が真っ先に手を出した料理は、もちろん奏多が作った渾身のカルボナード。

甲斐の感想はどうかと思うが、美味しいのは同意しかない。ビールの風味はほんのり残っているが、三時間近く煮込まれたビール煮からは既にアルコールは飛んでいる。

「お肉がすごく柔らかい。フルーティな香りは何だろう？」

「ああ、この料理は使ったビールによって味が左右されるのよ。今回は香りが濃くて華やかな甘みがあるエールビールを使ったから」

「どうりでフレーバービールに合うと思ったら。それにしてもボア肉の、このとろけ具合！」

「水は入れずにビールだけで煮込んだから味に深みが増したのね。この料理、色んなレシピがあるのよ。味付けに蜂蜜やスパイスを加えるレシピもあって、なかなかに興味深いのよねぇ」

選ぶビールによっても風味は全く変わるらしいので、凝り性の彼には良い研究対象なのだろう。

これはオリジナルレシピが完成するまで、何度か食べさせてもらえる流れなので、美沙的には大歓迎な展開でもある。味見役、楽しみです。

「ボア肉のヒレステーキ、焼けたぞー」

「スペアリブも完成したわよ。欲しい子はお皿を持って集合！」

「どっちも食べたい！　美味しそうな匂いが凶悪すぎるっ」

「私は先にヒレステーキを頂きますね。ミディアムレアの焼き加減が最高です、カイさん」

「じゃあ、私はスペアリブから！　んんっ、このタレが絶妙。カナさん後でレシピくださいい！」

「いいわよ。蜂蜜を使ってみたんだけど、ボアとの相性が良かったみたいね」

スペアリブは骨周りのお肉が特に美味しい。少しお行儀が悪いが、手づかみでしっかりと味わって食べた。もちろん、甲斐が焼いたヒレステーキも美味しく頂く。綺麗な赤身肉で、サシが入っていないのにとても柔らかい。ワサビ醤油のソースが良く合う。いくらでも食べられそうだ。

テーブルいっぱいのご馳走が次々と消えていく。ボア肉の串焼きも絶品だ。

合間に野菜も口にする。焼きとうもろこしをかじり、トロトロの焼きナスを堪能し、じゃがバターを夢中で食べた。丸ごと焼いたニンニクは全員口にしたので、もう匂いは気にならない。

ダンジョンキャンプに参加してくれたノアとスライムのシアンにも、もちろんご馳走は提供されている。食べやすいように小さく刻んだボア肉を茹でた物は彼女たちのお気に召したようで、ぺろりと平らげてくれた。

お留守番組の鶏たちにも新鮮な小松菜とポーションを振る舞っている。ものすごいテンションで喜んでいたので、きっと堪能してくれたことだろう。明日の卵が楽しみだ。

締めの焼きそばまで目いっぱい楽しみ、大量に用意したビールが全て飲み干された頃合いで、ダンジョンキャンプの慰労会は幕を下ろした。

◇◆◇

キャンプ疲れと二日酔いは、目覚まし代わりのポーションですっきりと解消された。

本日も快晴。美沙は気分よくベッドから起き上がる。

ほんのり寝汗をかいたパジャマを脱ぎ捨てて、Tシャツとジャージ素材のハーフパンツに着替えた。邪魔な黒髪を後ろでひとつにまとめ、まずは日課、畑の水やりだ。

シアンの分裂体であるスライムたちが今朝も元気よく庭で出迎えてくれる。

深夜から早朝にかけて彼らは自由に庭や畑で遊んでいたが、この家の住人以外の気配を感じると、素早く姿を隠した。野菜の影に潜り込み、水たまりに擬態する彼らを見つけるのは至難の業だ。

この家を訪ねてくるのは基本的に宅配業者と郵便屋。あとはご近所さんくらいだが、まだ誰にも気付かれていない。賢くて器用な彼らをひとしきり撫でてやる。

「君たち、朝が早いね。うちで一番早起きなんじゃない？」

わらわらと寄ってくるスライムたちは働き者だ。何かを「お願い」されて働くことが楽しいらしい。テイムされたモンスターの性質なのか、何も仕事を与えられない方が落ち着かないようだ。

こちらとしてはとてもありがたいが、やりがいを搾取しているようで、少し後ろめたい。

そんなわけで、美沙はこっそりとお礼のおやつをあげている。

いつものようにポーション入りの水やりを魔法で済ませ、野菜の収穫と箱詰めはスライムたちにお願いした。その間、中身をチェックして宛名シールを貼っていくのが美沙の仕事だ。

本日の注文数も順調だ。メインは野菜だが、いちごやビワ、ラズベリーの注文もそれなりに入っている。さすがにタケノコのシーズンは終わったので、甲斐のお小遣い稼ぎはまた来年。


「すっかり夏の気配が濃くなってきたね」

山の麓なため、風はひんやりとしているが、既に空の色は夏のそれだ。

庭の青梅《あおうめ》の枝には丸々とした実がすずなりで、そろそろ収穫時だと嬉しくなった。

「梅酒、梅ジュース、甘露煮も美味しい。皆で梅の下処理をするのも楽しそう」

甲斐が植えたスイカの苗も立派に育っていた。スイカの他に真桑瓜《まくわうり》やメロンを育てるのも良いかもしれない。気の早い夏野菜は既に畑の隅で青々と枝を広げている。

「ポーションと水魔法のおかげでスイカの糖度も高く育ってくれたし、夏野菜と一緒にたくさん売れるといいな」

夏の気配に自然と心が浮き立つのが分かった。

子供の頃は都心で暮らしていたので、夏休みはずっとこの地で祖父母と過ごした。

冷たい井戸水で冷やしたトマトやキュウリ、スイカは最高のおやつだった。自転車で二十分ほど走らせた先にある、川での水遊びも楽しかった。

「カイが好きそうだよね、川遊び」

川海老を捕まえて帰ると、祖母が素揚げにしてくれた。ぱらりと塩を振っただけなのに、とても美味しかったことを思い出す。

残念ながら釣り道具は持っていなかったので、魚を獲ったことはなかったけれど、甲斐なら喜んで素潜りで魚を獲ってくれそうだ。

「時間ができたら、皆で涼みに行きたいな。河原でバーベキューをするのも夏の楽しみよね」

川遊びに思いを馳せていると、寝ぼけ眼の晶がやって来た。

甲斐もちょうど日課のジョギングから帰ってくる。最近の甲斐は横着を覚え、美沙に水魔法のシャワーをねだってくるようになった。

「だって最近暑くてさー。ミサのシャワー気持ち良いんだよ」

「もう、仕方ないなー」

遠慮なく頭の上から雨を降らせてやる。優しいシャワーではなく、ゲリラ豪雨並みの勢いで叩きつけてやったが、本人は楽しそうにはしゃいでいる。

「相変わらずですね、カイさん。浄化《クリーン》しますよ」

びしょ濡れの甲斐をフォローするのは、晶だ。

どういう原理かは分からないが、彼女の浄化《クリーン》の魔法は濡れた服も綺麗に乾かしてくれるのだ。

洗濯要らずだと、また甲斐が呑気に笑っている。

「さて、カナさんが起きてくる前に朝ご飯を作っちゃおう！」

魔法の雨を降らせた場所に、小さな虹が生まれていた。

第十五章◆古民家スローライフ

週末のダンジョンキャンプを大いに楽しんだ後。週明けには四人とも仕事が待っていた。

甲斐《かい》は元気に牧場へ出勤し、週に二本は動画を上げる奏多《かなた》は編集作業中。晶《あきら》も一番人気の鹿革バッグ作りに余念がない。早朝、畑の水やりと収穫物の箱詰めも終わらせているので、美沙《みさ》は比較的のんびりと居間で事務作業を片付けている。

農家生活を送ることを決め、美沙は税務署に開業届を提出した。個人事業主として農作物のネット販売業で届け出ている。来年の確定申告が怖いが、今から帳簿付けをすれば多少はマシなはず。

ついでにシェアハウスの収支確認。我が古民家シェアハウス、光熱費と通信費以外はそれほど経費は掛かっていない。なにせ、井戸水を使っているために水道代は不要な上、基本は自給自足。

食費に関しては、月に三万円ほどの出費に抑えている。野菜や果物類に卵は自家製。肉も基本はダンジョンで入手している。お米や乳製品は貰い物が中心なのと、安く手に入れられる伝手《つて》があるので、出費は少ない。購入するのは魚介類と調味料、米以外の穀物類くらいか。

食欲旺盛な大人四人の食費としてはかなりの倹約具合だろう。ダンジョン様々だ。

通信費と電気ガス代は、シェアハウス住民から徴収している家賃各一万五千円内から支払っているので、赤字もない。自宅を事務所扱いにしているため、経費に認められることを期待している。

「家賃として預かったお金は貯めておいて、家の修繕費に使おうかな」

築百二十年の古民家なので、そこかしこにガタがきている。修繕の手を入れ、使いやすくリフォームを繰り返しているが、まだ幾つか、気になる箇所があった。

「玄関の扉はカイが直してくれたのよね」

田舎に引っ込む前に、甲斐は何件かバイトを掛け持ちしており、その一つが工務店だった。基本的には力仕事中心の下っ端だったが、現場仕事をこなしている間に技術を吸収したようだ。

その上、庭の草刈りや山の手入れの手伝いに駆り出されている間に親しくなったご近所さんが、元大工の親方で。気難しいと噂のおじいさんは裏表ない性格の甲斐を気に入り、バイトの合間に基本的な木工技術を仕込んでくれたらしい。今の甲斐は簡単な大工仕事ができる程度の腕前だが、手入れの必要な古民家オーナーとしては、充分助かっている。

教えてもらった技術を試してみたいと、甲斐は積極的にうちの古民家を修復してくれていた。おかげで当初はそれなりに覚悟していたシェアハウスの赤字運営は、どうにか回避できている。

「家と山、その他の土地の固定資産税や保険関連は、おじいちゃんたちの遺産から経費として支払うから、私の持ち出しはなし。……うん、順調に貯金も増えているわね」

通帳を眺めて、美沙はにんまり笑った。内定が決まっていた会社で真面目に働いていたとしても、これだけの額を短期間で稼ぐのは難しかっただろう。

美味しいご飯がほぼ自給自足で食べられて、気の合う仲間と楽しく過ごせるシェアハウス生活はとても充実していた。

「あんまりお金も使わなくなったから、貯金がどんどん増えているのよね」

四人の共通の趣味、お酒もありがたいことに『宵月』から奏多の退職金代わりに貰ってきた物がまだたくさんある。休日はダンジョンで過ごしているので、遊びにお金を使うこともない。

たまに近くのコンビニでお菓子を買うくらいの出費はあるが、金額としては微々たる物だ。

「服もアキラさんが作ってくれるし」

材料費と少しの手間賃だけで、既製品よりよほど着心地の良い服を作ってくれるのだ。倍額払っても惜しくない出来栄えだが、本人は楽しいし勉強になるからと爽やかに辞退する。

せめて何かでお返しをと考えて、美味しいと評判のお取り寄せのお菓子を購入し、女子二人でこっそりお茶会を楽しんでいた。

「期間限定のフルーツ大福を注文したから、明日には食べられるかな？」

今回のお茶会のメインには、いちご大福の他にもキウイ大福、マスカット大福、いちじく大福、みかん大福など、多彩な和菓子の箱詰めを買ってみた。

フルーツサンドと迷ったが、和菓子はなかなか自作できないのでこちらを選んだ。

美味しかったら、レシピを調べて我が農園のいちごで作ってみるのも良いかもしれない。

「加工品を売るのは大変そうだから、作っても自分たち用かな。まぁ、それなりに儲けることができているし、しばらくは畑仕事とダンジョンに集中しよう」

甲斐は牧場の正式な従業員となったので、もう給料には困っていない。が、ほとんどを実家に送金しているので、副業として地域の何でも屋的なバイトも兼業している。一時間二千円で庭の草むしりや山の手入れなどを手伝って、貰ったバイト代を自身のお小遣いにしているらしい。

「そう言えば最近は、ご近所さんの愛犬シロの散歩を請け負っているんだっけ？」

五百メートルほど離れたお宅の飼い犬を、毎朝のジョギングついでに散歩に連れ出しているらしい。シロと名付けられた犬はハスキーのミックスで生後十ヶ月ほど。

運動量が凄まじいらしく、年配のご夫婦では付き合いきれないようで、「ちょうどジョギングコースだし」と甲斐が快く散歩代行を請け負ったのだと聞いた。散歩のお礼に貰ったと、お米二十キロ入りの大袋を笑顔で担いで帰って来たのは記憶に新しい。

「相変わらず、カイはお年寄りキラーよね。お米のお礼は、すごくありがたいけど」

塚森《つかもり》ファームの野菜は評判が良い。少々お高くはなるけれど、口コミでは野菜嫌いな子供たちでも食べてくれると高評価だ。無農薬が売りの野菜は初期費用——種や苗だけ購入すれば、魔法の水とポーションで延々と収穫できる。最近はダンジョンで採取してきたラズベリーやビワもお試しで販売しているが、こちらも人気商品になっていた。

五階層ではまだ採取物を見つけていないが、美味しい果実を女子組は大いに期待している。

「そう言えば、五階層では木を伐採してきたんだった」

甲斐が切り倒した木は【アイテムボックス】内に収納している。立派な大木なので、燃料用の薪にするのは惜しい。そのうち我が家の物作り班の二人が、【錬金】やリフォームの素材として使うかもしれないので、好きに弄れるよう蔵に置いておくことにした。

「うん、農園関係も順調だし、今のところシェアハウス生活にも問題なし」

のんびりと麦茶を飲んでいると、キッチンにいた奏多から声を掛けられた。

「ミサちゃん、昼からショッピングモールに買い物に行く予定だけど、一緒に行く？」

「行きます！」

ちょうど事務作業も終わったところなので、お誘いには大喜びで頷いた。

ショッピングモールは久々だ。例のラビットフットの幸運試し事件からしばらく、買い物はネット通販か、近場のスーパーで済ませていたので。

三十分後に出発と聞いて、美沙は慌てて外出着に着替えた。


セルリアンブルーの軽ワゴンに二人で乗り込んで、いざショッピングモールへ。

「そう言えば、何を買いに行くんですか？」

「んっふふ。実はねぇ、今朝のうちにショッピングモールの売り場に問い合わせたら、ちょうど朝イチで入荷したブツがあるって聞いて、予約しておいたのよ」

「予約？」

「そ。養殖モノだけど、かなり美味しいって聞いたから、一度試してみたかったのよねぇ。下処理なしのオリーブハマチ一本。さあ、ショッピングモールの魚屋まで買いに行くわよぉ！」

「ええ〜っ？」

予想外の買い物に驚いたが、マグロ丸ごと一本よりは断然お安くてお得だよね？　と思い直し、どうにか美沙は落ち着きを取り戻した。

「あ、もしかしてダンジョンで手に入れたブッチャーナイフを試してみるんですか？」

「当たり！　さすがに締めたばかりの新鮮なお肉が欲しいとは注文しにくいし、最初は大きめの魚で試してみたくって」

「なるほど。……魚の解体だと、三枚に下ろされたりするのかな」

想像がつかないが、久々に新鮮な魚が食べられるのは、素直に嬉しかった。ハマチなら刺身で食べたい。海鮮丼にしても美味しそうだ。聞いたことのないネーミングだったので、スマホで検索してみたが、オリーブの葉を粉末にして調合した餌を使って養殖したハマチらしい。

「酸化、変色がしにくい肉質に改善されたハマチね。脂がのって、すごく美味しそう」

「そうなのよ！　さすがにオリーブの香りはしないみたいだけど。歯応えが良くて、さっぱりした脂が後を引く美味しさで有名らしいのよね。食べてみたいでしょ？」

「食べたいです！　カルパッチョにも合いそうだし、色んな食べ方に挑戦してみたいですね」

四キロはある大きさのオリーブハマチが一本でキリよく一万円。前回の買い物時の運試しで手に入れた商品券を使うので、実質無料だ。せっかくなので、他の魚介類も買って帰ることにした。

「たくさん買っちゃいましたね、カナさん」

「そうね。ふふっ、お買い物はやっぱり楽しいわぁ」

使わずに保管していたショッピングモールの商品券が大活躍した、楽しい買い物だった。

取り置き予約をお願いしていたオリーブハマチはもちろん、その他にもサーモンのサクやいくら、ホタテの貝柱などを購入した。魚屋には新鮮な本ワサビも売っていたので、こちらも大量に買っておいた。【アイテムボックス】があるので、これでいつでも新鮮な本ワサビが堪能できる。

ついでに新発売の缶ビールもケースで購入した。以前に抽選くじが当選して貰った美味しいクラフトビールも見かけたので、それも買い込んだ。

規模の小さな醸造所で作られるクラフトビールは、一期一会なのだと聞いたことがある。気に入った味のクラフトビールはたくさん買って応援しなければ。

「これ、オリーブハマチと同じ地方で作られているレモンビールですって。カナさん、これも買っちゃいましょう！」

「いいわね、レモンビール。オリーブハマチにも合いそうだし、夏にピッタリじゃない。あら、こっちも同じ醸造所のビールみたいよ。ええと、うどんビール……」

「…………うどんビール？」

無言で見詰め合ってしまった。予想外のネーミングに怯《ひる》みつつ、そっとラベルを確認してみたが、たしかに「うどんビール」とある。気付いた店員さんが苦笑しつつも、おすすめしてくれた。

「うどんと銘打たれていますけど、うどんの味はしませんよ。要は小麦を使ったビールなんで」

「あ、なるほど……？」

「逆に、飲みながらうどんの味を探しても迷子になります」

「いやだわ、どうしましょう。すごく気になってきたじゃない。買っちゃいましょう、これ」

「ですね。味の想像が付かなくて、逆に飲みたくなってきました」

毎度あり、と商売上手な笑顔の店員に手を振って、大量にお酒類を詰め込んだショッピングカートを押していく。侮れない、うどん県。あと、リカーショップの店員もきっと仕事ができる人だ。

「いっぱい買っちゃったわね。でも、いい買い物ができたわ」

「商品券も綺麗に使い切れたし、満足です」

ほくほくしながら駐車場へ向かい、車に積み込む振りをして、【アイテムボックス】に買い物品を収納した。

モール内で見かけたアイスクリームショップでも大量にお土産を購入し、ドライアイスごと収納しておいたので、しばらくデザートにも困らない。

奏多が奢《おご》ってくれた、お洒落なコーヒーショップのコーヒーフロートを堪能しながら、二人は帰宅の途に着いた。

◇◆◇

今日の夕食の準備はお手伝い不要とのことで、代わりに動画の撮影をお願いされた。

定点撮影用のスマホやタブレットの他に、人の視点からの画《え》が欲しいのだと言う。高性能なカメラの使い方は奏多に教わり、すぐに本番で撮影することになってしまった。

猫のノアを練習として撮影しただけの素人なので不安しかないが、ちゃんと切り貼りするから気にしないで、と爽やかに依頼されてしまった。

撮影用の衣装に着替え、きちんとメイクした奏多がキッチンに戻ってくる。

衣装はいつものバーテンダースタイル。綺麗に洗浄した手には、ピッチリとした薄手のゴム手袋を着用済みだ。慣れた様子で奏多は本日の食材、オリーブハマチについて説明する。

サイズがサイズなので、キッチンテーブルいっぱいを使っての調理だ。

まな板には乗り切らないので、テーブルには消毒済みのブルーシートが敷かれている。

「さて、ここのシーンは使えないけれど、記録として撮影をお願いするわね」

「はーい！　バッチリ綺麗に撮りますよ」

うっかり麗しいお顔を重点的に撮影したくなるが、その欲望を抑え込んで、奏多の手元にレンズを向けた。取り出されたのは、鈍色《にびいろ》のブッチャーナイフ。

特殊個体からドロップした、初めてのレアアイテムを使用する瞬間は、とんでもなく緊張した。

「では、さっそく。――解体」

奏多が刀身に魔力を込めていく。オリーブハマチの腹に差し込んだブッチャーナイフの刀身が、禍々《まがまが》しい赤色に染まった。魚の表面が同じ色の光に包まれて、その輪郭があやふやになり――やがて光が収まった時には、ブルーシートの上には切り分けられたサクやアラ部分が横たわっていた。

まるでダンジョンモンスターからアイテムがドロップしたように。

「すごいけど、ちょっと画面が地味ですかね？　魚だと」

「そうね。撮影してもらっておいてなんだけど、動画的にはハマチを捌いているシーンの方が、撮れ高があったかも……」

たしかに魚を捌いている動画は、眺めているだけでも楽しいものだ。奏多がこんなに立派なハマチを捌く姿を、ファンなら見たかったに違いない。

「まぁ、今回はブッチャーナイフの使い方を調べるためのお試し解体だったし。それに、カナさんのハマチ料理、すっごく楽しみなので！」

「ふふっ、ありがと。美味しいトロ部分、ミサちゃんにあげちゃうわ」

ぶりトロ部分は大好物だ。笑顔で撮影を続けることにした。

奏多はしげしげと解体された部分を観察している。不思議なことに、魚を捌いた際に捨てるはずの内臓部分や鰭《ひれ》などはどこにも見当たらない。手付かずのはずのウロコ一枚落ちていない。

「ウロコもそのままの状態でナイフを使ったんだけど、ちゃんと取り除かれているわね。頭やアラ部分は私が使いたいと思ったから、残ったのかしら？」

「まるでブッチャーナイフが食べちゃったみたいですねー」

「……どうやら、そうみたいね」

あらためてナイフを鑑定した奏多が、ため息を吐いている。

こんなに大きな魚なのに、ウロコや血、皮まで綺麗に消えているのは、そういうことなのだろう。

「じゃあ、お肉の解体でもグロくなさそうで良かったですね！　内臓の後始末とか、ものすごく大変そうだもの」

「ふっ……。そうね、助かるわね。臭いも、きっとキツいでしょうし」

「あ、でも内臓なんかは、スライムのシアンたちが美味しく食べてくれたのかな？」

「食べてくれるだろうけど、臭いはしばらく残るから、消えてくれる方がありがたいわね」

「そうでしたね。アキラさんの浄化《クリーン》でも臭いは消せるのかな？」

「そういう疑問は後でね。じゃあ、さっそく刺身にしていくわよ」

あらためて、真面目に撮影の再開だ。綺麗に三枚におろされた身を、刺身包丁で薄く切っていく様は圧巻だった。メインはもちろん大皿いっぱいの刺身料理。

ピーラーでせっせと作りおいたツマは我が家自慢の大根を使っている。

その他にも大葉や飾り切りの野菜をさりげなく添えたのは、さすがのセンスが光る奏多だ。

キュウリやニンジン、ラディッシュはもちろん、レモンも軽く捻って蝶々《ちょうちょう》に仕立て上げている。

すだちは菊釜《きくがま》に刻まれて、食べるのがもったいないほど美しい。

ワサビ台として笹《ささ》の葉の飾り切りまで用意されていたと知った時には、カメラを放り出して拍手喝采したくなったほど。

（こんなに立派なお刺身の盛り合わせ、料亭でしか見たことないなぁ。すごすぎる……）

オリーブハマチの他にも、サーモンや甘エビ、ホタテの貝柱などを彩りよく並べてある。

「あとはオリーブハマチ丼にしましょう。海鮮丼と迷ったけれど、ここはシンプルにハマチの味を堪能できるような料理がいいわよね」

酢飯ご飯を丼鉢に盛り付けて、ハマチの刺身を重ねていく。大サービスで三重だ。真ん中に生卵の黄身を割り入れ、薬味として胡麻とネギと刻み海苔を散らした。

本ワサビも添えて、お醤油は各自で好きなだけ、セルフ方式とする。

「美味しそう」

喉が鳴りそうなのを我慢して、出来上がったお皿を粛々と【アイテムボックス】に収納していく。

調理現場を眺めるのは楽しいけれど、なかなかの拷問だ。

奏多は楽しそうに、次々とハマチ料理を作っていく。

カルパッチョになめろう、ムニエル。シンプルな塩焼きでさえ美味しそう。削《そ》ぎ落《お》とされた中落ち部分は、ツミレになってお吸い物に投入された。

アラはぶり大根ならぬ、ハマチ大根に。頭部分はオーブンで塩焼きにする。これがまたこんがり見事な焼け具合で、堪らない匂いがキッチン中に広がった。

「ムニエルや唐揚げにして甘酢餡かけも作りたかったけど、それはまた今度にしましょうか」

次回持ち越しのメニューは気になるが、テーブルいっぱいのご馳走は圧巻だ。

匂いに釣られて、屋根裏の作業部屋から降りてきた晶。

牧場仕事とバイトを終えて帰宅した甲斐と合流し、四人が揃ったところで待望の夕食だ。

冷蔵庫でしっかり冷やしておいた新作ビールを皆に配って、笑顔で乾杯した。


「オリーブハマチ料理、美味しかったねぇ……」

大きな皿鉢いっぱいの豪華な刺身の盛り合わせには皆、歓声を上げて大喜びで挑んだ。

サーモンやホタテも美味しかったけれど、やはりメインのオリーブハマチには敵《かな》わない。

ぷりぷりの肉質の刺身は魚臭さがほとんどなかった。脂が乗っているのに、さっぱりとして後を引かない淡白さが際立っている。その分、魚本来の旨味を感じやすい。

大葉に包んで食べてみたり、ツマと一緒に頬張って美味しく平らげた。

「オリーブハマチ丼、あれは天上の食い物だったな」

甲斐が特に気に入ったのは、オリーブハマチ丼。贅沢に山盛りにした、ぷりぷりの肉厚ハマチは震えるほどに美味しかった。卵の黄身と薬味で味変した刺身と酢飯。少し甘めに味付けた酢飯は酸味もまろやかで、海鮮との相性は抜群だった。

あれはヤバいと語彙力が消失し、四人とも「うまい」としか口にできなくなってしまったほどで。

「私はハマチのなめろうとカルパッチョがお気に入りです。あれは良い物です」

晶はカルパッチョとなめろうが気に入ったらしい。たしかに、どちらも美味しかった。

我が家自慢の新鮮なお野菜を使ったサラダを柑橘系のドレッシングとオリーブオイルで和えたハマチのカルパッチョは、そのまま店に出せるレベルまで昇華されていたと思う。

「美味しかったよね。どっちもハマチで作れること、知らなかったよ。さすが、カナさん。アレンジも神」

なめろうも素晴らしかった。アジのなめろうは、たまに食べていたけれど、まさかハマチでも作れるとは。小骨がない分、ハマチの方が食べやすいかもしれない。文句なしに美味しかった。

長ネギにミョウガと大葉、あとは生姜と胡麻の風味が際立っていた。白味噌の甘さで、まろやかで優しい味に仕上がっていたのだと思う。

（あのハマチのなめろうがあれば、延々お酒が呑めるね……！）

ムニエルもハマチ大根ももちろん、絶品だったが、皆が無言で箸を往復させたのは、意外にも頭部の塩焼きだった。オーブングリルで焼いた塩焼きはシンプルだけど、それだけに力強い逸品だ。

黙々と身が詰まった場所を箸でほじって食べる様はお行儀が悪いが、気にする余裕もなかった。

お魚と同じ出身地、瀬戸内の甘塩での味付けも絶妙だった。四人で食べ尽くした頭の骨は見事に身が消えていた。

お魚を欲しがる愛猫に、奏多はハマチの刺身を細かく叩いたものと塩抜きで焼いた身をほぐしてあげている。おかげで成猫になってからは滅多に聞くことがないという、伝説の「うみゃいうみゃい」をいただきました！

いつもは上品に食事をする彼女が、脇目も振らずにがっつく姿を拝めたのは幸せに尽きる。

スライムのシアンにもお裾分けをしたが、せっかくの高級魚よりも魔力をたっぷり含んだ野菜の方が好みだったようで、ひたすらカルパッチョの野菜部分を消化していた。

デザートはバニラアイスにダンジョン産のラズベリージャムを添えて。奏多は何とチョコレートリキュールをかけて優雅に堪能していた。もちろん皆で真似をして盛り上がった。定番はウィスキーとバニラアイスだと聞いて、そちらも試してみる。大人のデザートだ、と感動の味。

高級なお酒を使うのは少しもったいなかったけれど、こういう楽しみ方もありだなぁと思う。

甲斐は業務用アイスの箱を抱えて、しゃもじで食べていた。アイス用のスプーンより、食べやすいらしい。とてもお行儀が悪い。

バニラアイスはシアンも好みらしく、触手を伸ばして甲斐におねだりしていた。

アイスを頬張りながら、甲斐が疑問を口にする。

「結局、ブッチャーナイフの使い心地はどうだったんだ？」

「コツは必要だけど、すごく便利よ。猟師は喉から手が出るほど欲しいお宝でしょうね」

くすり、と奏多が笑う。ドロップアイテムを肉と魔石に固定する能力はもちろん、魔力を込めて肉に差し込むだけで解体できるのは、最高にクールなナイフだとベタ褒めだ。

「コツって、難しそうです？　私も使えるかな」

「ミサちゃんなら、使えると思うわ。ナイフを刺して、枝肉やサクになった姿を思い浮かべるだけだもの。料理に慣れた子だったら、たぶん大丈夫よ」

オリーブハマチを捌く際には、脳裏にはっきりと三枚におろす手順を思い浮かべていたようだ。

奏多の鑑定では、何も考えずにナイフを突き刺すだけだと、血抜きしかできないだろう、と。

「じゃあ、たとえば裏山の鹿を解体するには手順を知らないと失敗しちゃうってコトかな？」

「失敗まではいかないにしても、可食部すべての肉が綺麗に残るかは不明ね」

「あやふやな知識だと、損しちゃうんですね。ジビエ解体の動画や本できちんと勉強しよう」

どうせなら余すことなく、命は頂くべきだと思っている。知識不足でせっかくの美味しいジビエ肉の可食部を失うのは、もったいない。そう言うと、他の三人も付き合ってくれることになった。

夕食の片付け後、何となくそのまま解散するのは寂しく思えて、皆を誘って屋根裏部屋で飲むことにした。カーテンを開けて眺める夜空には、細い三日月が浮かんでいる。

邪魔な灯りが少ない田舎なので、満天の星も独占状態だ。

美沙は【アイテムボックス】から取り出した冷えたビールを皆に配る。

プルタブを引き、思い思いのペースでアルコールを楽しんだ。甲斐は窓際に吊るしたハンモックに揺られてご機嫌だし、奏多はお気に入りの一人用ソファで優雅に足を組んでいる。

女子組は二人掛けのソファに仲良く並び、タブレットで動画を観賞中。奏多がブッチャーナイフでオリーブハマチを解体する動画だ。なかなか面白い見物なので、配信できないのは残念だった。

「カナさんの動画はクオリティ高いのに、背景がうちの昭和風キッチンなのが残念すぎる……」

「あら。昭和レトロっぽいって、結構好評みたいよ？」

「うーん、でも背景がゴチャゴチャしていて気になるかも」

「それは俺も気になっていた。いっそのことダンジョンのセーフティエリアで配信すれば？」

甲斐の発言に、奏多も考え込む。悪くはない提案だと思う。モンスターさえ映り込まなければ、動画を観《み》ている人たちは、どこかのキャンプ場でのロケだと考えるだろう。

「いいと思う、カナ兄。作業台は私とカイさんで作れるし、水はミサさんが用意できる。カナ兄はいつものように笑顔で調理してくれれば」

「うん、いいかも。四階層のセーフティエリアは広いし、緑豊かな森を背景にしたカナさんの動画、絶対に目の保養になると思うな」

野外調理で大変なのは、キッチン道具類の持ち込みや水場の有無が上げられるが、そのどちらも自分たちなら、簡単に解決できるのだ。

「大量の食材や調理器具、大きなテーブルも私が【アイテムボックス】に収納して簡単に持ち運べるし、お水も使い放題ですよ！」

「掃除はもちろん私が浄化《クリーン》で綺麗にできるし、生ゴミはシアンが片付けてくれます」

「なんなら食材も現地調達可能だしな！」

「それは配信できないでしょ」

皆の熱意にほだされる形で、奏多が苦笑まじりに頷いた。肩を竦める様までイケメンだ。

「もう、仕方ないわね。……本当言うと、キャンプ飯を作るの、すごく楽しかったのよ。たしかに、あのロケーションで動画を撮影するのは魅力的だわ」

「やった！　手伝いますよ、カナさん！」

「当然よ。ミサちゃんには一番働いてもらうんだから」

「ふふ、楽しみですね。私も何か新しいコトがしてみたいなー」

「私はワイルドウルフの素材の活用法を探ってみたいです。あとは、蔵のリフォームかな」

何となく皆で『自分たちがしたいこと』を発表する流れになってしまった。真面目な晶は相変わらずモノづくりに夢中な発言だ。のんびりソファで丸くなっていたノアがふいに起き上がり、傍らで揺れていたスライムのシアンを前脚でちょい、と転がした。にゃあ、と可愛らしく鳴く。

奏多は何となく愛猫の訴えたいことが分かったようだ。

「ノアは、モンスターをテイムして従魔を増やしたいのね？　五階層のワイルドウルフかしら」

「うにゃん」

「ノアさんが頷いた……」

確実にノアは日本語を理解していると思う。

やる気に溢れる、綺麗な三毛猫のふわふわの喉元を奏多がそっとくすぐった。

「……無茶はしないでね？」

「ノアさんなら余裕でぶっ倒しそうですけどね、オオカミ」

ぷはっと缶ビールを飲み干した甲斐が笑顔で宣言する。

「俺はダンジョン内に小屋を建てたい！」

「は？　小屋？　どうやって、いや、まずどこに建てるつもりなのよ、カイ」

「もちろん、ダンジョンのセーフティエリアに決まっている。こないだのキャンプの時にさ、ちょっと実験してみたんだ、俺」

「実験？」

ダンジョン内では、十時間経つと無機物は吸収されて消える。

ドロップアイテムしかり、外から持ち込んだ荷物も綺麗に吸収されていく。

「そう言えばセーフティエリアでは試していないなと思ってさ。キャンプ道具を実験に使うのは嫌だったから、外から持ち込んだゴミで検証してみた」

試しにセーフティエリアにこっそり放置したゴミは十時間どころか、翌日になってもそのまま残っていたのだと言う。

「これなら、セーフティエリアに拠点を作れるなって思ってさ。大工のじーさんにも教わっているし、ほら、セルフビルドの小屋くらいなら、俺でも作れるかなと」

「カイなら作っちゃいそうだね」

随分と壮大な野望を聞いてしまった。でも、面白そうと思ってしまったのも事実で。

ちらりと横目で盗み見た北条《ほうじょう》兄妹も楽しそうに口元をむずむずさせている。

「テント泊も楽しかったけど、ちゃんとしたコテージがあったら、ダンジョンもさらに楽しめそうですよね」

「アキラさん……」

「そうねぇ。どうせなら、お風呂とトイレ付きのコテージがいいわ」

「カナさんまで……」

「おう！　ノアさん用のキャットタワーも置かないとな。俺らの寝床はロフトか二段ベッドで」

「何それ、すっごく楽しそう。じゃなくて！　一応、もうちょっと検証してから考えよう」

二十四時間の確認だけではまだ少し不安が残る。しっかりとした拠点を建てるなら、綿密な計画が必要だ。とは言え、この計画自体にはワクワクさせられた。

童心に返って一緒に騒ぎたいが、ここは冷静に――

「私、実はツリーハウスが憧れで」

「いいね、アキラさん。そういうの、私も大好き。秘密基地っぽくて」

「大人の隠れ家ね、素敵」

ビール片手に無責任に盛り上がれる今が、たぶんいちばん楽しい。

そういえば、とふと甲斐が顔を上げて、こちらを見てくる。

「ミサ、お前は何がしたい？」

「う……。ええと、皆の発言の後じゃ、すごーく言いにくいんだけど」

「あら、私は何も気にしないわよ。なぁに？」

「そうですよ、ミサさん。何をします？」

まっすぐ見つめられて、降参する。ポニーテールの先を指でくるくる巻きながら、美沙は上目遣いで囁くような声音で打ち明けた。

「この夏、皆と思い切り遊びたいなぁって」

「ん……？　あそび？」

予想外の発言だったのだろう。三人ともきょとんとしている。

耳のあたりが熱い。きっと顔も赤くなっているはず。

「せっかく田舎の里山に住み始めたことだし。山遊びに川遊び、色々と皆で楽しみたいなあって思って。大人の夏休み、っていうか」

ありふれた願いなので、とても気恥ずかしい。

皆みたいに物作りとも関係ないし、向上心も特にない。ただ、皆と楽しく遊びたかった。

「……いいんじゃないのか？　それ」

ぽつりと甲斐が言う。え、と顔を上げたが、三人とも嬉しそうにしていた。晶が瞳を細めて、頷いてくれる。奏多も微笑ましそうに、美沙を見詰めていた。

「私もいいと思います。楽しそうです！」

「同じく。川遊びってしたことないわ。ミサちゃん、教えてくれる？　山遊びは内容によるけれど」

「山遊びは蛍狩りとか、虫捕り……って、本当に良いんです？　川で泳いだり、サワガニを捕まえたりとか！　子供の夏休みと変わらない内容なんですけど」

「いいじゃん。俺、ザリガニ釣りがしたい」

「サワガニって美味しそうです。川で捕まえられるんですか？」

「川遊びは海より日焼けしないって聞いたことがあるわ。バカンス的にも最適ね」

意外と皆が乗り気だったので、こちらの方が驚いてしまった。

利益に繋がるダンジョンアタックと比べて、美沙の希望は、ただの遊びだったので。

「……いいの？」

「って言うか、むしろこっちからお願いしたい内容だろ、それ」

「そうですよ。大人の夏休み、最高じゃないですか！」

「ふふ、いいわねぇ。もちろん川遊びしながら、私は飲むわよ？　川で冷やしたビールを」

「ダメな大人が一人混ざっているけど、すげぇ楽しそうだぞ？　弟たちも呼びたいくらいだ」

「あ、それはもちろん大歓迎！　居間で雑魚寝になっちゃうかもだけど」

「むしろ修学旅行気分でめちゃくちゃ喜びそうだな、アイツら」

少し前にこっそり妄想していた夏休みを全力で楽しめそうで、自然と口元が緩んでいた。

「うん。私のやりたいことは、それかな。この田舎でスローライフをしながら、皆と全力で遊ぶ。あと美味しい物をたくさん食べるのと、もちろんダンジョン攻略もね？」

本格的に夏が始まる前に、庭の梅を加工したいし、畑の夏野菜の種類も増やしたい。随分とささやかだけど、やりたいことは山積みだった。

「のんびり行こうぜ」

「そうよ。美味しく、楽しくがモットーでしょう？」

「命大事に、じゃなかったですか？」

「どれも大事かな。皆と一緒にシェア生活ができて本当に楽しいの。ありがとう」

あらたまってお礼を言うのは、何となく気恥ずかしいが、アルコールの勢いで誤魔化した。

虫の音に混じり、縁側に吊るした風鈴が涼やかにちりりと鳴る。

楽しい夏は、もうすぐそこだ。

あとがき

はじめまして。猫野美羽《ねこのみう》と申します。このたびは、拙作『ダンジョン付き古民家シェアハウス』をお手に取っていただき、ありがとうございます。

実はこちらのお話しは、初めてネット小説として投稿した作品になります。

書き始めた途中で一年ほど寝かせておりましたが、ありがたいことに再開希望のお声を何人かの方にいただけて、続きを書き綴《かつづ》ることができました。

書籍化のお声がけをいただいてからも、体調不良からの長期入院などでお届けまでに時間が掛かりましたが、思い入れのある作品でしたので、とても嬉《うれ》しく思っております。

地方都市住み、親の転勤でそれなりの田舎暮らしを経験した身ですので、田舎でスローライフなお話を書くのは楽しかったです。

古民家は祖母宅をモデルに書いております（さすがに築百二十年モノではありませんが）。

思うままに綴《つづ》ったところ、自分の好きな物だけを詰め込んだお話になりました。

お酒にお肉、美味《おい》しいご飯、のんびりスローライフ。ダンジョンにキャンプネタも大好きです。

もちろん、もふもふも忘れてはいけません。猫可愛《かわい》いです。子猫はもちろん大きな猫さんも愛おしいですよね。

可愛《かわい》いといえば、イラストを描いてくださった、しの先生。本当にありがとうございました。

どのキャラもとても素敵に表現していただけて嬉しいです。あらたに命を吹き込んでいただけた思いです。

ラフを見せていただいた際には、あまりの麗しさに身震いしました。ただでさえ少ない語彙力も崩壊して、可愛いと尊いを繰り返していたようです。女子二人はめちゃくちゃ可愛いし綺麗《きれい》だし、男子二人もそれぞれイメージ以上に格好良くて、綺麗でした。綺麗でした…！（二度言う）

そして個人的には、大きなもふもふの猫、ノアさんが最高にキュートで、とてもとても幸せです。スライムのシアンもチャーミングで愛《いと》しいです。ぷるっぷるです。

田舎と古民家という、作画的にも大変面倒くさい作品にもかかわらず、素敵なイラストを本当にありがとうございました。

素敵な推薦文を書いてくださった、えんじゅ先生にも感謝を。大好きな作品の最推しである山神さまからのコメント、家宝です。ノアさんも大喜びしております。ありがとうございました。

そして、編集部、担当さまには大変お世話になりました。とても丁寧かつ優しく導いてくださり、感謝しかありません。

体調を崩していた折には、家人や友人にも迷惑と心配をたくさんかけました。読者さまも優しい言葉で慰めてくださり、元気をいただきました。あらためて感謝致します。

古民家でのシェアハウス仲間の四人のお話はまだまだ続いております。美味しいご飯を食べながら、わちゃわちゃと楽しく過ごす彼らの物語に今後もお付き合いいただけると幸いです。

電撃の新文芸

ダンジョン付《つ》き古《こ》民《みん》家《か》シェアハウス

著者／猫野《ねこの》美羽《みう》

イラスト／しの

2024年1月17日　初版発行

発行者／山下直久
発行／株式会社ＫＡＤＯＫＡＷＡ
〒102-8177　東京都千代田区富士見2-13-3
0570-002-301（ナビダイヤル）
印刷／図書印刷株式会社
製本／図書印刷株式会社

【初出】……………………………………………………………………………………………………
本書は、カクヨムに掲載された『ダンジョン付き古民家シェアハウス』を加筆・修正したものです。

ISBN978-4-04-914805-3　C0093　Printed in Japan

ファンレターあて先
〒102-8177
東京都千代田区富士見2-13-3
電撃の新文芸編集部

「猫野美羽先生」係
「しの先生」係

異修羅I

新魔王戦争

**全員が最強、全員が英雄、
一人だけが勇者。“本物”を決める
激闘が今、幕を開ける——。**

　魔王が殺された後の世界。そこには魔王さえも殺しうる修羅達が残った。一目で相手の殺し方を見出す異世界の剣豪、音すら置き去りにする神速の槍兵、伝説の武器を三本の腕で同時に扱う鳥竜の冒険者、一言で全てを実現する全能の詞術士、不可知でありながら即死を司る天使の暗殺者……。ありとあらゆる種族、能力の頂点を極めた修羅達はさらなる強敵を、“本物の勇者”という栄光を求め、新たな闘争の火種を生みだす。

著／珪素
イラスト／クレタ

電撃の新文芸

Unnamed Memory Ⅰ

青き月の魔女と呪われし王

著／古宮九時
イラスト／chibi

**読者を熱狂させ続ける
伝説的webノベル、
ついに待望の書籍化！**

「俺の望みはお前を妻にして、子を産んでもらうことだ」
「受け付けられません！」
　永い時を生き、絶大な力で災厄を呼ぶ異端――魔女。強国ファルサスの王太子・オスカーは、幼い頃に受けた『子孫を残せない呪い』を解呪するため、世界最強と名高い魔女・ティナーシャのもとを訪れる。“魔女の塔”の試練を乗り越えて契約者となったオスカーだが、彼が望んだのはティナーシャを妻として迎えることで……。

電撃の新文芸

リビルドワールドI〈上〉

誘う亡霊

電撃《新文芸》スタートアップコンテスト《大賞》受賞作！
科学文明の崩壊後、再構築《リビルド》された世界で巻き起こる
壮大で痛快なハンター稼業録！

旧文明の遺産を求め、数多の遺跡にハンターがひしめき合う世界。新米ハンターのアキラは、スラム街から成り上がるため命賭けで足を踏み入れた旧世界の遺跡で、全裸でたたずむ謎の美女《アルファ》と出会う。彼女はアキラに力を貸す代わりに、ある遺跡を極秘に攻略する依頼を持ちかけてきて——!?
二人の契約が成立したその時から、アキラとアルファの数奇なハンター稼業が幕を開ける！

著／ナフセ
イラスト／吟
世界観イラスト／わいっしゅ
メカニックデザイン／cell

電撃の新文芸

勇者刑に処す

懲罰勇者9004隊刑務記録

世界は、最強の《極悪勇者》どもに託された。絶望を蹴散らす傑作アクションファンタジー！

勇者刑とは、もっとも重大な刑罰である。大罪を犯し勇者刑に処された者は、勇者としての罰を与えられる。罰とは、突如として魔王軍を発生させる魔王現象の最前線で、魔物に殺されようとも蘇生され戦い続けなければならないというもの。数百年戦いを止めぬ狂戦士、史上最悪のコソ泥、自称・国王のテロリスト、成功率ゼロの暗殺者など、全員が性格破綻者で構成される懲罰勇者部隊。彼らのリーダーであり、《女神殺し》の罪で自身も勇者刑に処された元聖騎士団長のザイロ・フォルバーツは、戦の最中に今まで存在を隠されていた《剣の女神》テオリッタと出会い――。二人が契約を交わすとき、絶望に覆われた世界を変える儚くも熾烈な英雄の物語が幕を開ける。

著／ロケット商会
イラスト／めふぃすと

電撃の新文芸